明德文脉

——百廿载明德人作品选粹
（1903—2023）

○ 主　　编 ｜ 蒋雁鸣
○ 副主编 ｜ 马　臻

湖南师范大学出版社
·长沙·

编委会

主 编

蒋雁鸣

副主编

马 臻

成 员

王章全	刘东明	沈 静
吴三文	陈良玉	张帆影
房 海	徐朝阳	夏 琴
覃 斌	蔡雄辉	

文脉连着血脉，岁月见证深情（代序）

⊙ 长沙市明德中学党委书记　刘林祥

万里长江、九曲黄河，有源故其流不竭；千里奔涌、万壑归流，有积故其力无穷。明德这所学校历经120年的历史沧桑、风云变幻，依旧扎根于三湘大地之上、行进在奔腾的历史洪流之中，溯其缘由，根源于这所学校独特的历史渊源、深厚的文化底蕴，以及由此积累而成的，学校120年来蜿蜒不绝、奔腾起伏的文脉。

古人云："文者，贯道之器也。"教育是民族文化和人类文明传承的伟业，没有深厚的文化积淀和深刻的文化自觉，没有对教育之"道"的理解和追求，教育必然枯竭，教育者自身也会变得浮薄。由蒋雁鸣、马臻老师等人编纂的这一卷《明德文脉》，编选了120年来明德人的文章之精华，呈现了120年来明德文化的广袤绵延、浩瀚壮伟。

文脉连着血脉，岁月见证深情。将这一卷《明德文脉》放回到120年来中国历史的变迁之中，我们会发现，明德人始终与中华民族的复兴同频共振，闪耀出一个个熠熠生辉的精神坐标。其中的小说、诗歌、散文、戏剧、论文，各章各篇，悉出名家，源自明德，生动地展示出明德的文化精神和生命气象，展示出120年来明德人的精神标高和人格担当。

这是一卷中西会通、大潮澎湃的文明启示录。"贯中西兮穷术业，遗粕而咀精"，这是明德中学校歌中的句子，由明德校友、国学大师刘永济所写。作为湖南最早的新式中学堂，明德从创立之初，胡元倓老校长就提出了"中西会通"的思想，立足中国大地，汲取当时西方、日本的现代教育经验，在一片空白之中探索新式教育的管理机制、课程设置、教育思想。他游历上海时，曾请晚清状元、实业界大贤张謇撰联，张謇欣然命笔："求应用学，复本体明。"所谓"求应用学"，是指教学要重视"应用"，"西学"中许多自然科学知识成为明德人重要的学习内容；所谓"复本体明"，是指中国传统文化视野下的人之德性的整全。

明德办过各类小学、中学、师范、专科、大学，为的是探索中西会通的教育；收入本卷书中的每一个人物，从黄兴到刘永济，从金岳霖到唐稚松，从欧阳予倩到马寅初、刘佛年，也无不是中西会通、卓然成家的人物。

这是一卷明德树人、行而不辍的文化传承史。胡元倓老校长在《明德之精神》里说过，办明德的目的，是"使莘莘学子，不徒以学校为仕进之阶，而先务立其远者大者，以默持世运于不坠"，这奠定了明德教育文化的宏大根基。受胡元倓磨血育人、教育救国思想的影响，明德在清末民初就涌现了一大批献身教育、创办学校、执掌学校的教育家，如雅礼中学校长劳启祥、湖南大学校长胡庶华、广益中学校长任邦柱、妙高峰中学校长方克刚、长沙市一中校长刘经翼、修业学校和长郡中学校长彭国钧、含光中学校长刘宗向、复初中学校长胡翼如、湘雅医学院院长肖元定、明德副校长兼湖南第一师范校长谢祖尧等，他们一时间占据省会长沙教育半边天。当时报载："湘中教员奇乏，谙管理法者亦鲜其人。自明德两班速成师范卒业二百余人，一时遍布全省学界，稍有径途。计今在学堂执事者，明德学生居其大半。转移风气，功大效宏。"这种教育文化的传承，成了明德中学120年最为宝贵的历史存在。

这是一卷渊渟岳峙、胸怀天下的文心探求录。《文心雕龙》有云："心生而言立，言立而文明。"文字表现的是人的心声，是人的内心的格局、视野和担当。收录在本书中的篇章，展现了明德前贤胸怀天下、上下求索的心灵史。从胡元倓《与赵凤昌书》的"自尽心力，不敢计成败"的艰苦卓绝，到黄兴《和谭人凤》的"吴楚英雄戈指日，江湖侠气剑如虹"的慷慨豪迈；从宁调元《感怀四首》的"愿播热血高万丈，雨飞不住注神州"的俊伟阔大，到陈天华《绝命书》的"恐同胞之不见听而或忘之，故以身投东海，为诸君之纪念"的奋不顾身；从苏曼殊《寄调筝人》"忏尽情禅空色相，琵琶湖畔枕经眠"的绮情禅思，到易君左《长城曲》"中国要为万世开太平，中国要为乾坤振纪纲。高歌一曲过河西，天风荡荡水汤汤"的舍我其谁，明德人的视野与格局，明德人的深情与哲思，无不历历在目、栩栩如生，令人热血澎湃、感奋不已。

山高水长，不改的是守护文化根脉的赤子之心；斗转星移，不变的是弘扬明德精神的如磐信念。如今，我们出版这一卷《明德文脉》，就是为了赓续百廿明德文脉，共襄千秋教育伟业，为党育人，为国育才，办好人民满意的教育，创造出无愧于明德先贤的业绩。

新故相推舒画卷，丹青妙手向翠峰。历史犹如一条长长的时间河流，从过去奔涌而来、向未来逐浪而去，洗练那些深沉邃远的恒久叩问。站在新的历史方位上，回看蜿蜒奔腾的明德文脉，我们感到精神的力量穿越了时空，奔流在明德的血脉之中。我们对未来充满了希望与信心。

是为序。

2023年5月于明德四箴堂

序二

⊙ 蒋雁鸣

明德的历史文化，就像一条大河。

这条大河，发源于120年前留日归来的胡元倓先生的脚下，那年他还是31岁的青年，"黄河落天走东海，万里写入胸怀间"，胸怀报国大志，一心实践教育救国，乃于长沙泰安里创立明德，培植人才。"黄河万里触山动，盘涡毂转秦地雷……巨灵咆哮擘两山，洪波喷箭射东海。"学校创立伊始，辛亥志士会聚明德，以他们的热血与激情，来冲决一个垂暮王朝的沉沉铁幕，创立他们理想中的民主自由的中华民国。胡元倓先生有言："骇浪惊涛等闲事，层岩砥道且流连。"此后的明德校史，便是在惊涛骇浪与风平浪静之间的万里奔腾，其间的五四新文化运动、二三十年代的革命运动、抗日战争时期的霞岭岁月、战后的重建与恢复，或是崇山峻岭之间的奔流曲折，或如一马平川时澄波碧影，浩浩汤汤，流过历史崎岖不平的地表。百廿年来，明德人文荟萃、志士群集、大师辈出、人才林立，这条大河，奔流出了一所名校应有的恢宏气象。

"登高壮观天地间，大江茫茫去不还。"逝者如斯，面对厚重的历史文化，我们这些后起的明德人，感到自己肩上有这样一份沉甸甸的责任，应该将这条大河的波涛汹涌、山重水复的无尽风光，展示在新的一代又一代的明德人面前，让后起的明德人接续前人的精神血脉，让明德的文化在新一代明德人的内心生根发芽。怀揣这样一份责任与梦想，我们几位语文同仁搜集史料、权衡篇章、挑拣精华，汇集成这本《明德文脉》。在这一过程中，校领导多次表达关切之情，而袁伟老师则提供了大量资料、书籍，他对校史的倾心和深入，是《明德文脉》能够成形的重要条件之一。凡此种种，都深深地鼓舞了我们，要为明德这条奔腾百年的大河留下一帧侧影。

这本《明德文脉》就是这样一帧侧影。它只是明德历史文化的小部分，但窥一斑而知全貌，即使是几片小小的波光闪动在册页之间，也足以反映一条大河的波澜壮阔。其中的小说、诗歌、散文、戏剧、传记，林林总总，无不荡漾着明德历史文化的涟漪、回响着一代又一代明德人的心声。古人曾说："问渠那得清如许？为有源头活水来。"这些明德先贤的经典篇章，就是我们学校文化的"源头活水"，源远流长，应该时时滋养我们的心田，涤荡我们的灵魂。

《荀子·宥坐》曾记载了这样一件事：

> 孔子观于东流之水。子贡问于孔子曰："君子之所以见大水必观焉者，是何？"孔子曰："夫水，大遍与诸生而无为也，似德；其流也埤下，裾拘必循其理，似义；其洸洸乎不淈尽，似道；若有决行之，其应佚若声响，其赴百仞之谷不惧，似勇；主量必平，似法；盈不求概，似正；淖约微达，似察；以出以入，以就鲜洁，似善化；其万折也必东，似志。是故君子见大水必观焉。"

如果说孔子在"大水"之中看出了德、义、道、勇等，那么面对这一册《明德文脉》，面对着百廿年来厚重的明德文化史、语文史的波光倒影，我们更应该看出许许多多有关人心、有关明德、有关理想和精神的闪光来。

嗟我明德，地处长沙。三湘洞庭，波连长江，直通大海。近百年前，曾有一个志向远大的青年人歌咏过："洞庭湘水涨连天，艨艟巨舰直东指……丈夫何事足萦怀，要将宇宙看秭米。沧海横流安足虑，世事纷纭何足理。管却自家身与心，胸中日月常新美。"这也是一条汪洋大河的写照，愿这样一条大河注入你的内心，它应该与你的青春同在。

2023 年 5 月

目　录

坚苦真诚　磨血育人

明德之精神 / 胡元倓　　　　　　　　　　　　　003
潜叟书明德校训四箴 / 龙璋　　　　　　　　　　006
流血　磨血　吐血 / 吴相湘　　　　　　　　　　009
坚苦真诚　终生诲我 / 潘基礩　　　　　　　　　011

诗骚余绪　风华百年

诗三首 / 胡元倓　　　　　　　　　　　　　　　017
诗词二首 / 黄兴　　　　　　　　　　　　　　　019
诗六首 / 苏曼殊　　　　　　　　　　　　　　　020
诗词二首 / 傅熊湘　　　　　　　　　　　　　　023
诗六首 / 胡小石　　　　　　　　　　　　　　　025
诗二首 / 周世钊　　　　　　　　　　　　　　　027

雏凤清声　继轨前哲

诗二首 / 宁调元　　　　　　　　　　　　　　　031
词二首 / 刘永济　　　　　　　　　　　　　　　033
诗一首 / 易君左　　　　　　　　　　　　　　　035
词三首 / 石声汉　　　　　　　　　　　　　　　037
词一首 / 潘基礩　　　　　　　　　　　　　　　039
诗一首 / 萧志彻　　　　　　　　　　　　　　　040

西园新唱　芝兰其香

《吴芳吉集》诗选 / 吴芳吉　　　　　　　　　　043

《黎锦晖流行歌曲集》歌词选 / 黎锦晖　050
《鹤林歌集》诗选 / 陈果夫　053
《中兴集》诗选 / 易君左　056
《士心集》诗选 / 肖纪美　058

联海撷珠　翰墨存芳

题高十一班毕业册 / 胡元倓　063
述志 / 胡元倓　063
题长沙明德学堂 / 张謇　063
赠胡元倓 / 王闿运　063
题明德饭堂 / 黄兴　063
挽吴禄贞 / 黄兴　063
贺明德中学建校暨华兴会成立90周年 / 龙永宁　064
题华兴会旧址 / 刘瑞清　064
怀胡老校长 / 沈立人　064
题明德中学 / 胡静怡　064

铺采摛文　岳色湘声

苏若兰璇玑图叙 / 杨毓麟　069
梁任公《万生园修禊图》题词 / 李肖聃　071
湘江赋 / 刘瑞清　073
湖南明德学校创立三十年颂（并序）（节选）/ 钱无咎　075
胡子靖先生墓志铭（节选）/ 曹典球　077

赤子纯真　凌云识见

绝命书 / 陈天华　081
我喜欢作对联 / 金岳霖　085
吃的经验 / 陶菊隐　087
读书的习惯 / 钱歌川　091

人间万象　悉收镜里

绛纱记（节选）/ 苏曼殊　　　　　　　　　　　　　　　　095
黑猫（节选）/ 爱伦坡　钱歌川译　　　　　　　　　　　　102
蛮子大妈（节选）/ 莫泊桑　李青崖译　　　　　　　　　　107

心忧天下　正气浩然

鲁迅与青年共产党人毕磊的友谊 / 马儒　　　　　　　　　113
我和袁植的生死之交 / 彭德怀　　　　　　　　　　　　　115
沈从文与詹乐贫的情谊 / 刘子英　　　　　　　　　　　　119
吊杨笃生文（节选）/ 于右任　　　　　　　　　　　　　122

悲悯情怀　戏剧人生

春天的快乐 / 黎锦晖　　　　　　　　　　　　　　　　　127
二妃 / 吴芳吉　　　　　　　　　　　　　　　　　　　　131
风雪夜归人（节选）/ 吴祖光　　　　　　　　　　　　　136
潘金莲（节选）/ 欧阳予倩　　　　　　　　　　　　　　144

玉莹冰心　风流人物

胡子靖先生家传 / 陈愆涛　　　　　　　　　　　　　　　153
蒋廷黻：开山的人 / 傅国涌　　　　　　　　　　　　　　157
金岳霖先生 / 汪曾祺　　　　　　　　　　　　　　　　　160
深切怀念华罗庚先生 / 丁夏畦　　　　　　　　　　　　　163

评诗论文　卓然不群

文学与艺术（节选）/ 刘永济　　　　　　　　　　　　　167
词家用字法举例 / 刘永济　　　　　　　　　　　　　　　173
唐五代两宋词简析（节选）/ 刘永济　　　　　　　　　　177
周代南派文学之代表作品——《楚辞》/ 胡小石　　　　　180
读刘禹锡诗杂记（节选）/ 陶敏　　　　　　　　　　　　184

鸿雁飞渡　尺素心声

与赵凤昌书 / 胡元倓　　191
家书三封 / 吴芳吉　　193
致吴芳吉一封 / 吴宓　　196
致函周世钊释诗 / 毛泽东　　199

明德树人　铿锵有声

检阅义勇军训辞 / 胡元倓　　203
在明德学校欢迎会上的演说 / 黄兴　　205
在校 30 周年纪念讲演词 / 谢祖尧　　206
秋雨润心，文化有声（节选）/ 余秋雨　　209

精穷术业　缔造传奇

我国人口问题与发展生产力的关系（节选）/ 马寅初　　215
软件开发中的传统哲学（节选）/ 唐稚松等　　217
谈谈增强现实技术（节选）/ 刘经南　　220

办学图存　教育兴邦

办学呈文 / 胡元倓　　227
在明德中学的讲演词（节选）/ 张伯苓　　229
傅任敢教育言论选 / 傅渝生等　　232
论新人的素质 / 刘佛年　　236

附录　湖南私立明德中学国文课程纲要　　239
跋　　244

坚苦真诚　磨血育人

本单元四篇文章围绕明德办学宗旨与办学精神展开。

1903年3月29日，在国家民族危难之际，自日本留学归国的胡元倓决心"兴学以图强"，在龙璋等人的帮助下于长沙西园北里创办了湖南省近代第一所新式中学——明德学堂，开启了湖湘近代教育辉煌的历程。

前两篇是两位明德先贤谆谆教诲之语。《明德之精神》乃胡老校长1933年为校庆30周年所作，旨在阐明明德办学的宗旨与追求，今天读来，不仅可懂得先贤创校之艰苦卓绝与良苦用心，也能明白为学之目的。《明德校训四箴》是龙璋先生对明德校训"坚苦真诚"四字所作的阐释，"训醇深厚"，后面还附有谭延闿的记和蔡元培的跋，意义深远。

后两篇是两位杰出明德学子的作品。著名历史学家吴相湘在《流血　磨血　吐血》中，以平实浅易的文字刻画了明德初期"磨血育人"的教师群像，音容笑貌，宛在目前；原明德校友会会长潘基礩则以《坚苦真诚终生诲我》写他在明德求学过程中受老校长教诲而受益终身的故事，情真意切、朴实动人。

学习本单元，不仅要学习作者的文采辞章，更应深刻领悟先贤心忧天下、兴学救国的社会责任感与时代担当。反复涵泳"坚苦真诚"之校训四箴，深入体悟"磨血育人"的教育精神，惟其如此，明德精神方能薪火相传、弦歌不辍；惟其如此，明德教育方能继往开来、辉煌永续！

明德之精神[1]

⊙ 胡元倓

荀子劝学篇云："君子之学，以美其身，小人之学，以为禽犊。"吾尝服膺斯语，以谓战国诸子，简练揣摩，谈说以取富贵，多不免为无本之学。逮乎汉初，表章儒术，而叔孙通[2]制朝仪，假儒学以尊天子。汉武立五经博士，公孙弘[3]以治春秋，白衣为天下三公。他如申公及其弟子，皆以所学位跻卿相。太史公致慨乎利禄之途使然，夫亦可知发科射策，固不能陶甄有用之才也。

逊清末叶，国人惑于科举之足以误国，于是开办新学之议甚嚣尘上。时元倓归自东瀛，窃羡彼邦庆应义塾[4]之成绩斐然，乃与龙研仙[5]兄弟、谭祖庵[6]诸公，倡议创办明德学校，筚路蓝缕，煞费经营。顾居恒谓办学必有主旨，学校所以陶铸真才，自与科举利禄之途异趣，则尤应确定所宗，以端趋向，而一洗两汉博士、李唐诗赋、明清八比之积习。使莘莘学子，不徒以学校为仕进之阶，而先务立其远者大者，以默持世运于不坠。于是商承[7]芝丈[8]，揭"坚苦真诚"四字为明德校训，复丐研仙先生为之四箴，悬诸校壁。而诸先生于讲贯之余，辄相与诱掖奖劝，群以四字相勖。

三十年来，毕业学生，无虑数千，期间遗艰投大，宣劳国家者，固卓然有声。自余粗通一艺之士，亦类能硁硁自守，不苟为曲学以阿世，则其渐渍涵濡，有得于校训者为不少也。

夫吾华学术，自孔子删定六经、彰明四教，兼备师儒。其后弟子，一传其六艺之学，流为经师；一传其用世之学，流为儒家。虽经儒分途，而孔门弟子，多能不背师学，以正心修身为第一义，而文艺次之。近世西学东渐，学术之范围日广。吾人兴学育才，自当急起直追，特重自然科学，以为振兴实业利用厚生之具。

顾国人日言恢复民族精神，提倡固有道德，则亦既感于人格教育之可贵矣。然所谓民族精神，所谓固有道德，非将吾华数千年庞杂之思想，纷繁之学说，一概而怀宝之、一概而式则之之谓也。必也如荀子所言，"学以美其身，非学以干其禄"。而此美身之学，虽在多识前言往行以蓄其德、身体力行以励其操，其根本精神，则大体不越坚苦真诚四者之外。盖惟坚苦始能任重致远，惟真诚始能择善固执。自非巧言令色、哗众取宠者所可几及，亦断非抱残守缺、深闭固据、不识穷变通久之道者所能梦见。果吾人日常生活，能念念以此四者自勉，则吾国数十年来铺张粉饰、虚骄自大、畏难苟安之陋习，必能涤荡以尽，而所谓卧薪尝胆、以报国仇，亦匪异人任矣。

注释

1. 选自《百年明德　磨血育人》（明德中学 2003 年编印）。胡元倓（1872—1940），字子靖，号耐庵，是中国近代史上著名的教育家，湖南省湘潭县人。1872 年 9 月 9 日出生于湘潭一个世代书香之家。1897 年选为拔贡。1902 年，选为湖南首批官费留日生，东渡日本，就读于东京弘文学院速成师范科。1903 年在长沙创办明德学堂，其"磨血育人"的精神流传甚广。
2. 叔孙通（？—约公元前 194）：又名叔孙何，西汉初期儒家学者，旧鲁地薛（今山东枣庄薛城北）人。曾协助汉高祖制定汉朝的宫廷礼仪，先后出任太常及太子太傅。
3. 公孙弘（公元前 200—公元前 121）：字季，一字次卿，西汉淄川国薛人。他出身于乡鄙之间，后为相。
4. 庆应义塾，庆应义塾大学的前身，一般简称庆应大学，由日本著名教育家福泽谕吉创办。
5. 龙研仙：龙璋（1854—1918），字研仙，号甓勤，湖南攸县人，胡子靖先生之表兄，龙湛霖（芝生公）之侄，光绪年间举人。历任如皋、上元、泰兴、江宁知县，热心救国，支持革命与教育事业，曾创办如皋新式小学及旅宁中学等。他支持胡老校长创办明德学堂，出资二千元。他思想进步，对孙中山、黄兴等人的革命活动支持很多。
6. 谭祖庵：谭延闿（1880—1930），字组安，号畏三，一号无畏，另有祖庵、祖安、慈总卫、非庵、前斋等别号，室名有瓶斋、慈卫室等，湖南茶陵县人。他天资聪颖，"清代湘籍士子中会元者，仅延闿一人而已"，光绪三十年进士。与时偕行，支持立宪，辛亥鼎革，追随孙中山，后与蒋介石结盟，直至逝世。工书法，被誉为"民国颜体第一人"。出资千元，助胡子靖先生办明德学堂，后任明德学堂董事会主席，对明德支持甚多。
7. "承"亦作"诸"。
8. 芝丈：龙湛霖（1837—1905），字芝生，胡元倓先生的姑父，被尊为"芝丈"或"芝生公"，湖南攸县人。清同治元年（1862）成进士。

阅读指津

　　"君子务本，本立而道生。"为人当如此，治学亦然。胡元倓老校长深明办学之要旨，撰文论述明德之精神。

　　此文写于明德中学建校三十周年，如今读来，依然具有很强的现实意义。篇首以荀子劝学之言开宗明义，溯及汉初"儒生治学"以图利禄，故不能陶甄有用之才。延及清末，国势衰颓，胡老校长立"坚苦真诚"四字为训，以期莘莘学子"不徒以学校为仕进之阶，而先务立其远者大者，以默持世运于不坠"。明德建校三十年，师生恪守校训，学子多成栋梁之材。胡老校长追慕孔门遗风，勉励明德学子践行校训，坚苦真诚；同时审时度势，振兴实业，救亡图存。文末再次援引荀子之言，呼应文首，文思缜密、深刻隽永。

学习此文，一则如亲聆胡老校长谆谆教诲，勿负老人殷殷期盼；二则体悟先贤筚路蓝缕、教育救国之艰辛，谨记明德来之不易；三则思考在新时期如何弘扬"坚苦真诚"之校训，重振名校雄威。

相关链接

先校长创办本校，迄今已四十六周年矣。欣逢校庆莅临，旬报社征文于余，以为明德寿。余谓明德历经变乱，五度播迁，犹能弦歌不辍，巍然久存者，在有其"坚苦真诚"之精神。今后本校能否继往开来，发扬光大，胥取决于此种精神之消长。

爰将先校长《明德之精神》一文，检出附刊，藉与诸生共勉。幸共体先校长"磨血救国"之苦心，恪遵"坚苦真诚"之宝训，努力自树，求真知识，作"明德人"，则明德永存，国家多赖。斯文不但为明德寿，且进而寿吾民国也。不其盛欤！

胡迈谨识于民国三十八年四月一日

据曾省斋先生记忆，此文曾于民国二十二年刊载《明德旬刊》校庆专号，当系胡故校长子靖先生专为纪念母校三十周年而作。继任校长胡迈（彦远）先生检出重刊于三十八年四月一日（四十六周年校庆日）出版于《明德旬刊》七卷二期，并加识语，以与师生共勉，意义深长。当时在校肄业同学伍法岳学长（湖南石门人，留美核子工程博士，任教美国，其尊翁伍家宥先生，现任"立法委员"，亦系明德旧制七年毕业之老学长）最近赴澳洲讲学便道回国省亲，偶于整理旧书中发现刊登此文之于《明德旬报》，承交校友会印送各在台校友，并此致谢。谨按《明德旬刊》原系十六开印刷装订本，曾发行数十卷，至抗日战争末期，母校为避战祸，一迁再迁至穷乡僻壤，印刷不便，中途停刊，胜利复员后，改名《明德旬刊》出刊，重启卷号，每期铅印四开一大张。

以上为《明德之精神》台湾重刊的说明

潜叟书明德校训四箴[1]

⊙ 龙璋

昔胡安定[2]教授苏湖[3]，立经义、治事二斋，务为明体达用之学。出其门者，人遇之虽不识，皆知为安定弟子也。于戏[4]，其学风可谓盛矣。盖一校之垂教，必有其特殊之主旨，久遂著为学风，而后教有本原，足以育人才供世用。学者亦当尚其志，修其业，勿徒为弋名干禄[5]之想，而后学有根柢[6]，体用具备。至是而教育之功效，始有可纪也。

明德学校始建于清之光绪二十九年，时外患迭乘，内忧潜伏。先叔侍郎芝生公[7]，总理其事。讲师悉一时闻人，务开示以"天下兴亡，匹夫有责"之义，恒以坚苦真诚与学子相淬励[8]。青年来学者，识其师说，多激昂奋发，致力于斯四者。其魁杰有为，艰辛卓绝，足以自见者，亦既有其人矣。

癸甲[9]之际，湘中公私学校以百计。清政府特以广励学宫[10]、灌输新识为名，又恐士风不戢[11]，格[12]其专恣，辄抑制之。各校有因以缀[13]讲者。明德亦岌岌焉，赖胡君子靖，维持匡救之，不蒙影响。胡君服膺阳明[14]之学，知无不行。明德历经困难，胡君备尝艰苦，卒不渝其志。因揭[15]四字于礼堂，使夫学者见而警焉。尝谓璋曰："斯校之创设，吾尝与子共策艰苦，今十有四年矣。四方来学，先后毕业者计数千人。偶有表见，人皆知为明德弟子，则亦以学风有所自来，能守侍郎公坚苦真诚之训于不忘者也。愿子为之文，以昭示来学。"璋不敢以不学辞，乃为之箴：

何以任重，曰毅与弘。志趣既一，守之坚贞。磨而不磷[16]，攻而益莹。莫刚如钢，及经百炼而绕指功成。莫韧如革，揉之鞈鞷[17]而巩莫与京[18]。莘莘学子，将为士程，勿脆其志，勿臕其行。惟明德之学风，永坚贞而不更——坚箴。

好逸恶劳，理因欲胜。志士苦心，操守宜定。假薪胆以淬神，去逸豫而若鸩，毋曰棘口，而良药可以已病；毋曰劳身，而拂乱可以忍性。莘莘学子，不敢乐耽，困心衡虑，大任克堪[19]。惟明德之学风，庶因苦而回甘——苦箴。

道义所在，当识其真。是谓诠宰[20]，实出笃纯。彼夫作伪，劳拙纷纭。行坚言辩，至道日沦。惟力祛妄念，始受福以禛[21]。勿假托以绐[22]己，勿矫饰以诡[23]群。莘莘学子，日进无垠。浩浩其气，肫肫[24]其仁。惟明德之学风，本真实以传薪——真箴。

大学始基，先诚其意。亦曰诚身，中庸所示。择善固执，中道一致。何以孚[25]远？信由诚暨[26]。何以前知？明由诚至。其始也，慎藏于独居；其终也，参化育而焉倚。莘莘学子，笃行惇[27]挚，体立诚正，功成平治。惟明德之学风，道一贯而无贰——诚箴。

注释

1. 选自《百年明德　磨血育人》（明德中学 2003 年编印）。标题为谭延闿题签，潜叟，即龙璋，字研仙，号髯勤，前文有注。
2. 胡安定：胡瑗，字翼之，北宋初学者，教育家。宋泰州海陵（今江苏泰县）人，世居陕西安定堡，世称安定先生。开创宋代理学的先声，曾于湖南办学，并且把讲学分经义和治事两斋，严立学规，以身示范，对湖湘文化影响尤著。
3. 苏湖：盖指江苏、湖南。
4. 于戏，同"呜呼"。
5. 弋：yì，取；干，gān，求；干禄，即求官。
6. 柢：dǐ，树根。
7. 芝生公，即龙湛霖先生。
8. 淬：cuì，淬砺，淬火磨砺，比喻刻苦进修锻炼。
9. 癸甲，即癸卯甲辰，癸卯 1903 年，甲辰 1904 年。
10. 学宫：学校，校舍。
11. 戢：jí，通"辑"，和睦。
12. 格：纠正。
13. 缀：通"辍"，停止。
14. 阳明，即王阳明，字守仁，明代儒学流派心学创建者，倡导"致良知""知行合一"。
15. 揭：张贴。
16. 磷：lìn，磨薄，损伤。
17. 鞄：pào，古代制皮革的工人；甓：ruǎn，制皮革的人以瓦为灶，反复熏揉。
18. 京：大。
19. 克堪：能够胜任。
20. 宰：主宰。《吕氏春秋·精通》："德也者，万民之宰也。"诠宰，即诠释道德。
21. 禛：zhēn，以真受福。
22. 绐：dài，欺哄。
23. 诡：欺诈。
24. 肫肫：zhūnzhūn，诚恳的样子。

25. 孚：fú，使……信服。
26. 暨：到。
27. 惇：dūn，敦厚。

阅读指津

  坚，就是坚贞与坚定，苦，经艰历苦，陶铸身心，这两个字有浓郁的湖湘文化气息。真，就是不虚假，诚，就是体立诚正，这两个字受儒学影响很大。四字虽针对晚清民族之弊而发，然其求真务实，自尊自强的精神却历久弥新。龙璋先生撰写的校训四箴，"说理精实，训醇深厚"，文章旁征博引，无一字无来历，作者平生学养可见一斑。学习此文当反复涵咏、熟读成诵，并内化为心灵自觉。

  此帖乃龙璋先生亲笔书写，胡元倓先生补完，两位明德先贤心血之作，弥足珍贵。后有书法名家谭延闿先生为记，锋藏力透，气格雄健，堪称精品。末附蔡元培先生跋，盛赞"坚苦真诚"为"陶铸真才之宝训"，数者争相辉映，实属难得。

  这"四箴""两帖""两跋"，是否让你对"坚苦真诚"校训有了更深入的理解？不妨和同学一起交流切磋，谈谈你的看法。

相关链接

  龙研仙先生依明德学校校训，作坚苦真诚四箴，手书以诒学子，未毕而奄逝。后十年，胡子靖先生始续书三纸足成之。龙先生所为箴，说理精实，训醇深厚。诚能身体而力行之，于下学上达之义，必有得矣。今学者，恒能好高骛远，而忽视老生之言，一旦逢小利害，辄伛弱不能自主，则何如反求诸己，以植其本根于平日乎！明德立学三十年，所成就至众，谓非得力于校训不可也，读是箴者，其将憬然自力，而不徒求之文字矣乎！

中华民国十六年甲七月 谭延闿记

  惟坚苦故对事忠，惟真诚故待人恕，忠恕违道不远。故藏诸己者睟然，而树于世者卓然，任重投艰，于是乎在。明德学校以"坚苦真诚"为校训，诚哉其知所本矣。立校三十年，非坚苦无是久也；一堂讲诵，和蔼融怡，非真诚无是乐也。龙研仙先生依此四字，著为四箴，并手书以垂久远。今观宣劳党国之同志，出于明德学校者甚众，则此四字校训，谓非陶铸人才之宝训乎！

中华民国十七年三月十五日 蔡元培

流血　磨血　吐血 [1]

⊙ 吴相湘

明德中学校长胡子靖先生至北京请见国务总理熊希龄三次往返，未得见，乃携被褥卧其司室以待。胡先生这样热心教育，矢死靡他，不惜犯霜雪、受冷眼、曲长膝，压千险排万难的情形，师长们在朝会讲话时，常引述这些往事勉劝学生。胡校长偶一训话时，光亮的头顶与面部因热血沸腾而呈现红色，右手不停地用白竹布方巾拭汗。磨血育人，此情此心，如在目前。

胡校长掩护黄克强先生在明德密谋华兴会起义，是国民革命史上一重要关节。胡校长常告语黄先生："养成中等社会，实立国之本图，惟其事而难为。公倡革命，乃流血之举，我为此事，则磨血之人也。"胡校长因此镌刻"磨血人"印章，又镌"从苦打出"印章。这和明德学校会议室所挂王湘绮老人手书"忍耐力，希望心""虽九死其犹未悔"、谭祖庵（延闿）先生手书"死不难，不死难"、胡元倓先生书"诚心实力，有错无私"、胡汉民先生书"事本无私，欲公诸世；求同乎理，不异于人"（上节为日本福泽谕吉语，下节为王阳明语），同样给予全校师生非常重要的启示，相湘于此印象既深刻，个人人生观也可说由此确立。

训育员张鹤仙先生，对于学生日常生活很注意，更是苦口婆心，随时随地说教，自称"吐血人"。就是说每句话都是吐其血气凝结的菁华，希望学生做到。

教务主任邬朝宪先生，是美国华盛顿大学教育学硕士，但却认定德国法国中学教育采取严格主义的正确可行性，因秉承子靖先生希望"一望而知其为明德弟子"目标，实行严格教育。在整齐统一学生服装用品之外，尤注意培养"荣誉感""责任心"，与训导主任俞慎初先生、体育主任何公望先生密切配合，提高教学水准，竞逐各种体育活动锦标，且规定排球为"校球"，每一学生均需精练，因为这是培养团体合作的最好运动，没有足球篮球那样激烈，任何人都可以参加。

在明德中学六年，最使我怀念的，就是师生之间情感的融洽。严格的管教，同学没有拘束过甚的感觉，却体会师道尊严的真理，虚心受教，用心听讲。每逢课余，师生打成一片，运动场上常见师生混合分组比赛，排球场上更是如此。加以学校规定全体学生一律住校，星期六下午四时始准回家，教职员也多住校，相互接触的时间和机会很多。球赛以外，排演话剧，也常是师生混合。温暖亲切，父子家人不过如是。

学校内有一大水塘，塘中有一楚辞亭，夏日荷花满池。著名诗人吴芳吉曾有诗咏其盛景。每日晚餐后，师生环绕池塘散步，扩音机放唱音乐唱片、中央广播电台新闻报告和评论。师生们散坐塘畔静听，或讲笑话故事，更增愉快气氛。我的"北京话"就是在这样环境中学习学的，后来负笈北上，都能运用自如。今所谓"以校作家"，当时真有事实胜宣传。近年在台北每逢看到儿女们的学校生活，我惟有怀念在明德时的"开元盛世"。

注释

1. 选自《百年明德　磨血育人》（明德中学2003年编印）。吴相湘（1912—2007），历史学家。明德中学1934届高中四班学生，北京大学历史系毕业，曾任明德中学教师，国立十一中教师，台湾大学教授。著有《孙逸仙传》《民国百人传》《第二次中日战争史》和自传《三生有幸》等。

阅读指津

吴相湘先生以自然平实的笔墨，追忆明德求学期间那些"最可爱的人"：老校长胡元倓、体操教员黄兴、教务主任邬朝宪、训导主任俞慎初、体育主任何公望、训育员张鹤仙等，勾勒了明德建校初期的名师群像。在他看来，"磨血育人"乃明德恩师的精神特质。正是这种"流血、磨血、吐血"精神铸炼了一支优秀的教师队伍，继而培养了一大批为国效力的栋梁之材。

坚苦真诚　终生诲我[1]

⊙ 潘基礦

我是1934年春季母校高五班毕业生,毕业的最后半年,经历了一件至今难忘的事。现在回忆起来,深感胡老校长教育救国决心不渝的精神、爱护青年学生的用心良苦。

我班为春季始业,毕业时只有28人(戏称28宿),班上确实有不少智体双优的学生。1933年秋,当时国民政府于南京召开全国运动会,母校篮球与足球队代表湖南参加比赛。队员中,我班有篮球四人、排球三人、足球一人。毕业会考后的一周,将放寒假,我班正筹办与毕业有关纪念事宜。一日,忽然心血来潮,由赵家寰(武汉大学毕业,现在长沙)起草,贴出海报,谓为活跃校园体育气氛,锻炼体育后继人才,以篮、排、足、网四球向全校挑战。少年气盛,出语极尽挑衅激发之能事,引起全校沸腾,尤以初中同学气愤更盛。初赛排球,原以为未必可胜者,却大获全胜。后赛篮球,我班实力雄厚,但在鼓噪吆喝倒彩声中告负。全校同学喜出望外,大呼"高五班牛皮破产"。于返宿舍时(我班单独住图书馆的宿舍),初中同学尾随吆喝,我班吴自元(后于国立上海法学院毕业,现已身故),输球已有几分晦气,回身一脚,踢伤初中同学沈宗淦。于是,全校大哗,要求惩处凶手。初中同学,聚众百人,包围宿舍,声称报复,我班亦严阵以待。事情至此,已越出球赛范围,学校当即出面干预,斥退两方,听候处理。

第二天,学校挂出黑板牌,将吴自元记甲儆两个,丙儆两个。根据当时校规,儆分甲、乙、丙三等,以每三儆上加一等,吴自元如再犯丙儆一次,三个乙儆,即可开除。牌下人头攒挤,拍手称快。我班同学路过,辄被羞辱嘲弄。我班则以事出双方,行为均有不当,而处分加于一人,未免失之公正,也气愤难平。同学段湘藩(后于北京大学毕业,现无联系)、赵家寰与我三人,深夜不寐,一气之下,披衣而起将牌上文字抹掉,被巡夜校工胡某发现,坚决要求照原复写(学校已派他负责看管),否则,将受重罚。牌虽复原,字迹不对,终为学校发现,这确是一次极为严重犯规事件。学校几经研究,实际上毕业考试已过,三人成绩均佳,教育厅已颁毕业证书,待发。既不宜开除,记儆更无意义,于是决定由邬干于教务主任率领我们三人,向胡老校长当面悔过。

当时胡校长住在老校门传达室对面的小平房内,我们低头依次轻步进入。邬老师一一介绍后,我们向老校长深深鞠躬,陈述所犯错误,深刻检查悔过,吸取教训。校长要我们坐下,对我们严厉而平易地说:"你们首先要理解我为什么办明德中学,你们为什么来读书。你们读过历史,应当晓得鸦片之役、甲午之役、八国联军之役等,国家受尽耻辱,民族已沦于亡国灭种的地步。我留学日本看到他们之所以强盛,关键在教育,所以我才立志办学来救国家。我是一个寒士,身无分文,要办学谈何容易,几经筹划,得到多方支持,才于癸卯年三月初一(即1903年3月29日)以两千元起首,租房办起明德。我曾对克强先生说:'公倡革命,乃流血之举,我办学校,则磨血之人。'办学要央人出资赞助,求人低薪应聘教书,我流过多少泪,甚至向人下过跪。那年赴南洋筹款,远出数千里,人地生疏,全凭三寸舌,冒险出征,我当时比作背水一战,不成则死,别无退路。我的教育宗旨,一是要你们学好基础学科,若能进入大学,可以学文、学理,成才才有救国本领。二是要你们学会做人对事,做一个道德品质高尚,有毅力、有修养、爱国、恤民的人。所以我提出'坚苦真诚'四字为校训,坚就是告诉你们,凡办任何事都有艰难险阻,决不可能一蹴而就。救国图强的伟业,没有坚强毅力,没有坚韧不拔的精神,没有坚定不移的意志,就会一事无成。屈原为救楚国,要求除奸佞经受过多少打击,他说过一句话,'虽九死其犹未悔',这是一种为正义非常坚毅的精神。我办学要克服一切困难,就是要学他,也希望你们能学他,所以四字中,我把坚字放在第一位。苦,说到苦,人都会怕,古人说:'死亡病苦,是人的大恶。'人而怕苦避苦,就不会有艰苦卓绝、任重道远的韧劲,所以我要求你们要能以吃苦为荣、以吃苦为乐,在大苦中担大任、做大事、成大业,每个青年都要有志向。真,较易理解,巧言令色的人,哗众取宠的人,以图一己之利的人,都不是真正做事的人。世事纷纭,自己要做真实的人,但也要学会辨别真假,特别在科学技术上,一定要脚踏实地,是真的才叫科学,将来处世,决不能沽名钓誉,混淆真假是非,欺世盗名,这样的人,就是明德学生。诚,我把诚字放在最后,我以为惟诚才能择善者而固执之,只有虔诚,才能始终如一,不尚侥幸,不图取巧,才能有成。对事是这样,对人也要这样,诚心感人,才能得到别人的开诚相助,所谓'精诚所至,金石为开'。金石为开的过程,就是以诚待人,真正地以诚感人。以上这些是校训坚苦真诚的粗浅含义,总的是要你们学到本领,学会做人,将来好为国家出力。明德从创办到现在,可以说初具规模,也赢得社会信誉,我就是身体力行校训这四个字。这次发生的事,老师们对我讲了,过程我大体清楚,总的讲,你们班应负主要责任。想活跃学校体育空气,要明德的体育永不衰退,后继有人,想法是对的。但事与愿违,首先,你们以大哥身份写出的挑战书，措辞太激烈，不是培养带动小弟弟，做他们的表率，旁观者看来，难免有妄自尊大、哗众取宠之嫌。严格地讲，这就不是以真诚对待小弟的态度，所以初中班对你们特别反感。其次，你们28人，不择方法，激怒全校，'众怒难犯'，你们应当懂得这个道理，你们就是犯了这个错误，今后处世做人要切记。第三，你们三人抹掉黑板，幸亏知过，重新写上，否则，违反校规，完全够开除的处分条件。老师们研究了，考虑你们平日笃守校规，学习成绩，体育成绩，都属上乘，你们是18到19岁的青年，血气方刚，冲动于一时，犯错误固不应该，但也在所难免。开除你们，也可能因此断送了你们的一生，我也觉得于时不宜，于心不忍，但又觉得不加教育，使你们知过而改，也可能会误你们前程。左思右想，所以特由邬先生带你们来悔过，我也尽校长之责，你们要离开学校了，也可以说是临别赠言。"

老校长教诲之语，企盼之心，语重而心长。那时，我们已深为感动。校长接着说："我今年已61岁，人生七十古来稀，在世之日无多，而明德之前途仍属茫茫。我昼夜思索，魂牵梦萦，总不放心，还望今日老师们，特别你们这些毕业学生，今后本着校训，认真读书，学有专长，通达做人的大道理，关心学校，为学校争光，为国家效力，我虽九死无悔，九泉亦无憾。"说到这里，老校长声音呜咽，老泪纵横，而我们三人，俯首忏悔，感动万分，泪涔涔下。至此，邬老师恐老校长过于悲切，含泪带我们以三鞠躬离开老校长。

一周后，我们班举行告别宴会，宴请全校师生，老校长亦欣然参加。师生情谊，水乳交融，所谓黯然神伤，唯别而已者，恰似这般情景。翌年，参加高校考试，三人均考入国立著名大学，或学工程，或学文学。时至今日，已时隔64年，此景犹历历在目，但犹耿耿于怀者，于母校贡献无多，有负老校长之期望，值此老校长诞辰125周年之际，特记之，既以纪念，更示不忘！

注释

1. 选自《百年明德 磨血育人》（明德中学 2003 年编印）。潘基礦（1914—2011），明德中学 1934 届高五班学生，武汉大学土木系毕业，教授级工程师，曾任湖南省人大常委会副主任，并担任明德校友会理事长至去世。

阅读指津

　　校友潘基礦老人选取在明德求学期间的一则小事，忆及胡老校长关于"坚苦真诚"校训的谆谆教诲，言辞恳切，情感真实，读之令人动容。

　　正是"坚苦真诚"精神的滋养，成就了潘基礦老人的精彩人生。他 35 岁即被任命为长沙市第一任城建局局长，一生致力于湖南省城市建设与环保工作，为我省城市建设做出了卓越贡献。此外，明德中学的体育教学，养成了潘基礦对运动的挚爱，并影响他的一生。在明德求学期间，他就被选派参加全国运动会。后来进入武汉大学读书，又曾代表湖北省参加华中运动会。2006 年他被评为"全国健康老人"。2008 年又以 94 岁高龄参加北京奥运火炬传递，成为全国年龄最大的火炬手。正如潘老先生所言，"坚苦真诚，终身诲我"，明德精神给他的人生带来了深远的影响。

诗骚余绪 风华百年

中国古典诗歌源远流长，影响深远。而明德中学就是受数千年诗骚文化沾溉的诗词坛坫。不管是从数量还是质量上来看，明德师生的诗词创作都在中国近现代诗坛上占据着十分重要的地位[1]。

这个单元学习明德教师创作的古典诗词。

百年以来，明德中学一直秉承诗教传统，讲究以诗词歌赋营造浓厚的文化氛围，从而熏染学生之人格。一方面学校修建屈子湖、楚辞亭，定期举行诗词雅集，在各种集会上常常以诗词教育学生[2]，并拨出专款创办《明德旬刊》，为学生们施展才华、发表诗词作品创造良好的平台[3]；另一方面老师们大多饱读诗书，学养深厚。他们的言传身教，对学生之影响也至为深远[4]。这方面的代表前有苏曼殊、刘师陶、傅熊湘、李肖聃，后有刘永济、吴芳吉、周世钊、王昌猷。他们在课堂上讲解历代名篇名作，旁征博引，条分缕析，常常使听者忘倦；有时则诵读自己的新作，或慷慨满怀，或依依低回，总能使学生们为之倾倒。数十年后明德学生李羽立怀想母校时还记得周世钊先生上课时的风采："新蒲细柳忆釜师，夏日熏风诵读时。书课释诠参哲理，文章评改遣嘉词。畅怀振袂常沾粉，问字停车总在诗。最是更残将曙夜，宣扬领袖寄神驰。"（《怀想周惊元师》）

注释

1. 曾在明德学习或工作的著名诗人有宁调元、傅熊湘、刘泽湘、苏曼殊、吴芳吉、柳诒徵、章士钊、胡小石、刘永济、李冰若、石声汉、林从龙等。当代人胡迎建撰《民国旧体诗史稿》论及的明德师生就有章士徵、吴芳吉、黄兴、谭延闿、张继、柳诒徵、胡小石、刘永济、宁调元、傅熊湘、刘泽湘、黄堃、袁绪钦13人。刘梦芙教授撰《五四以来词坛点将录》,论及的明德师生有刘永济、李冰若、章士钊、石声汉4人。

2. 梁赐龙《胡子靖传》:"1923年吴芳吉、刘永济等提议教职员集资修建楚辞亭于屈子湖中央。每逢节假日,师生邀集来亭中活动,举行诗歌会、曲艺会,胡子靖也乘兴参加。每年毕业班举行毕业晚会,他只要在校必定参加,且向毕业生赠送诗笺(他在彩色信笺上题的诗,写的格言)。学生得到他的诗笺,都视为至宝。如'从来纬地经天业,皆在躬行实践身''事期至善原无悔,九死犹甘尚有生'等。他还提倡郊游、野餐,举行红叶诗会等。"彭庆遐《母校——明德中学生活回忆》:"1942年在母校举行的毕业典礼上,学校赠给我们每人一叠信封,上面用隶书印制李陵赠苏武的诗句'努力崇明德,皓首以为期'。"

3. 著名诗人桂多荪、朱振鹏、李羽立在明德读书时曾担任《明德旬刊》主编,左景伊等常在《明德旬刊》发表诗词作品。

4. 赵家寰《怀念邬干于先生》:"他(邬干于)又把爱写诗歌的同学,组成一个小组,定期写作,由他批阅。我记得有一次的诗题是'中秋之夜'。我写的是:'中秋月白倚高楼,江水沉凝碧不流。是月是沙分不尽,万家灯火傍渔舟。'先生看后也打了两个圈。"左景伊《明德生活杂忆》:"有一次我在《明德旬刊》上看到他(周世钊)写的几首诗,写得很好,比现在报上的打油诗好多了,我就暗暗崇拜他。"

诗三首[1]

⊙ 胡元倓

海上触礁寄讯明德诸君子

抵沈阳，谒赵次珊制军[2]，时张筱浦、叶揆初、金仍珠、陈仲恕诸君已代达明德窘状。赵公询来意慨助万金，筱浦亦私赠千金，明德之困顿以苏，时离湘仅七日也。返京呈学部咨[3]。湘发款，幸获批准，遂东游日本，距壬寅留学时已五年矣。明德诸生留学者已百余人，勾留浃旬[4]赋归，诸生来送行，由神户上小仓丸。次晨坐礁，三日始出险，同行拍照以为纪念。因题数语，寄讯明德任事诸君子焉。

事期至善原无悔，九死犹甘尚有生。
芳草天涯怀故宇[5]，孤危今已似灵均[6]。

修身约言

寄留东诸子五月中旬抵沪，闻明德津贴犹未发，遂由海道入京，溽暑遄征[7]，痔疾大发，卧半月不能起。因将行箧所辑《明儒学案》编印成册，名曰《修身约言》，遍寄留东诸子，期共勉焉。

回首扶桑感离群，聊持敝帚赠诸君。
从来纬地经天业，皆在躬行实践身。
来日艰难同担荷，寸心坚苦已分明。
三田台上[8]追遗则[9]，莫谓神州竟乏人。

筹款未就宿镇江万全楼

十月，组安[10]以铁路事留京，特入京就商明德款事，勾留旬日，仍往江南，时明德奇窘，几不能度岁。乃请于端午桥[11]制军于裕宁钱局借两万金。端公作缄，令赴九江与总办孙君商取。时已腊月二十七矣。比达浔阳，孙君竟不能发，大窘欲死，横江风雪倍极艰辛。遂定计往苏州度岁[12]。廿九，舟赴镇江，四鼓抵岸，宿万全楼，坐以待旦感而赋此。

途穷腊尽成亡命，风雪横江倍怆神。
独倚高楼待天晓，茫茫尘海已醒人。

注释

1. 选自胡元倓《耐庵言志》（1931年石印本）。四诗原皆无题，题为编者所加。
2. 制军：明清时总督的别称。
3. 咨：移送公文。
4. 浃旬：一旬，十天。
5. 作者自注："癸卯同时办学之人，近皆散于四方。"
6. 作者自注："出险日正旧历端阳也。"
7. 遄征：急行，迅速赶路。
8. 作者自注："日本庆应义塾所在。"
9. 遗则：前代流传下来的法则。
10. 组安：指胡元倓友人谭延闿，曾任明德学堂董事会主席。
11. 端午桥：端方。历任湖南巡抚、两江总督、湖广总督，锐志兴学，曾支持胡元倓的办学行为。
12. 作者自注："时秉三总办苏州农工商局。"秉三，即熊希龄。

阅读指津

　　胡元倓先生是明德学堂的创办人，以其"磨血育人"的精神感动中华教育界。本课所选三首诗出自他的《耐庵言志》，虽写作背景各不相同，但都表现出作者兴学救国的努力，以及坚苦真诚、磨血育人的伟大精神，同学们在阅读时要仔细体味。

诗词二首[1]

⊙ 黄兴

蝶恋花　辛亥秋哭黄花岗烈士

转眼黄花看发处，为嘱西风，暂把香笼住。待酿满枝清艳露，和风吹上无情墓。

回首羊城三月暮，血肉纷飞，气直吞狂虏。事败垂成原鼠子[2]，英雄地下长无语。

致谭人凤[3]

怀锥不遇[4]粤运终，露布[5]飞传蜀道通。
吴楚英豪戈指日，江湖侠气剑如虹。
能争汉上[6]为先著[7]，此复神州第一功。
愧我年来频败北，马前趋拜敢称雄。

注释

1. 选自《黄兴集》（中华书局1981年版）。黄兴（1874—1916），字克强，湖南善化（长沙县）人，近代民主革命家。1903年来明德学堂任教，曾参加创建华兴会。
2. 鼠子：指奸细。广州起义是在实力尚未集中的情况下因奸细告密而被迫发动的，因此招致了失败。
3. 此诗又题为《闻武昌起义和诗》，当是作者在香港听到武昌起义的消息后所作。谭人凤，字石屏，湖南新化人。同盟会会员，多次参与革命军起义和讨袁活动。
4. 怀锥不遇：意指未能脱颖而出。
5. 露布：捷报、檄文。此处当指同盟会在四川"保路运动"中的文告。
6. 汉上：此指武昌、汉口。
7. 先著：争先，先行。典出《晋书·刘琨传》。

阅读指津

　　黄兴少时饱读诗书，满腹才情，虽投笔从戎，献身革命，无暇吟业，所作散佚者亦不在少数，但其存世者仍足见儒雅本色、天纵风华，即与古今大诗人同列，亦不遑多让。人言其"最后十年的诗词作品，简直就是其革命生涯的一部编年史"，诚哉斯言。

诗六首[1]

⊙ 苏曼殊

本事诗十章（选一）[2]

春雨楼头尺八箫[3]，何时归看浙江潮[4]？
芒鞋破钵[5]无人识，踏过樱花第几桥。

以诗并画留别汤国顿[6]

其一

蹈海鲁连不帝秦[7]，茫茫烟水着浮身[8]。
国民孤愤[9]英雄泪，洒上鲛绡[10]赠故人[11]。

其二

海天龙战血玄黄[12]，披发长歌览大荒[13]。
易水萧萧人去也[14]，一天明月白如霜。

寄调筝人[15]

其一

禅心一任蛾眉[16]妒，佛说原来怨是亲[17]。
雨笠烟蓑归去也[18]，与人无爱亦无嗔[19]。

其二

生憎花发柳含烟，东海飘零二十年。
忏尽情禅空色相[20]，琵琶湖[21]畔枕经眠。

其三

偷尝天女[22]唇中露，几度临风拭泪痕。
日日思卿令人老，孤窗无那[23]正黄昏。

注释

1. 选自《苏曼殊全集》(中国书店1985年9月第1版)。苏曼殊(1884—1918),近代著名诗僧、翻译家,1906年任明德学堂教师。
2. 此题本事诗共十首,今选其九,此诗又题作"有赠""春雨",为曼殊赴日本省母期间所作。本事诗即记事诗,谓作此诗必有其事实依据,有具体所指。
3. 尺八箫:日本尺八状类中国洞箫,据说传自金人。其曲有名"春雨"者,阴森凄恻。
4. 浙江潮,即钱塘江潮。
5. 芒鞋破钵:草鞋和托钵。
6. 这两首诗作于光绪二十九年(1903),系诗人现存最早的作品。作者是年20岁,离日本归国,是诗系留别汤国顿之作。汤国顿,即汤睿,广东番禺人,是诗人居留日本时的好友。
7. "蹈海"句:典出《史记·鲁仲连邹阳列传》。鲁仲连,战国时齐人,常周游各国。一次他到赵国游历,正碰上秦兵围攻赵国都城邯郸,魏国使者新垣衍劝赵王尊秦为帝,鲁仲连坚决反对,并表示,如秦国"肆然而为帝,则连有蹈东海而死耳!吾不忍为之民也"。这里是借来表达他不愿为清王朝之民。
8. "茫茫"句:承上句,谓寄身于日本。着,安置,寄托。
9. 孤愤:本系《韩非子》篇名,此指孤寂的悲愤。
10. 鲛绡:传说中鲛人所织的绡。此指绘有画的生绢。
11. 故人:老朋友,此指汤国顿。
12. "海天"句:《周易·坤》:"龙战于野,其血玄黄。"诗用此典,借喻帝国主义侵略战争所造成的悲惨局面。龙战,群雄并峙,互相争夺,此喻列强侵略中国。
13. "披发"句:苏轼《潮州修韩文公庙记》:"公不少留我涕滂,翻然披发下大荒。"曼殊由此变化而来,用以抒发诗人无边的哀愁。大荒,广野,极言其旷远。
14. "易水"句:荆轲至易水上曾有歌曰:"风萧萧兮易水寒,壮士一去兮不复还!"这里诗人以荆轲自喻,借以表示他归国反清的决心。
15. 调筝人:一日本歌姬,名百助,曾与曼殊相恋,后因其为僧,遂离去。
16. 蛾眉:美女的代称。
17. 怨是亲:佛家语,谓对怨敌与亲友一视同仁。
18. "雨笠"句:唐张志和《渔歌子》:"青箬笠,绿蓑衣,斜风细雨不须归。"此处化用其意。
19. 无爱亦无嗔:佛家语。《妙色王因缘经》:"由爱故生忧,由爱故生怖,若离于爱者,无忧亦无怖。"
20. 空色相:佛家语。一切有形象的事物通谓之色相。此等事物非本来实有,所以是空。《般若心经》:"色不异空,空不异色。色即是空,空即是色。"此处色相专指女色。
21. 琵琶湖:在日本。
22. 天女:佛家语,谓欲界天之女性。此处借指百助。
23. 无那:无奈。

阅读指津

　　爱情诗在苏曼殊的诗中占有较大的比重，而且也是他诗中最见光彩的部分。这些诗篇，不知拨动过多少人的心弦，引起过多少读者的共鸣。这部分诗的意义，除了审美价值外，还反映了近代知识分子在黑暗势力面前出世与入世、反抗与动摇、追求自由与自造藩篱的矛盾心态，这对于考察 20 世纪初那个特定时代的一种畸形性格形态当有一定的认识价值。

　　苏曼殊处在祖国危亡日深的近代，他自己的身世也有难言之痛。他本是一个富有热情和思想激进的人，但黑暗的现实、人世间的悲惨，使他走入空门，而他又是一个放荡不羁、并不甘守戒律的和尚；他想远离人间而又关心社会现实（他发表《讨袁檄文》即是证明）。总之，苏曼殊身上出世与入世的矛盾、爱情中的痛苦与烦恼、人世间的不平与悲惨，所有这一切令人困惑的苦闷、迷惘和忧伤，既折磨着他那"不安宁的灵魂"，形成了其诗歌哀婉悲怆的风格基调。

诗词二首

⊙ 傅熊湘[1]

一笑[2]

悔向人间赋七哀[3],忍看尘海长莓苔[4]。
百年弹指真容易[5],万感填胸倏去来[6]。
老骥未能忘竭蹶[7],蛰龙终竟起风雷[8]。
仰天一笑殊痴绝,斗大明星落酒杯[9]。

浣溪沙 癸丑避地作[10]

欲写离愁万重,可堪[11]流水自西东,三更疏雨五更风。
未办[12]白头终[13]有约,即抛红豆更何从[14],浮生踪迹似飘萍。

注释

1. 傅熊湘(1883—1930),名尃,字文渠,一字君剑,号钝安,湖南醴陵人。南社著名诗人,发起主持南社湘集。曾任明德学堂国文教师。
2. 选自林东海、宋红《南社诗选》(人民文学出版社2011年版),诗选所据版本为《南社丛刻》第五集。《傅熊湘集》收此诗,题作《吴门作》,字句稍有出入,今从《南社诗选》。
3. 七哀:汉魏乐府旧题,王粲、曹植、张载等人均有《七哀》诗。本诗题为"一笑",故开篇言悔赋"七哀"。
4. "忍看"句:尘海,犹尘世,人世间。长莓苔,意谓荒芜。此句意谓满目疮痍。
5. "百年"句:意谓时间飞逝,弹指之间已过百年。百年:一生;终身。
6. "万感"句:意谓感慨万端,心潮起伏。倏:忽然。
7. "老骥"句:意谓老骥虽竭蹶而志在千里,尽力趋赴。竭蹶:力尽颠仆。
8. 秋瑾《柬志群》诗(其三)有句云:"牧马久惊侵禹域,蛰龙无术起风雷。"傅熊湘此句当是应秋瑾诗句而发。
9. 古人多以巨星陨落喻指巨人谢世,此亦以星落喻秋瑾等烈士的牺牲。

末二句颇具浪漫色彩，自笑痴想大星坠落酒杯，将之喝到肚子里。颇有诙谐之趣，却十分严肃，意谓将继承先烈遗志，革命到底。

10. 选自《傅熊湘集》（湖南人民出版社 2010 年版）。避地：迁地以避灾祸。1913 年汤芗铭督湘，大肆搜捕反袁人士，傅熊湘名在其列。傅避祸醴陵期间，无人敢收留，无奈之下冒昧求救于故人刘骧所识玲珑馆主黄玉娇。玉娇毅然开阁延宾，以礼相待，奉为上客。经过累旬烦扰后，傅转匿山中，临别时作此词。
11. 可堪：犹言那堪，怎堪。
12. 办：成，成为。
13. 终：纵使；虽然。
14. 何从：从何处，从哪儿。

阅读指津

  南社作为中国近代史上著名的爱国团体，深受同盟会的影响，鼓吹资产阶级民主革命，反对清王朝的腐朽统治，其成员一贯以气节相勖，以天下国家为怀。

  1917 年，黄玉娇远嫁他人之后，傅熊湘将怀念黄玉娇的诗文寄南社社友，征请作图和题咏。南社社友个个诧为奇遇，纷纷动笔奉画呈书。共得序文题跋 5 篇，诗作 177 首，词 28 阕，曲子 4 首，画 2 幅。傅氏将社友作品汇成《〈红薇感旧记〉题咏集》，丹青、书法、印章，朱墨灿然，精彩纷呈，并于 1919 年刊行问世。

诗六首[1]

⊙ 胡小石

听歌

四座无声弦语微,酒痕护梦驻春衣。
年年花落听歌夜,雨歇灯残不忍归。

白华邀同仲子、确杲诸公听董莲枝词,喜衡如新自成都至[2]

其一
巴蜀[3]谁言若比邻,江楼邂逅乍眉伸。
君看急管[4]哀弦[5]里,尽是亡家破国人。

其二
水阁秦淮灯万星,董娘秋老唱闻铃[6]。
郎当此日同为客,夜雨千山忍泪听。

其三
望乡峡里悲江令[7],念乱桥边遇柳生[8]。
桑海[9]征歌[10]莫辞远,曲中犹有太平声。

四月十六夜,昆明遇董娘,为吾唱《闻铃》也

弦急灯残梦影微,淋铃[11]听罢泪沾衣。
天涯犹是秦淮月,留照歌人缓缓归。

董娘

听汝秦淮碧,听汝汉水秋。
听汝巴峡雨,四座皆白头。

注释

1. 选自《胡小石论文集·愿夏庐诗钞》（上海古籍出版社 1982 年版）。胡小石（1888—1962），名光炜，字小石，江苏南京人。文学史家、文学家、史学家、书法家。1913 年初至 1914 年在明德学堂任教。
2. 白华：宗白华，近代著名美学家。仲子：杨仲子，音乐教育家，篆刻艺术家。确杲：金陵大学教授刘继宣，字确杲。衡如：金陵大学教授刘国钧，字衡如。
3. 巴：古国名，在今重庆一带。蜀：古国名，在今成都一带。
4. 急管：节奏急速的管乐。
5. 哀弦：悲凉的弦乐声。
6. 闻铃：清代韩小窗所作《剑阁闻铃》，描写的是"安史之乱"中唐明皇夜宿剑阁，闻夜雨檐铃之声而思念杨贵妃，一夜未眠直到天明的情景。
7. 江令：南朝的江淹长于辞赋，其《别赋》《恨赋》常借风光景物抒写别恨离愁。此处当是以江淹自喻。
8. 柳生：此处当指刘国钧，但未知典故所出。
9. 桑海："桑田沧海"的略语，比喻世事的巨大变迁。
10. 征歌：征招歌伎。
11. 淋铃：即《剑阁闻铃》。

阅读指津

  胡小石弟子曾昭燏回忆道："师居金陵时，有艺人董莲枝唱梨花大鼓，声音高绝，尤善《闻铃》《悲秋》诸曲，师笃好之，每登场必往……抗日战争后，董流转于武汉、重庆，仍以艺为生。师于颠沛流离之中，亦时往听之。"

诗二首[1]

⊙ 周世钊

感愤[2]

人世纷纷粉墨场[3]，独惊岁月去堂堂。
沐猴加冕[4]终贻笑[5]，载鬼同车亦自伤。
卅载青毡[6]凋骏骨，九州明月系离肠。
烟尘满眼天如晦，我欲高歌学楚狂[7]。

庆祝长沙解放[8]

百万雄师奋迅雷，红旗直指洞庭来。
云霓[9]大慰三湘[10]望，尘雾欣看万里开。
箪食[11]争迎空井巷，秧歌高唱动楼台。
市民啧啧[12]夸军纪，只饮秋江水一杯。

注释

1. 选自钱理群、袁本良《二十世纪诗词注评》(广西师范大学出版社 2005 年版)。周世钊(1897—1976),字惇元,湖南宁乡人。长期担任明德、周南、长郡等校国文教师。后任湖南省教育厅厅长、湖南省副省长、民盟湖南省委主任委员等职。
2. 此诗作于 1946 年。
3. 粉墨场:用粉墨化装,登场演戏。
4. 沐猴加冕:猕猴戴帽,徒具人形。比喻人虚有其表而不具人性。
5. 贻笑:为人嗤笑。贻:留下
6. 青毡:指清寒贫困的生活。
7. 高歌学楚狂:楚国隐士接舆曾以《凤兮歌》讽孔子,事见《论语•微子》。
8. 此诗作于 1949 年。
9. 云霓:云和虹。《孟子•梁惠王下》:"民望之,若大旱之望云霓也。"
10. 三湘:泛指洞庭湖南北、湘江流域一带。
11. 箪食:犹言箪食壶浆。箪,盛饭竹器。浆,以米所熬之汁。言踊跃犒劳军队。
12. 啧啧:赞叹声。

阅读指津

《感愤》全诗八句均为伤时之感、嫉俗之愤。世事纷乱,烟尘满眼,政坛上沐猴加冕、粉墨登场,刺时语也;青毡独坐,骏骨已凋,有时却又不得不与鬼同车,自伤语也。楚狂接舆歌曰:"凤兮凤兮,何德之衰?往者不可谏,来者犹可追。已而已而,今之从政者殆而!"诗人以此典作结,将傲世鄙俗之意表现得淋漓尽致。

《庆祝长沙解放》写长沙解放场面,颇为动人。首联起势排空,"直"字有一往无前之概。二联虚写,设喻切至。三联实写,描述生动,"箪食""秧歌",一古语一新词,相映成趣;"空井巷"与"动楼台",极写市民之热情。尾联借市民之口,赞颂解放军治军之严,"只饮秋江水一杯",揭示了解放军能够得到百姓支持、迅速解放全国的原因,寄意深刻。全诗中没有作者的自我形象,然而诗人由衷喜悦赞佩的情感却洋溢其间。

雏凤清声　继轨前哲

明德既重诗教[1]，教员又多饱读诗书，学生们耳濡目染，故得以长期受到教员学识人格的熏陶和传统诗教文化的浸润涵养[2]。因此，明德毕业的学生，不管后来习文习理、从政从商，大都能创作古典诗词。其中成就卓著者，如宁调元为南社元老，人称"囚徒诗人"；刘永济为著名词学家，所著《诵帚词》多反映国家之治乱兴衰，堪为史鉴，李冰若先生英年早逝，著作散佚，所著《绿梦庵词》仅存作品十六首，却被刘梦芙先生收入《五四以来词坛点将录》；农学家石声汉先生以诗词为余事，不欲以此名世，但所著《荔尾词存》却颇得古典文学专家叶嘉莹先生的青睐；唐稚松先生为著名的计算机科学与软件工程专家，在诗词创作上也颇有造诣，陈寅恪先生评价他说："唐稚松君函及诗均佳，信是美才也。"[3]并邀请他去中山大学担任唐诗助教。其他如丁夏畦、肖纪美为两院院士，宋祚胤、吴容甫为文学教授，左景伊、周思永为理科教授，潘基礩、朱振鹏、周德圭为工程专家，易君左、张平子为新闻界人士，胡庶华、桂多荪为教育工作者，赵甄陶为翻译家，陈翰笙为经济学家，周谷城为史学家，林从龙为编辑，萧克瑾为书法家，谭业伟为会计师，却都擅长诗词。这些都显示出明德中学诗学渊源之深厚，诗教影响之至巨。

注释

1. 宋祚胤先生《周味道师命题元遗山雁丘词》自注云:"1936年于长沙明德中学。雁雌雄相随,中途失侣,幸存之雌以身殉。"(《宋祚胤论集》,岳麓书社1995年版)可见宋先生此诗就是在明德中学读书时由国文教员周味道先生指导完成的。
2. 《荔尾词存·昭君怨》注云:"父亲(石声汉)此时14岁,正在长沙明德中学读书。由于从小受到家庭的熏陶,到明德中学后又受到国文老师刘永济(诵帚)、吴芳吉的影响和指点,他作的词已表现出相当的功力。"(《荔尾词存》,中华书局1999年版)林从龙先生就读于明德中学时,所作《游岳麓山》诗有"万壑凉风翻落叶,一江晴涨漾轻鸥"的佳句,受到国文教师周世钊先生的击节称赞。林从龙毕业时,周世钊先生又有"见其英敏谨厚,而学问不厌,预卜将来必成大器……进而以其学,发为文章,为劳苦群众,写其疴痛,鸣其烦冤"的赠言作为嘉许和勉励。(《林从龙诗词选评》,河南文艺出版社2008年版)
3. 引自《吴宓与陈寅恪》,吴学昭,清华大学出版社1992年3月,第1版,第130页。

诗二首[1]

⊙ 宁调元

早梅叠韵[2]

姹紫嫣红耻效颦[3],独从末路[4]见精神。
溪山深处苍崖下,数点开来不借春。

感怀[5]四首(选一)

十年前是一重囚[6],也逐欧风[7]唱自由。
复九世仇[8]盟玉帛[9],提三尺剑[10]奠金瓯。
丈夫有志当如是,竖子[11]诚难足与谋。
愿播热潮高万丈,雨飞不住注[12]神州。

注释

1. 选自《宁调元集》(湖南人民出版社2008年版)。宁调元(1883—1913),字仙霞,号太一,湖南醴陵人。近代民主革命烈士。1903年进入明德学堂第一班。
2. 此诗作于1903年。叠韵:赋诗重用前韵。
3. 效颦:即东施效颦,比喻胡乱模仿。典出《庄子·天运》。此句意思是说梅花耻与群芳为伍。
4. 末路:绝路,绝境。梅花开在岁末严寒之时,故言末路。
5. 1906年底,诗人受黄兴派遣从日本回国策应萍、浏、醴起义,此诗当作于是时。诗中抒写怀抱,借典取义,运用对比手法,抒发作者对美好未来的憧憬,表达了为民主革命和民族解放事业而献身的精神。全诗想象奇特,志高气豪,雄奇乐观,别开生面。
6. 重囚:《列子·杨朱》中有"重囚累梏,何以异哉"之说。句中用其意,谓十年之前思想闭塞,如同一个被重重禁锢的囚犯。
7. 欧风:指欧洲资产阶级民主革命之风。
8. 复九世仇:谓报九代之仇。此用齐襄王为远祖哀公复仇典实,语出《春秋公羊传·庄公四年》："远祖者，几世乎？九世矣！九世犹可以复仇乎？虽百世可也。"从清顺治入关至光绪朝，恰为九代。

9. 玉帛：古代诸侯订盟用的圭璋和束帛。
10. 提三尺剑：来自《史记·高祖本纪》"高祖曰：'吾以布衣提三尺剑取天下，此非天命乎？'"
11. 竖子：小子，此指毫无远大志向的人。上联化用自《史记·高祖本纪》"大丈夫当如此也"之句，下联化用自《史记·项羽本纪》"竖子不足与谋"之句。
12. 注：倾注，洒遍。

阅读指津

  独标粲粲高格，开在百花之先，任是溪山深处，不以无人不芳。《早梅叠韵》一诗描写的正是这样一枝真骨凌霜、高风超俗的早梅。

  自然界的花草本无所谓感情和精神。"萋萋满别情"（白居易《赋得古原草送别》）、"草木有本心""自有岁寒心"（张九龄《感遇》）都是诗人主观感情的表露和自我品格的歌颂。作为晚清革命文学团体南社的骨干和中坚，宁调元少年时代即以天下为己任，很早便参加了华兴会和同盟会，创办《洞庭波》杂志，提倡民族民主革命。他生性耿直，疾恶如仇。萍醴之役，义师失败，他被囚狱中，但出狱后主办《帝国日报》，大言壮论，依旧无所顾虑；讨袁开始，他"电湘督谭延闿，劝其独立，北廷得讯，密令名捕，他泰然不稍示怯"（郑逸梅《南社丛谈》）。不久在汉口被捕，就义于武昌抱冰堂，为反对袁世凯窃国献出了自己的生命。可见，诗人本身就是在冻云暧霼、万花纷谢之际一枝报春的早梅。"独从末路"所显现的孤贞高格，正是诗人人格的真实写照。

  《感怀》一诗，首联说作者以前在清政府的专制统治下，思想禁锢，就像一个囚犯，自从学习了西方资产阶级民主自由思想，开阔了眼界，要以欧美的资产阶级民主思想来改造我们的国家。颔联说后来参加了同盟会，宣誓要"驱除鞑虏，恢复中华"，即要用武力来推翻清政府，建立独立自由的新中国。颈联说要有像刘邦那样推翻旧政权的雄心壮志，而不能和那些觉悟低的人共商革命大计。尾联则表示为了革命愿意将自己的热血洒遍祖国大地，就像雨水一样滋润万物，浇灌自由之花。

词二首[1]

⊙ 刘永济

临江仙

闻道锦江[2]成渭水[3]，花光红似长安。铜驼空自泣秋烟[4]。绮罗[5]兴废外，歌酒死生间。

野哭千家肠已断，虫沙[6]犹望生还。金汤[7]何计觅泥丸[8]。西南容有地，东北更无天。

谒金门[9]

帘不卷，帘外鸟声千啭。心事至今犹电幻，梦多愁更乱。

旧约山轻海浅，新恨水长天远。雁讯[10]只不来空缱绻[11]，讯来肠又断。

注释

1. 选自钱理群、袁本良《二十世纪诗词注评》（广西师范大学出版社 2005 年版）。刘永济（1887—1966），字弘度，号诵帚，湖南新宁人。著名的文史研究专家。明德学堂第四班毕业，1920 年回明德任教。又历任东北大学、武汉大学、浙江大学、湖南大学教授。
2. 锦江：岷江分支之一，流域在成都平原。
3. 渭水：黄河最大支流，在陕西中部。
4. "铜驼"句：《晋书·索靖传》："靖有先识远量，知天下将乱，指洛阳宫门铜驼，叹曰：'会见汝在荆棘中耳！'"此言铜驼泣秋烟，亦用指战乱。
5. 绮罗：谓繁华奢靡的生活。
6. 虫沙：喻战乱中的士兵和百姓。
7. 金汤：金城汤池之省，金以喻坚，汤喻沸热不可近。
8. 泥丸：泥制的弹丸。此言所守为弹丸之地。
9. 此词作于 1941 年。
10. 雁讯：指书信。
11. 缱绻：形容情意深厚而缠绵。这里是愁思难解的意思。

阅读指津

　　《临江仙》作于抗战时期。当时国难深重，山河残破，人民流离，而权贵者依然绮罗歌酒，寻欢作乐。这便是老百姓所说的"前方吃紧，后方紧吃"。此词缘事而发，痛砭时弊，代表了人民的心声，也抒发了作者爱国爱民的情感。词作激愤、悲怆而又深沉，感人至深，结末二句，更令多少无家可归的人潸然落泪。故此词在当时流传甚广。

　　《谒金门》述战乱中离人之情，颇为尽致。烽火连月，书信阻迟，故愁思缱绻，难以排解。期盼之中雁讯到来，本该欣喜，但见信而思人伤时，反增愁苦。"肠断"一句用反接法。正因为用了这种章法，"斗觉惊心动魄矣"（清，沈德潜，《说诗晬语》卷上）。

相关链接

　　衡岳莪莪，湘流浩浩，神秀[1]启[2]文明。濂溪[3]通书，船山[4]思问，湘学夙[5]扬名。法前贤兮迪[6]后进，厥[7]任在诸生：贯中西兮穷[8]术业，遗粕而咀精。

　　愿毋忘坚苦真诚，期相与修齐治平[9]。愿毋忘坚苦真诚，期相与修齐治平。瀹[10]灵明[11]兮新教化，崇令德[12]兮蜚英声[13]，继自今腾实[14]恢宏，振绪[15]滋荣！

刘永济《明德中学校歌》

注释

1. 神秀：神奇秀美的山水。
2. 启：开启。
3. 濂溪：周敦颐，号濂溪，湖南道县人，是学术界公认的理学派开山鼻祖，对湖湘文化影响巨大。《通书》是他的著作。
4. 船山：王夫之，号姜斋，湖南衡阳人，明末清初哲学家，是湖湘文化的杰出代表人物。《思问》是指王夫之著作《思问录》。
5. 夙：早。
6. 迪：开导，引导。
7. 厥：代词，相当于"其"。
8. 穷：穷究，彻底推求，深入钻研。
9. 修齐治平：修身、齐家、治国、平天下的简称。
10. 瀹：疏通，洗涤。
11. 灵明：指精神。
12. 令德：美德。
13. 蜚英声：意谓美好的名声四处传扬。蜚，通"飞"。英声，美好的名声。
14. 腾实：功绩传扬。恢宏：博大，宽宏。
15. 绪：开端，头绪，引申为前人未竟的功业。滋荣：生长繁茂。

诗一首[1]

⊙ 易君左

长城曲

长城长，古国防。起秦汉，历隋唐。捍中国，阻胡羌。何人敢南下而牧马[2]？何人痛北上而牧羊[3]？何人铭燕然山[4]？何人吊古战场[5]？何人出塞抱琵琶[6]？何人骑驼还故乡[7]？牺牲一起为祖国，中华儿女何堂堂！轰轰烈烈生固好，轰轰烈烈死何妨。割十六州[8]永遗臭，歌八千里[9]永留芳。吁嗟乎，眼前莫叹一片草白与沙黄，眼前莫叹一片败堵与颓墙，眼前莫叹一群荒鹰与野狼，眼前莫叹一抹秋风与斜阳。古人奠其基，今人支其梁。古人织其布，今人缝其裳。国防无今古，团结如铁钢。吁嗟乎，长城长，强邻强。强邻虽强不足畏，处处尽战场，人人皆机枪，时时吹号角，件件砺锋芒。力保和平主正义，顺天者存逆天亡。中国要为万世开太平，中国要为乾坤振纪纲。高歌一曲过河西，天风荡荡水汤汤[10]。

注释

1. 选自钱理群、袁本良《二十世纪诗词注评》(广西师范大学出版社2005年版)。易君左(1899—1972),字家钺,湖南汉寿人,作家,书画家。曾在明德求学,用不到3年的时间,完成了由小学到中学的学业。
2. 南下而牧马:贾谊《过秦论》:"乃使蒙恬北筑长城而守藩篱,却匈奴七百余里,胡人不敢南下而牧马,士不敢弯弓而抱怨。"
3. 北上而牧羊:苏武出使匈奴被拘系,逼降不从,匈奴将他流放北海(今俄罗斯境内贝加尔湖),使牧公羊,公羊产子乃得归。
4. 铭燕然山:东汉和帝永元元年,车骑将军窦宪大败北匈奴单于,登燕然山刻石记功。铭,文体的一种,刻于器皿或石。燕然山,即今蒙古境内杭爱山。
5. 吊古战场:唐李华有《吊古战场文》,中有"尸填巨港之岸,血满长城之窟"等语。
6. 出塞抱琵琶:用王昭君出塞和番之事。
7. 骑驼还故乡:乐府《木兰诗》:"可汗问所欲,木兰不用尚书郎,愿驰明驼千里足,送儿还故乡。"
8. 割十六州:指宋朝时君臣面对金国侵略,屈辱乞和,陆续割让十六州土地以求苟安之事。
9. 歌八千里:岳飞《满江红》:"三十功名尘与土,八千里路云和月。"
10. 汤汤:水势浩大的样子。

阅读指津

此诗洋溢着中华民族抵御外侮的英雄气概。诗为杂言古体,其间多用排叠句法,颇壮文势。隔句韵与逐句韵兼用,韵脚较密,而选用下平声"七阳"韵,更有铿锵激昂之效。

词三首[1]

⊙ 石声汉

清平乐[2]

读《人间词》[3]，两以蛾眉谣诼[4]为怨，而欲自媚于镜里朱颜。窃有所疑：自媚能得几时？宫砂[5]果有，何谊[6]？不画蛾眉，安伤谣诼？因为另进一解。

漫挑青镜[7]，**自照如花影。镜里朱颜原一瞬，渐看吴霜**[8]**点鬓。**

宫砂何事低回[9]，**几人留得芳菲。休问人间谣诼，妆成莫画蛾眉。**

柳梢青　解嘲[10]

缱绻[11]**余春，簪花掠鬓，坐遣晨昏。臂上砂红，眉间黛绿，都锁长门**[12]**。**

垂帘对镜谁亲，算镜影相怜最真。人散楼空[13]**，花萎镜黯，尚有温存**[14]**。**

柳梢青

丙戌作此封笔。用《解嘲》旧韵，并解《解嘲》[15]。

休问余春，水流云散，又到黄昏。洗尽铅华[16]**，抛空翠黛**[17]**，忘了长门。**

卷帘斜日相亲。梦醒后翻嫌梦真。雾锁重楼，风飘落絮，何事温存。

注释

1. 选自《荔尾词存》（中华书局 1999 年版）。石声汉（1907—1971），湖南湘潭人。农史学家、农业教育家和植物生理学专家，又工于诗词。1923 年明德旧制十八班毕业。
2. 据作者自著《忧谗畏讥——一个诗词故事》："三十二岁（1939 年）。在西南作事。历世渐久，感觉也渐迟钝。一个春夜，借得朋友手抄精本的《人间词》，读到'碧苔深锁长门路，总为蛾眉误。'……又挑起我当时艰难处境中忧谗畏讥的情绪来。作了一首《清平乐》，当作解嘲。"
3. 《人间词》：近代国学大师王国维所著词集。
4. 谣诼：造谣，诽谤。
5. 宫砂：又名守宫砂，是中国古代验证女子贞操的药物。据说只要拿它涂饰在女子的身上，终年都不会消去，但一旦和男子交合，它就立刻消失于无形，在中国古代有人用它来试贞。
6. 谊：通"议"，为"议论"之意。
7. 青镜：青铜铸成的镜子。
8. 吴霜：指白发。
9. 低回：谓情感或思绪萦回。
10. 据《忧谗畏讥——一个诗词故事》："（作《清平乐》）三年之后，这首词给老师诵帚先生（刘永济）看见，倒触起了他底忧谗畏讥来；写了一首词来给我：镜里朱颜别有春……再过一年多，傍晚独坐，看着这首词，自己又来辩解。"可知此词作于 1943 年，是对《清平乐》一词的进一步发挥。
11. 缱绻：固结不解之意，后多用来形容情意深厚，犹言缠绵。
12. 长门：汉宫名，汉武帝的陈皇后失宠后曾居此宫。后以"长门"借指失宠女子居住的寂寥凄清的宫院。
13. 刘永济《鹧鸪天》词中有"何如十二楼中住，放下珠帘了不闻"之句。
14. 温存：抚慰，体贴。
15. 据《忧谗畏讥——一个诗词故事》："三十四年……无意中翻到了那首《柳梢青》，掩卷沉吟，又写了一首，再替自己辩解……一笑之后，便决心连词也不再作了。"可知此词乃石先生 1946 年封笔之作。
16. 铅华：妇女化妆用的铅粉。比喻浮华的事物。
17. 翠黛：画眉用的青黑色螺黛。

阅读指津

叶嘉莹先生说石声汉的这几首诗词都写簪花照镜，却写出了人生的几种不同境界。从青年时代的爱美要强，到中年时代对于外面的一些挫折、苦难、谣诼的种种烦恼，到现在什么都放弃，什么都不在乎。石声汉先生写的是非常落空的悲哀。然而，就算是一切都落空了，你如果真的有价值、有意义，那么你还是你，你的价值意义就会永远存留在那里。

词一首[1]

⊙ 潘基磺

踏莎行·七十自寿

松劲苦寒[2]，柳吹绵少，芰荷出水浮青小。东篱斜照映残红，更番[3]物候[4]催人老。

身洁霜清，心澄月皎，怀宽共奋中兴好。春丝[5]不尽暖千家，年华[6]休为闲情[7]恼。

注释

1. 选自《泰安诗词选》（长沙市明德中学百年校庆办编）。潘基磺（1914—2011），湖南宁乡人，明德高五班学生。历任长沙市建设局局长、湖南省副省长等职务。
2. 苦寒：严寒。
3. 更番：轮流替换。
4. 物候：动植物随季节气候变化而变化的周期现象。
5. 春丝：即春蚕所吐之丝。
6. 年华：岁月，时光。
7. 闲情：无关紧要的私人情感、情绪。

阅读指津

上片借花木点尽四季风光，以"更番物候催人老"一笔收束。景语传情，倔强中略含无奈之感。下片忽然振起，用"霜清""月皎"表明心迹，俯仰无怍，足堪自慰。结语见伏枥之志，情系黎元，有不尽春丝可吐。壮怀如此，老亦何妨。

诗一首[1]

⊙ 萧志彻

湘江晚眺[2]

独对山光与水光，诗情画意两茫茫[3]。
虫沙劫[4]了人何在？数遍归鸿问夕阳。

注释

1. 选自《泰安诗词选》（长沙市明德中学百年校庆办编）。萧志彻，1925年生，湖南长沙人，明德高20班毕业。
2. 此诗作于1977年。
3. 茫茫：遥远，渺茫。
4. 虫沙劫：战争、动乱等劫难。此处指"文化大革命"。

阅读指津

  水天无限风光，撩不起诗人一丝情兴；所以然者，皆因"独对"故也。念友之情，开篇已露半爪。结句句法倒装，拨开迷雾，现出全龙。自知友人未能逃得红羊之劫，虎口余生之我，犹不肯接受这般事实，是以久立江滨，引领遥望。待到数遍归鸿，终无消息时，便只好向夕阳发问，借以宣泄悲哀耳。然而夕阳无语，一问之后，悲哀岂不倍增哉！

西园新唱 芝兰其香

中国是泱泱诗国，从《诗经》算起，至今已有两千多年诗歌历史，诗歌数量可以千计、以万计，以千万计。而现代新诗从20世纪初五四新文化运动至今不到百年。可是仰望新诗夜空，繁星闪烁，明星璀璨，其中有郭沫若、徐志摩、冰心……还有同样璀璨耀眼的诗歌明星吴芳吉、易君左、黎锦晖、陈果夫……

他们是20世纪前期新诗创作的理论者、践行者，对新诗的探索、研究贡献巨大。他们既坚守新诗创作中的古典传统，又融入民歌、西方诗歌，以及新时代的多种元素，创造出新的诗体。尽管由于历史、政治、地域的种种原因，抑或是他们个人其他方面的显赫成就，他们的诗歌创作没被放到应有的文学史地位上。但是，只要读到这些作品，诗人对生活的那份独特体验，就能唤起读者内心最善良、最真诚、最质朴、最激昂的美好情感。

他们还有一个共同的身份——明德人。当年胡子靖校长慧眼识才俊，将四川江津"白屋诗人"吴芳吉、中国流行音乐鼻祖黎锦晖延聘到明德中学，从此西园秋去春来的日子里总荡漾着新诗新歌的"芝兰其香"；曾任明德董事长的陈果夫把新诗写到田头陌上、校园郊外；更有明德学子易君左"不拘旧律，自制新腔"；肖纪美将科学和哲学融入新诗，自成一格。这些诗歌风格各异，却无不凝聚着明德坚苦真诚的精神、修齐治平的理念。

让明德学子放声歌咏吧，让明德新诗唱响校园，并伴随一代代明德人追随先贤，继往开来。

《吴芳吉集》诗选[1]

⊙ 吴芳吉

婉容词

婉容，某生之妻也。生以元年赴欧洲，五年渡美，与美国一女子善，女因嫁之，而生出[2]婉容。婉容遂投江死。

一

天愁地暗，美洲在那边？剩一身颠连，不如你守门的玉兔儿犬！残阳又晚，夫心不回转。

二

自从他去国，几经了乱兵劫。不敢治容华，恐怕伤妇德；不敢出门闾，恐怕污清白；不敢劳怨说酸辛，恐怕亏残大体成琐屑。牵住小姑手，围住阿婆膝。一心里，生既同衾死共穴。那知江浦送行地，竟成望夫石；江船一夜语，竟成断肠诀！离婚复离婚，一回书到一煎迫。

三

我语他，无限意。他答我，无限字。在欧洲进了两个大学，在美洲得了一重博士。

四

他说："离婚本自由，此是欧美良法制。"他说："我非负你你无愁，最好人生贵自由。世间女子任我爱，世间男子随你求。"

五

他说："你是中国人，你生中国土。中国土人但可怜，感觉哪知乐与苦？"

六

他说："你待我归，归路渺，恐怕我归来，你的容颜槁。百岁几人偕到老？不如离别早。你不听我言，麻烦你自讨！"

七

他又说："我们从前是梦境。我何尝识你的面，你何尝识我的心？但凭一个老媒人，作合共衾枕。这都是野蛮滥具文[3]，你我人格为扫尽。不如此，黑暗永沉沉，光明何日醒？"

八

他又说："给你美金一千圆，陪你的，典当路费旧钗钿。你拿去，买套时新好嫁衣，不枉你，空房顽固守六年。"

九

我心如冰眼如雾。又望望半载，音书绝归路。昨来个，他同窗好友言不误，说他到绮色佳城，欢度蜜月去。

十

我无颜，见他友。只低头，不开口。泪向眼包流，流了许久。应半声："先生劳驾，真是他否？"

十一

小姑们，生性憨。闻声来，笑相向。说："我哥哥不要你，不怕你如花娇模样。"顾灿灿灯儿，也非昔日清，那皎皎镜儿，不比从前亮。只有床头蟋蟀听更真，窗外秋月亲堪望。

十二

错中错，天耶？命耶？女儿生是祸。欲留我不羞，只怕婆婆见我情难过。欲归我不辞，只怕妈妈见我心伤堕。想姊姊妹妹当年伴许多，奈何孤孤单单竟剩我一个？

十三

一个免挂牵，这薄情世界何须再留恋？只妈妈老了，正望他儿女陪笑言。不然，不然，死虽是一身冤，生也是一门怨。

十四

喔喔鸡声叫，哐哐狗声咬。铛铛壁钟三点渐催晓。如何周身冰冷尚在著罗绡？这簪环齐抛，这书札焚掉。这妈妈给我荷包，系在身腰。再对镜一瞧瞧：可怜的婉容啊，你消瘦多了！记得七年前此夜，洞房一对璧人娇。手牵手，嘻嘻笑。转瞬今朝，与你空知道！

十五

茫茫何处？这边缕缕鼾声，那边紧紧关户。暗摩挲，偷出后园来四顾。闪闪晨星，瀼瀼[4]零露。一瓣残月，冷挂篱边墓。那黑影团团，可怕是强梁追赴？竟来了啊，亲爱的犬儿玉兔！你偏知恩义不忘故，你偏知恩义不忘故。

十六

一步一步，芦苇森森遮满入城路。何来阵阵炎天风，蒸得人浑身如醉，搅乱心情愫。讶！那不是阿父？那不是我的阿父？看他鬓发蓬蓬，杖履冉冉，正遥遥等住。前去前去，去去牵衣诉。却是株，江边白杨树。

十七

白杨何栩栩[5]，惊起栖鸦。正是当年离别地，一帆送去，谁知泪满天涯！玉兔啊，我喉中梗满是话，欲语只罢。你好自还家，好自看家。一刹那，砰磅，浪喷花；鞳鞳，岸声答。息息索索，泡影浮沙。野阔秋风紧，江昏落月斜。只玉兔双脚泥上抓，一声声，哀叫她。

明德组诗

吴芳吉于1920年8月至1925年6月在明德中学执教五年，期间创作了有关明德中学教育、教学及师生生活的诗歌达三四十首之多，展示了20世纪初明德中学的办学风貌，为明德留下了一笔极其珍贵的历史文化遗产。现摘录几首连缀为一组诗。

西园操[6]

一

西园楼阁映池塘，缥缈胜潇湘。小桥芳径夹垂杨，人影几双双。

二

晨昏游息且翱翔，此地乐而康。无边清兴最难忘，四季百花香。

三

谁怜此老[7]热心肠，甘载走风霜。犹凭肝胆渡重洋，鬓发已苍苍。

四

门外山高水又长，岳麓与湘江。良宵风雨共联床，书声听未央。

题《耐庵言志》诗集[8]

读公南行诗，使我心魂驰。飞鹭集林似锦里，山猿觅食忆峨嵋。天遥复海碧，笔底助神奇。但惜未能追杖履，坐令云岛苍茫空念之。公之诗，公之志。公志如何家国事，公诗如何性灵奇。谓公之诗有为而后为，公岂屑屑雕虫技。谓公之诗无为而自为，公言历历足珍异。清琴兮渊渊，流水兮涟涟。有感发，辄留连。笼百态，乐性天。从古诗人贵适志，道在有为无为间。

弘度[9]佳公子

一

弘度佳公子，弘度佳公子。一见吾神怡，再见吾心喜。三见陶然万虑空，纵有闲愁无处起。弘度佳公子，弘度佳公子。

二

我来湘上采芝兰，几见春风发桃李。客久每思归，行行还复止。一半勾留当为君，君心有道直如矢。弘度佳公子，弘度佳公子。

三

声威幕汉唐，人才何济济！世运际新邦，雄图奔眼底。第一奇功休让人，开国文章我辈始。弘度佳公子，弘度佳公子。

四

雅量合名门，嬿婉宜通体。武慎[10]须眉今照人，涪翁孝友古难比。同车看连璧，携手成连理。竹马青梅休道迟，思君长返少年矣。弘度佳公子，弘度佳公子。

西园听差夷平[11]君弹琴

一

何处雁雕雕[12]，袖底起春风。心随飞雁返蜀中，巫峡碧丛丛。

二

峡门云气重，行行谁与共？几阵暗香不见人，知是梅花冻。

三

遥天一线瀑，挂在最高峰。夕阳光里看明虹，下有万谷松。

四

潭水何溶溶，环潭山如瓮。猿啼不到畏蛟龙，举头天一缝。

五

奔岩下穹窿，裂我寸心胸。激水半日溅濛濛，杳尔失声听。

六

启眼看天容，满座高朋众。隔江依旧万枫红，是醒还是梦？

甲子重阳，与明德远脚队七十人登涝塘北山绝顶，燔柴[13]告天，环唱国歌而下[14]。

一

独乐不如众乐，乐莫乐兮远脚。去去山椒水滨，来来天涯地角。少壮童子，鹰扬雀跃。轻歌曼舞，巧笑善谑。跨碧峰以高瞻，渡云海而共酌。乐莫乐兮远脚，远足之趣何若？

二

不怕路崎岖，崎岖见丈夫。不愁天早晚，早晚是吾庐。草鞋几双旗几柄，麦饭一筐水一壶。捷如千里驹，矫如黄鹄雏。顽如田间犊，活如波上凫。但能适意足千载，莫问冥灵与蟪蛄。

三

曾子作参谋，何郎作司令。小吴冠先锋，阿张压行阵。银角以鸣，扬旗布严命。遥指云中山，悬岩八百仞。谁能最先登，冠军花插鬓。命下众欢呼，掌声山谷应。长风振古松，泠然发清韵。回首游侣群，白衣林掩映。怪石何嶙峋，一步仙境。

四

争先复争先，争上山之巅。上有金碧之云天，下有锦绣之原田，中有五千余载神明华胄之少年。嗟我少年不发愤，何以对彼开辟之前贤？嗟我少年不发愤，何以措汝身手之健全？嗟我少年不发愤，何以慰此佳丽之山川？

五

携手狂歌，狂歌；与子婆娑，婆娑。今朝极乐，极乐；白日蹉跎，蹉跎。采樵山阿，山阿；举火舞傞[15]，舞傞。光焰磅礴，磅礴；照人颜酡[16]，颜酡。相顾入魔，入魔；双双火蛾，火蛾。世界坎坷，坎坷；兴亡几多，几多？举首云罗[17]，云罗；谁物不磨，不磨？苍穹靡佗，靡佗；我恨如何，如何？

新衣引

明德17班诸子，吾与相伴既三年矣。一旦闻其毕业将去，私心眷恋，不能无辞。于其临别，为《新衣引》十二阕送之。

一

几年不见著新衣，言笑常苦稀。今朝个个著新衣，云是毕业期。

二

昔患光阴迟复迟，艰难过去之。今叹光阴驰复驰，容易竟至斯。

三

此间林茂复清漪，春秋景最宜。同心相共一巢栖，嘤嘤似黄鹂。

四

大家年纪雁行齐，无高又无低。长愿与汝笑相嬉，不甘为尔师。

五

孔颜博大老庄微，平生最所希。班马雄豪李杜痴，如渴又如饥。

六

此中天地何瑰奇，沧海渺一稊。奈何与我弃如遗，东西各自飞。

七

世途自古总岖崎，况复尽疮痍。从今伴汝有阿谁，动我长相思。

八

何日泛舟五里隄，隄边春草萋。不知十载此分离，依旧再相携。

九

何日浩歌神禹祠，祠上天风吹。纵使十年又重围，面目应多非。

十

每谈国难对欷歔，几辈不沉迷。愿随伯仲无转移，永远是孩提。

十一

我亦家山梦久违，羡尔此同归。想君父母望儿回，早早倚双扉。

十二

别矣伯仲暂相辞，念兹复念兹。新衣不久变旧衣，此心无旧时。

注释

1. 选自《吴芳吉集》（巴蜀书社 1994 年版）。吴芳吉（1896—1932），字碧柳，号白屋吴生，世称白屋诗人。重庆市江津人，诗人。曾于 1920 年至 1925 年任教于明德中学。
2. 出：遗弃。
3. 具文：空文。
4. 瀼瀼（ráng）：露水多。
5. 枒：桠。
6. 吴芳吉 1920 年 8 月来明德中学任国文教员，居西园明德中学校园内。"西园"，长沙泰安里，明德学校所在。此诗四首皆言明德风物。操，琴曲名，此处可理解为歌。
7. 此老：谓胡公，胡子靖校长。
8. 自注：《耐庵言志》，明德学校校长胡公子靖诗。"飞鹭集林疑雪压，重阳时节看分秩"，又"山猿觅食待停车"，皆公游暹罗（暹罗，泰国旧称）诗也。
9. 弘度：即刘永济，为明德中学教师。中国现代著名词学家，《明德校歌》歌词作者。这首诗是为刘永济新婚所写。
10. 武慎：弘度之祖。
11. 差夷平：为长沙第一师范学校老师，1960 年被选为中国音协副主席、民族音乐委员会主任。
12. 雝（yōng）雝：和谐。
13. 燔（fán）柴：古代祭天仪式。
14. 作者自注：明德学校远足队每两周旅行一次，每次至近在三十里外。人各一杖，杖头有小旗，上绘天马。每十人为一小队，有小队长。百人为一大队，有司令。某亦小队长之一也。此诗五首，每首体裁不同，盖游览时之感情变化至多，故体裁亦以多变应之。第五首每句之叠辞，亦取一唱一意。又登山气喘，难为曼声，叠辞声促，亦以应其气也。
15. 舞傞（suō）：舞动。
16. 颜酡（tuó）：酒后脸发红。
17. 云罗：如网罗一样遍布上空的阴云。

阅读指津

吴芳吉为我们留下了 800 多首优秀诗篇，曾被文学界称为"现代诗史上有建树的六位诗词名家"之一。他的"白屋体"在当时获得广泛认可。梁启超称他"将来必为诗坛辟世界"；于右任高度评价其其"独立特有之雄才"；而毛泽东更是赞誉其人其诗"才思奇捷，落笔非凡。芳吉知春，芝兰其香"。

（1）《婉容词》被誉为"几可与《孔雀东南飞》媲美"的传世之作。诗中描写留美丈夫受西方自由恋爱思想影响抛弃发妻婉容，婉容苦等无望，悲愤投江，诗既揭露了封建伦理道德观念的危害，又谴责了隐藏在新思潮下喜新厌旧的丑恶人性，为处于社会弱势群体的女性唱出了一曲哀歌。《婉容词》是"白屋体"的杰出代表,中西融合、古今贯通,体裁兼有古代歌行体和西方诗体不拘句数、字数的自由体特点;语言既有古典律句的工稳、典雅,又有民歌的清新流畅,还有口语俚语的鲜活质朴。如果将《婉容词》与《诗经·氓》《孔雀东南飞》比较阅读,你认为这些女性所处的社会以及她们自身的思想性格有哪些异同?如果这几个女性生活在今天,她们的命运将会怎样?

（2）吴芳吉的明德组诗写出了明德的物华人杰：与麓山、湘江为伴的西园校园，校园内师生英姿勃发的精神气象，以及师生之间朝夕相处、教学相长的深厚情谊。读来令人心向往之。诗歌学习贵在体验，重在朗读，试读出明德远脚队师生们的敏捷、欢乐和激动，读出《新衣引》私心眷念、依依惜别的拳拳之情。

（3）尝试将学校生活用小诗的形式记录下来，一定是件有趣的事情。

《黎锦晖流行歌曲集》歌词选[1]

⊙ 黎锦晖

毛毛雨

毛毛雨，下个不停，微微风，吹个不停。微风细雨柳青青，哎哟哟，柳青青。小亲亲不要你的金；小亲亲不要你的银，奴奴[2]只要你的心。哎哟哟，你的心。

毛毛雨，不要尽为难，微微风，不要尽麻烦。雨打风吹行路难，哎哟哟，行路难。

年轻的郎，太阳刚出山；年轻的姐，荷花刚展瓣。莫等花残日落山。哎哟哟，日落山。

毛毛雨，打湿了尘埃，微微风，吹冷了情怀。雨息风停你要来，哎哟哟，你要来。

心难耐，等等也不来；意难捱，再等也不来。又不忍埋怨那我的爱。哎哟哟，我的爱。

毛毛雨，打得我泪满腮，微微风，吹得我不敢把头抬。狂风暴雨怎么安排？哎哟哟，怎么安排？莫不是，有事走不开；莫不是，生下了病和灾？猛抬头！走进我的好人来。哎哟哟，好人哪来！

落花流水

好时候，像水一般不断地流。春来不久，要归去也，谁也不能留！别恨离愁，付与落花流水，共悠悠！

想起那年高的慈母，白发萧萧已满头。暮暮，朝朝，暮暮，朝朝，总是眉儿皱，心儿忧，泪儿流，年华不可留，谁得千年寿？我的老母！

花啊！你跟随流水，这样流哇，流哇，到我的家。水呀！你带着落花，到我家门前停下，将花交给我那年迈的妈妈！让她的白发，加上几片残花，笑一个青春的笑吧！

想起那同心的良友，千里迢迢别离已久。卿卿，我我，卿卿，我我，枉自情儿厚，意儿稠，性儿投，春犹不愿留，人亦知归否？我的老友！

花啊！你跟随流水，这样流哇，流哇，到天涯。水呀！你带着落花，到他的面前停下，将花交给我那可怜的人哪！假使你们不认识他，只要看他的两颊，泪珠儿是时时刻刻地流下！

花啊！水呀！劳你们的驾呀！点点！滴滴！那就是我的他啊！

可怜的秋香

暖和的太阳，太阳，太阳，太阳他记得：照过金姐的脸，照过银姐的衣裳，也照过幼年时候的秋香。金姐，有爸爸爱；银姐，有妈妈爱；秋香，你的爸爸呢？你的妈妈呢？她呀，每天只在草场上，牧羊，牧羊，牧羊，牧羊。可怜的秋香，可怜的秋香，可怜的秋香，可怜的秋香。

美丽的月亮，月亮，月亮，月亮他记得：照过金姐的脸，照过银姐的衣裳，也照过少年时候的秋香。金姐，她出嫁了；银姐，她出嫁了；秋香，有谁爱你呢？有谁娶你呢？她呀，每天只在草场上，牧羊，牧羊，牧羊，牧羊。可怜的秋香，可怜的秋香，可怜的秋香，可怜的秋香。

灿烂的星光，星光，星光，星光他记得：照过金姐的脸，照过银姐的衣裳，也照过老年时候的秋香。金姐，她儿子好；银姐，她女儿好；秋香，你的儿子呢？你的女儿呢？她呀，每天只在草场上，牧羊，牧羊，牧羊，牧羊。可怜的秋香，可怜的秋香，可怜的秋香，可怜的秋香。

小兔子乖乖（原名《老虎叫门》）

小兔子乖乖，把门儿开开，快点儿开开，我要进来。
不开不开我不开，妈妈不回来，谁来也不开。
小兔子乖乖，把门儿开开，快点儿开开，我要进来。
就开就开我就开，妈妈回来了，我就把门开。

注释

1. 选自《黎锦晖流行歌曲集》(中央音乐学院出版社 2007 年版)。黎锦晖(1891—1967),字均荃,湖南湘潭人。音乐教育家,流行音乐奠基人,被誉为"中国流行音乐之父"。1915 年任明德学校音乐教师,并为《明德校歌》谱曲。
2. 奴奴:犹奴家。妇女自称。

阅读指津

  2004 年春节,央视黄金时段连续播出纪录片《一百年的歌声》,开篇即响起《毛毛雨》的旋律。这是黎锦晖的第一首流行歌曲,也是中国的第一首流行歌曲。《毛毛雨》创作于 1927 年,是一首带有民谣风的新型爱情小调,歌曲细致地表达了一位少女在毛毛细雨中等待心上人的焦急心情。《毛毛雨》从诞生之日起,就在歌坛、社会引起极大反响。一方面在市民中迅速流行,一方面被批为"黄色音乐""靡靡之音"。你怎样看这首歌曲的爱情观?将《诗经》中的《关雎》《静女》《采葛》《蒹葭》找来读读,你发现它们有哪些共同点?

  人们称黎锦晖为"中国儿童歌舞剧之父"。他创作的歌舞剧、儿歌在当时的儿童心中留下了难以磨灭的印记。有空陪着自己的爷爷奶奶、外婆外公们一起重温这些儿歌,会是一件很温馨的事。

《鹤林歌集》诗选[1]

⊙ 陈果夫

欢迎歌

欢迎新友，欢迎旧友，兄弟姊妹来握手。精诚团结，互助合作，甘苦同享受。学业无限，事业无休。我们永远做朋友。

离别歌

朝夕切磋，学问进步。数载聚首，忽赋骊歌。天南地北各奔波，不知何日再相逢。

灯前回忆，眷恋情多。黾勉服务，继续研攻。他年相见如相问，不知进步又几何？

职业学生歌

双手万能，职业平等。家财万贯，不如一技在身。流自己的汗，养自己的生命。不求人，不赖人。还须时时努力，刻刻用心；事事切实，处处从新；研究科学，创造文明；尽心竭力，服务人群，则事业可成，事业可成。有志事业，应以职业为本，应以职业为本。

踏青歌

春到人间百草青，踏青才算过清明。风和日暖游人乐，柳暗花明万象新。春气盛，春气盛，动人处处发深情。

春到人间百草青，踏青才算过清明。清明祭扫年年事，触景生情重孝心。新草嫩，新草嫩，谁知枯草是慈亲。

踢毽歌

鸡毛长,铜钱小,做成毽子真灵巧。这样踢,那样跳,要低就低,高就高。我比你多,你比我少,比赛结果我赢了。我赢了,不要骄,下次也许你要比我好。我输了,你也不要骄,也许下次我要比你好。

造林歌

早春栽植小树苗,小苗渐长地不荒。灌溉不嫌劳,随时察看毋损伤。树木犹树人,有人爱护始成林,十年而后栋梁成。

四郊绿荫好风景,气候温和雨水匀。花开果满盈,木制丝纸与炭薪。造林利益好,毋图近利砍伐早,年年添造用不了。

采桑歌

晴采桑,雨采桑,田头陌上家家忙。忙来忙去为宝宝。忙来忙去为宝宝。去年养蚕十分熟,今年织锦做衣裳,春来作嫁装。

早采桑,晚采桑,田头陌上家家忙。忙来忙去为宝宝。忙来忙去为宝宝。今年养蚕一定熟,明年织锦做衣裳,大家换新装。

注释

1. 选自《鹤林歌集》（正中书局1946年版）。该集为儿童歌曲集，陈果夫作词，多位作曲家作曲。陈果夫（1892—1951），名祖焘，字果夫，浙江吴兴东林镇人。在国民党政府中历任要职。幼年在长沙明德学堂读书，1947年至1949年任明德中学董事长。

阅读指津

　　陈果夫逝世后，台湾出版了《陈果夫先生全集》，集子涵盖了政治、经济、文教、生活回忆、医药卫生等方面，共分10册190万字。一代国学大师胡适曾评价陈果夫说道："我觉得他是近代中国一个了不起的人。他以一个未受过大学教育的人，能够写出这么多著作来，老实说，我们今天在北京大学的，还没有多少人能够做得到呢。"难怪有人称他"不学有术"。这些歌词正如陈果夫的小说，"最大的特点，在于令人读时觉得亲切有味，写来如话家常；如说故事，如老友重逢，欢然道故；如师友切磋，津津乐道。故读来如吃家常便饭，味道可口"。这些歌曲在孩子们日日吟唱中浸润出一些做人做事的基本道理，正所谓寓教于乐。

《中兴集》诗选[1]

⊙ 易君左

数帆楼上

望江？望月？望家？望乡？何处望归帆？但远远：横淡烟一抹，映疏灯数点，飞白鹭雏行。试凭栏：更漫天烽火，红了关山。

青春颂

朱颜绿鬓今何在？柳枝挂在斜阳外。努力惜韶光，记取青春难再。难再！难再！二十年前，我也翻江倒海。

闻蝉

蝉鸣高树颠，鸡唱五更天，谁能永站时代尖？谁能独开风气先？——我愿为之执鞭！

初获

早谷登场，新蝉得意，叫出满天黄云；与田间辉映，色霭难分。老妇提篮踱去，摘些丝瓜豆角，挨入柴门。农家辛苦耐温存：赤膊归来，趁晚烟痕，刚是一缸乾酒，佐肥豚。

黄昏心境

黄昏心境如何？蝉唱一支高歌。天末青山微酡，拥出红云几朵？能销几处黄昏？能看几朵红云？还是沙场跃马，梦中最易温存。

注释

1. 选自《中兴集》(中央印刷所版本)。

阅读指津

  《中兴集》是易君左中年时期的代表作。作者"不拘旧律,自制新腔",其意在"把西方民族诗歌的热情的生命力和东方民族诗歌的静美恬淡意境交织成一道新光彩",在当时的诗坛有重大影响。

  易君左在《自序——我学诗的经过并展望诗的前途》中说道自己笔下的"蝉",决不是王维所吟的"倚杖柴门外,临风听暮蝉"那样悠闲潇洒的蝉,也不是骆宾王在狱咏蝉的"西陆蝉声唱,南冠客思侵"那样愁惨悲哀的蝉,也不是孟浩然所咏的"日夕凉风至,闻蝉但益悲"那样萧瑟凄清的蝉,也不是李商隐所咏的"本以高难饱,徒劳恨费声"那样发牢骚似的蝉,而是易君左心中目中耳中和笔下,因"早谷登场,新蝉得意"那样欢欣鼓舞的蝉,是"蝉鸣高树颠,鸡唱五更天"那样奋迈上进的蝉!

  "蝉"作为易君左诗歌中的意象,寄寓了作者高昂乐观、奋迈上进的精神,那是抗战时期中国人的共同精神。

  你读过法国昆虫学家法布尔的《蝉》吗?"四年黑暗中的苦工,一个月阳光下的享乐,这就是蝉的生活。我们不应当讨厌它那喧嚣的歌声,因为它掘土四年,现在才能够穿起漂亮的衣服,长起可与飞鸟匹敌的翅膀,沐浴在温暖的阳光中。什么样的钹声能响亮到足以歌颂它那得来不易的刹那欢愉呢?"

《士心集》诗选[1]

⊙ 肖纪美

阴极保护与耗散结构

啊，大自然的母亲，
您辛勤地哺育多少代的儿孙，
他们竞争，
而又相互依存。

人类，
既是大自然的顽童，
又是万物之灵。
从您那里借来矿石，
千方百计，
制作违背您意愿的金属制品。

您并不愤怒，
而只是微笑地容忍。
委派您忠实而温柔的水兵，
来执行您的指令，
向人类讨回，
本来是属于你的东西。

别看钢铁是那样的强韧，
钢制舰艇乘风破浪，
威风凛凛；
巨型钢结构，
赫然而存。

冷静的道德老君，
四千年前已经认识到：
"天下莫柔弱于水，
而攻坚者莫之能胜。"
时间的推进，
将会看到，水与金属的较量，
谁负谁胜！

古朴的《老子》总结了，
柔能克刚这条真理。
让我们应用现在的科学，
从物理图像去揭示化学腐蚀的机理。

铁的二次离化能是 16·16 电子伏特，
要电子脱开母体晶格，
却是那样地艰难而又陌生。
可是，极性分子这个"水妖精"，
半是召唤，
半是勾引，
矿石啊，
快回到大自然母亲的身边。

人类既顽且灵，
让金属制品，
穿戴涂层，
隔离水的吸引。
借用普里高津的耗散结构理论，
用低贱的金属或电子作为牺牲品，
是这些物质或能量的耗散，
来维持这远离平衡的稳定。

啊！变化是永恒：
金属的寿命，
正如它的主人，
也是生老病死，
在劫难逃，

迟早要皈依到，
微笑仁慈的大自然母亲。

注释

1. 选自《士心集》（广东教育出版社 1999 年版）。肖纪美（1920—2014），湖南凤凰人。材料科学家、金属学专家、中国科学院院士。1933 年考入湖南省长沙市私立明德中学，为明德中学初中 47 班、高中 16 班学生。

阅读指津

　　诗人写诗，文人写诗，冶金学家也写诗，这不"跨界"？对，跨界！院士肖纪美先生用诗歌将科学、哲学，信手拈来，融为一体。这首诗，"阴极保护"的化工原理是骨架，朗朗上口的现代诗句是血肉，而真正的"灵魂"却是"以柔克刚、九九归一"的道家哲理。

　　面对"命题作文"，绞尽脑汁搜肠刮肚却无从下笔的诸君，不如效仿前辈玩玩"跨界"。物理、化学、生物、地理，哪门学科不能提炼作文素材？耗散结构理论能够联系上《道德经》，牛顿第三定律和孔老夫子的"己所不欲，勿施于人"难道不是异曲同工？带正电荷的原子核吸引带负电荷的电子难道不是在诠释"阴阳调和、盈亏互补"的中国哲学？

　　若能将各科知识融会贯通，从语文课文里面学习史地政知识，用理化生的例子论证高考作文，将九门学问化作一门，不但会学得灵活，更会学得开心！

联海撷珠 翰墨存芳

对联，又称楹联，因古时多悬挂于楼堂宅殿的楹柱而得名，又有偶语、俪辞、联语、门对等通称。

"对联"称之，则肇始于明代。它是一种对偶文学，起源于桃符，是利用汉字特征撰写的一种民族文体，它与书法的美妙结合，又成为中华民族绚烂多彩的艺术独创。对联的艺术性，可以当代学者白启寰一副对联来概括：

对非小道，情真意切，可讽可歌，媲美诗词、曲赋、文章，恰似明珠映宝玉；

联本大观，源远流长，亦庄亦趣，增辉堂室、山川、人物，犹如老树灿新花。

对联以其雅俗共赏、老少咸宜的特色让无数人对之青睐有加。古往今来，对联的创作蔚为大观，名联佳对浩如烟海。作为国粹，作为中华民族艺术的瑰宝，对联具有很高的研究、欣赏价值。

题高十一班毕业册
⊙ 胡元倓
从来纬地经天业，皆在躬行实践身。

述志 [1]
⊙ 胡元倓
心如老骥甘伏枥，力尽关山未解围。

题长沙明德学堂
⊙ 张謇
求应用学[2]，复本体明[3]。

赠胡元倓
⊙ 王闿运[4]
十步之内芳草[5]，六经[6]以外文章。

题明德饭堂
⊙ 黄兴
劝诸君努力加餐[7]，每饭莫忘天下事；
看先贤断齑划粥[8]，立身端正秀才[9]时。

挽吴禄贞[10]
⊙ 黄兴
李北平[11]之将略，韩侍中[12]之边功，大厦正资材，公缓须臾，万里早空胡马迹；
罗斯伯其激昂，来君叔[13]其惨烈，二难同赴义，我悲后死，九原莫负故人心。

贺明德中学建校暨华兴会成立90周年

⊙ 龙永宁[14]

复壁藏宾[15]，怀思当日，九万里扶摇鹏翼[16]，重整锦绣河山，功垂青史；

泰兴划策[17]，肇始于斯，近百年风雨征程，勤育芬芳桃李，泽被湖湘。

题华兴会旧址

⊙ 刘瑞清[18]

会创华兴，此间曾寄英雄迹；功标辛亥，斯馆长铭国士[19]风。

怀胡老校长

⊙ 沈立人[20]

春风桃李满寰中，坚苦真诚磨血翁。

题明德中学

⊙ 胡静怡[21]

百年磨血育英才，仗先贤坚苦真诚，四时雨露蛰声远；

万木凌霄凭沃土，期我辈知方[22]明德[23]，三楚[24]梗楠[25]向日栽。

注释

1. 上联脱自曹操《步出夏门行》"老骥伏枥,志在千里"句,下联出自高适《燕歌行》"身当恩遇常轻敌,历尽关山未解围"句。为筹集办学经费,胡元倓曾向时任国务总理的熊希龄募捐。胡元倓到北京,前往熊宅,但熊因事常外出,多次不能得见,胡于是携带被褥,睡在传达室等待。熊无可奈何地说:"胡九真难对付,常来捐款,不给则坐卧不去。而请其做官,则又坚决不就。"胡听了熊的话,答以"心如老骥甘伏枥,力尽关山未解围"。

2. 求应用学:指教学要重视"应用",这是张謇务实的教育主张。一方面,由于国内自然科学不发达,所以"西学"中许多自然科学知识就是"应用"之学,应成为国人重要的学习内容;另一方面,张謇在举办实业过程中也深感学校教学须联系社会实际需要,也就是要重视教育内容的实际应用价值。

3. 复本体明:本体,指"西学为用,中学为体"之"中学",在学习西方的同时,不要忘记本国的文化传统,而应以本国的文化传统为核心,把西学中有用的东西吸收过来;同时,所谓"本体",还应有"自身"的意蕴,"复本体明"则意味着要通过教育发现自我,发现自身的价值,从而展现自身价值。这是张謇揭发生命真谛即求真的教育主张。

4. 王闿运(1833—1916):晚清经学家、文学家,湖湘文化名人。

5. 十步之内芳草:喻处处都有人才。语出刘向《说苑·谈丛》:"十步之泽,必有香草;十室之邑,必有忠士。"

6. 六经:六部儒家经典,《诗经》《尚书》《仪礼》《周易》《乐经》《春秋》。

7. 努力加餐:脱自《古诗十九首》"努力加餐饭"句。黄兴在明德学堂教书时,一直都在学生中间鼓吹革命,故有"努力加餐""莫忘天下事"诸语。

8. 断齑划粥:此用范仲淹贫苦力学典。北宋魏泰《东轩笔录》载,公(范仲淹)少与刘某上长白僧舍修学,惟煮粟米二升,作粥一器,经宿遂凝,以刀画为四块,早晚取二块,断齑数十茎……入少盐,暖而啖之。如此者三年。

9. 秀才:此指当年就学于明德的青年学子。

10. 吴禄贞(1880—1911):近代资产阶级革命者,与黄兴、宋教仁、陈天华等在湖南发起组织华兴会,积极协助黄兴制订在长沙起义的计划。1911年11月7日,被袁世凯秘密买凶杀害。

11. 李北平:西汉李广曾为右北平太守。其时,匈奴望风丧胆,不敢来犯,后因以"李北平"称抗击匈奴的名将李广。此言吴禄贞有李广之将才。

12. 韩侍中:北宋政治家、名将韩琦,封魏国公,官拜司空兼侍中。曾与范仲淹共同防御西夏,名重一时,合称"韩范"。

13. 来君叔:来歙,字君叔,东汉名将、战略家,被隗嚣派来的刺客杀死。

14. 龙永宁:龙璋先生的孙女。

15. 复壁藏宾:典出《后汉书·赵岐传》,意思是在夹壁间隐藏宾客。黄兴等革命党人在华兴会成立后,约定于1904年阴历十月初十在长沙聚义起事,一举推翻清廷。谁知消息走漏,起义失败,湖南巡抚缉拿黄兴。紧急之中,黄兴逃入龙湛霖宅,被其子龙绂瑞藏在密室,在龙家的掩护下才得以免遭逮捕。

16. 九万里扶摇鹏翼:脱自《庄子·逍遥游》"鹏之徙于南冥也,水击三千里,抟扶摇而上者九万里"句。

17. 泰兴划策:1903年,黄兴、章士钊为筹集建立华兴会的经费。特赴泰兴拜访龙璋(明德创始人之一),结果如愿以偿。1904年2月15日,华兴会的成立大会就是在龙璋的寓所西园召开的,龙璋还亲自与会。
18. 刘瑞清：1926年生，湖南湘阴人，1955年由部队转业至明德任教，后担任校长，退休后专从事古典诗词研究。
19. 国士：以天下兴亡为己任的人，堪称国士。
20. 沈立人（1916—2010）：1937年明德高12班毕业。早年投身抗日救亡工作，历任长沙市副市长等职。1983年提议恢复明德中学校名、成立明德校友会，并任第一任理事长。
21. 胡静怡：1943年生，湖南宁乡人，长期从事诗词楹联创作与研究。
22. 知方：知礼法。语出《论语·先进》："可使有勇，且知方也。"
23. 明德：即"明明德"，语出《大学》："大学之道，在明明德，在亲民，在止于至善。"
24. 三楚：战国时期的楚国疆域辽阔，秦汉时分为西楚、东楚和南楚，合称"三楚"。其中南楚为衡山、九江、江南、豫章、长沙等地。
25. 楩（pián）楠：喻栋梁之材。楩，古书上说的一种树。

阅读指津

联生于情，情成于联。此处所选十二副对联，或言志抒怀、催人奋进，或恪守学规、身修理明，或崇仰先贤、宣陈传统，无不饱含深情，深具襟抱，格调意境各有特色。

对联脱胎于诗歌，虽然与诗有相同之处，但比诗要求更严，要求对仗工整，平仄协调。在手法上，对联或精思用典，或妙喻传情，或借题发挥，或嵌名集句，极尽含蓄典雅之能事。

铺采摛文 岳色湘声

赋，是由楚辞衍化出来的，以"铺采摛文，体物写志"为手段，以"颂美"和"讽喻"为目的的一种有韵文体。它多用铺陈叙事的手法，赋必须押韵，这是赋区别于其他文体的一个主要特征。赋起于战国，盛于两汉，后世承袭，至今不衰。明德很多师生深谙古韵，览物察世，亦借赋抒怀，万千世事，人生百趣，尽注笔端。其中很多作品，文辞华美，韵律精严，代表了当世赋文的最高成就。

清末风云变幻，明德贤达云集。作为时代先锋，他们胸怀大志，心忧天下，执笔以抒心中块垒，他们以仁为己任，同情弱者，民生疾苦尽成笔底波澜。建国至今，沧桑巨变，然明德学府的后世诸君仍秉承先贤家国天下之精神，兴教强国，务实求真，其文可见一斑。

《苏若兰璇玑图叙》用笔精细，词工句丽，借深情玄妙的璇玑图来赞美纯洁坚贞的爱情，也表现出作者对苏若兰不幸遭遇的深切同情；《梁任公〈万生园修禊图〉题词》追忆先人，笔墨凝重，行文幽咽，饱含人世沧桑，同时也彰显了先辈的流风余韵；《湘江赋》挥毫状胜，讴歌今日盛世，书生意气于文中历历可见；《湖南明德学校创立三十年颂》为四字骈文，一韵到底，以彰心忧天下、坚苦真诚、磨血育人之精神……

用心品读这些文章，字里行间，总能感受到他们博大的心胸，炽热的情怀，丰富而细腻敏感的情思，且能振奋自己昂扬之精神。

苏若兰璇玑图叙[1]

⊙ 杨毓麟

若夫浮云似帐,夜夜栖乌;芙蓉作船,朝朝别鹤。屏风屈膝,空望君怜;网户琼钩,可怜人意。是以羁雌迷雀,写裁红点翠之愁;玉柱朱丝,飞急调上声之曲。洞房明月,菱绝蘼芜;绮井余香,凄迷豆蔻。蒲萄锦帐,零落红颜;玳瑁金钗,缠绵黄蘖。君心顿异,忆开帏对影之情;妾坐自伤,诉执袂成言之愿。莫不单思慷慨,弧绪萧差,引泣雕梁,飞尘黛碗。况复纷纶妙制,组织华词,绵楚调于针神,眷情绪于华缕!赋脉脉生啼之句,憔悴羞持;诵盈盈不语之诗,别离瘦损。虽复将缣比素,手爪徒工;转绿回黄,剪裁无定。东飞伯劳,相见何时?妾食鲤鱼,长思空寄。然而袖中纨扇,真成捐弃之恩;锦上交龙,竟结合欢之字。此则扶风制锦,独擅雕华;南阳捣衣,倍添韵事者矣。夫其玉台妙选,金钿娇姿。当风柳絮,少小能诗;出水芙蕖,自然不染。于是持荷作镜,笑注双波;施障申谈,花迷俪影。金龟早嫁,不负香奁,玉砚随身,便裁清颂。然而画眉深浅,永爱玩于香奁;半臂寒温,已差池于粉镜。看殷茜画图之面,讵不生嗔;对桓姬芳泽之容,何能无恚?渡江桃叶,但自殷勤;堕溷杨花,谁为颠倒?遂乃西陵松柏,苦吟骢马之章;子夜菖蒲,空唱乌啼之曲。蒲葵窈窕,侬懊谁知;黄葛蒙笼,欢闻何许!天涯芳草,盼王孙薄命之缘;陌上柔桑,断远道同心之缕。未免自怜石阙,最苦碑衔;取次飞龙,真成骨出。缀清辞于赪粉,辑哀拍于流苏。十色玲珑,五光披拂。四时夜度,泪辑鲛丝;一曲长干,肠回罗蹑。旁行斜上,如读班姬续表之文;反复周流,欲循伯玉铭盘之制。念欢的的,照通理于银犀;脱手绵绵,咒牵丝于瑶虎。讵拟行缠罗绣,空说趺妍;系腕丝绳,寄言肤白。花花叶叶,但镂鸳鸯;屑屑飘飘,仅工黹绣。得毋机丝得络,颇忆绵连;针线缝新,未忘纳故。东南孔雀,过十里而徘徊;箧笥荼荑,怆单情而拂拭者乎？或者谓流沙远戍，晋书著迁客之文；襄阳留镇，武序纪缘情之异。事迹乖违，纪序差互。书年如意，既昭依托之真；载记梁成，尤验踌驳之迹。是则崇贤选注，要可据依；山谷引援，借知缘起。盖枕中啮雪，实有去帷之妻；梁客羁游，或有不偕之妇。况乃戍边不返，还汉何年？怨结衣兜，魂消笴箙。而乃缠头封帛，自铭待子之魂；啮血题涛，几化望夫之石。尤足摮张坤灵，回皇闺章，何必著贞妇于妒记，偏小说以诬词？不知宓妃濯发，亦传妻羿之文；岙山开石，实闻候禹之异。事既诞而不经，言以诬而成韵。况夫夷甫清流之冠，或歉宜家；茂宏名相之门，难言逮下。重以娶娃珍髢，或乱华丹；帷簿前鱼，又伤淄蠹。愁来剧瘦，易减腰围；梦里恒啼，谁搔背垢？遂以流黄束素，纬捉搦之断歌；凤箙龙文，纂回波之苦调。九华七采，愿长照夫夫容；绣袜香囊，几殉情于凄魄。宜夫青牛帐里，竞珍芍药之名编；朱草窗前，便代萱苏而蠲忿。推上下而求音律，或有愧于小儒；摘神旨而镜渊微，或无嗤于大雅云尔。

注释

1. 选自《杨毓麟集》（岳麓书社 2008 年版）。杨毓麟（1872—1911），字笃生，号叔壬，后易名守仁，湖南长沙人。1903 年，应明德学堂胡元倓先生之聘，在长沙明德、经正等学校任教，"和黄克强同主讲席"，并在明德参与创立华兴会。后闻广州黄花岗起义失败，致痛心不能自持，于 1911 年 8 月 10 日投利物浦大西洋海湾，以身殉国。苏若兰，名蕙，是前秦陈留县令苏道质的三姑娘，从小天资聪慧，后嫁与秦州刺史窦滔，是魏晋三大才女之一，回文诗之集大成者，她的传世之作为一幅用不同颜色的丝线绣制的织锦《璇玑图》。

阅读指津

《璇玑图》为一块八寸见方的手帕，原图以红、黄、蓝、白、黑、紫五色丝线织绣，容纳 841 字，分 29 行排列而成，纵横回旋反复逆顺读皆成章句，可组成三、四、五、六、七言诗，可得 7958 首。每首诗语句节奏明快，对仗工整，韵律和谐，如诉如怨，情真意切。读之，伤感处催人泪下，愉快处使人破涕而笑，真可谓妙手天成，怪不得窦滔读后，"心有灵犀一点通"，痛改前非。这个故事至今仍被人们传为夫妻乖离而又破镜重圆的佳话。破镜重圆，爱情故事优美动人，有似司马相如与卓文君分而终合，也符合爱情道路曲折而最终以大团圆结局的中国传统审美习惯。

作者细腻而丰富的想象也是本文的一大特色。文章开头不惜笔墨，浓墨重彩，情景交融，写若兰独守空闺之苦。"浮云似帐，夜夜栖乌；芙蓉作船，朝朝别鹤。屏风屈膝，空望君怜"，有形有声，有动有静，悲物缠身，唯有织锦赋诗，大类易安《声声慢》中相思之愁，至此，一个悲情怨妇的形象便跃然纸上。接下来写事情始末，作者精心勾画，苦苦经营，用细腻的笔触状写若兰的心路历程，极尽铺排之能事，可谓字字珠玑，句句生辉。悲愁难遣，长恨绵绵，捧文细读，怎不叫人潸然泪下。

本文用典虽多，但皆为贴切之语，辞采华美，反复品读，可知真情切意，也可感受到本文句式错综、对仗工整、声律和谐之美。

梁任公《万生园修禊图》题词[1]

⊙ 李肖聃

　　民国二年，岁次癸丑，三月上巳，新会梁任公[2]觞客于北京万生园之幽馆。名士来会者，三十有六人，得诗四十余首。陈石衍挥毫作序，姜颖生染采为图。盖自晋穆帝永和九年王羲之兰亭之会，至清之宣统逊国之岁，凡一千四百四十七年，甲子一周者二十有九度矣。于时任公归自海东，众流仰望，其同学友顺德罗敦曧掞东，多才好事，为集群贤，任公遂以粤海之文宗，为修禊之胜集。山川犹昔，叹岁序之更新；风景不殊，惟须眉之非故。读其自序，有慨而言。[3]

　　曜灵不驻，胜流长往，易罗严朱，化为异物。追思昔游，忽已卅年。石甫少为圣童，颉颃湘乡之重伯；晚游京国，齐誉恩施之樊山。读其歌诗，惟有哀哭。情既邻于贾谊，人绝类乎唐衢。意不自愗，心滋戚矣。掞东韵致清高，调护善类，早受长沙之知，绝迹项城之室。西山营葬，自碣诗人。所爱程伶玉霜，为恤诸孤，复斥万金为梓遗集。交游遍于湖海，风谊顾著俳优，睨彼儒冠，僾知内愧。又陵本赴海军，沉酣英籍，译亚当之《原富》，著社会之通诠。史才信具三长，达雅尤臻孤诣。诗词书法，所习皆精。尝于岳云别业，亲接其人，垂没遗书，其语绝痛。陈宝琛为铭其墓，差足见其平生。老列筹安，不能自白，则友朋陷之也。朱生与侯官黄濬，皆陈衍门人，出身译馆，妙解德文。夙有玄思，究精词律。读吾报章论说，谓有忧世之心，临没心光湛然，潜有挽诗，衍为作传，此子庶能不朽矣。又有印伯顾君，不幸先逝。此君蜀士之秀，夙有文章之名，早登湘绮之门，中入南皮之幕。薄游京邑，殒命旅斋。余既详纪其丧，复又访其家事。其门人宁乡程咸穆庵，颂万兄子，为搜剩稿，将付梓人。

　　自余诸老，幸皆健在。而杨度兴筹安会以帝袁氏，竟至绝交；梁鸿志入军幄以助徐树铮，亦成政敌。郑沅王式通诸人，或赞佛以怡神，或猎官而觅食。袁思亮遁身于上海，杨增荦隐迹于东林。向之与此会者，疾病死丧，凋落都尽。任公且即世廿年，墓草已宿矣。呜呼！鳌呿鲸掣，叹沧海之飞波；形往神留，缅流风之未沫。追思往昔，企望未来。

民国十五年，曾草此文，今重录一通，词多修改。朱生名字，当检石遗文集详之。

注释

1. 选自《李肖聃集》（岳麓书社 2008 年版）。李肖聃（1881—1953），原名犹龙，号西堂，笔名星庐、桐园等。长沙望城县白箬乡人。李淑一的父亲，晚清秀才，雅善诗联，生平不写语体文，曾任梁启超秘书，1917 年后曾于长沙明德、周南、湖南大学等校任教。杨树达推许他"博涉经史，能为文章"。章士钊赞其骈俪之文"振采欲飞"。
2. 梁任公：即梁启超。
3. 1913 年 4 月 9 日（农历三月初三），梁启超效兰亭遗风在北京万生园组织京师诗人举办修禊活动（一种古老风俗，在水边濯身除垢、驱除不祥，后成为文人的诗酒之会），应邀参加的有瞿鸿禨、易顺鼎、严复、林纾、姜筠、梁鸿志、黄秋岳等学术界名士、诗人共 40 多人。大家曲水流觞，吟咏抒怀，汇诗成集。事隔多年，作者重睹旧物，想到参与此会的社会名流或疾病死丧，或异志而分道，凋落将尽，情谊难续，面对沧桑巨变，心中不胜感慨，遂赋此文。

阅读指津

　　本文最大的特点是行文简约，用语精当，且寓情于事，真挚动人。首先叙述当初举办修禊会的缘由及参加人员等，并交代作者写此文之缘起，"叹岁序之更新""惟须眉之非故""有慨而言"，寥寥数语，悲慨万端而意味深长。再叙与会诸人之生平成就及结局，言简意赅，凝练厚重，有欧阳修记史之风格。追忆往昔，作者以家国天下的忧世情怀，对于各人不同的结局，于行文中暗寓褒贬，只企望先辈流风永存。最后补记，说明此文属于"重录"，再点"朱生名字"，表达作者对先辈的无比缅怀之意。文章用语简约而贴切，字字出于内心，情郁而发，并非为文造情，细心品读，不由感佩至极。

湘江赋[1]

⊙ 刘瑞清

　　北去沧波，滔滔滚滚；南来细水，汩汩潺潺。或迂回而蜿蜒，又汹涌而浸漫。如六幅之拖裙，若九霄之银汉。西南爽气，来衡岳之峥嵘；日夜江声，下洞庭而浩瀚。飘一匹如白练，里近三千；列两岸以青峰，座逾十万。

　　斯水源于八桂，流经三楚。绕芳甸之长洲，越荒芜之小渚。春华秋实，朝云暮雨。岳峙渊渟，龙腾凤骞。灌沃野以滋荣，若慈亲之哺乳。开长沙之古国，启衡阳之旧府。物华天宝，文明上溯周秦；人杰地灵，俊彦名传今古。

　　试看山岳雄奇，陂原秀丽；阡陌交通，田畴罗列。注汪洋之大泽，丰饶鱼米桑麻；拥崔嵬之群山，蕴藉锑钨铅镍。巍峨城郭，纵横市列珠玑；广袤庄村，栉比户盈粟绮。诚为湖广大邑之宗，不愧历史名城之一。

　　又若人文荟萃，道泽长绵；濂溪溯脉，洙泗流源。有设坛岳麓之朱子，悬帐妙峰之南轩。鹏鸟怀沙，寓屈贾大夫太傅；飘蓬浪迹，羁李杜吟圣诗仙。曾左彭胡，耀历史风云之页；王王何魏，灿文坛经典之篇。堪谓钟灵秀于域，若大海之纳百川。

　　更幸卿云纠缦，旭日曈昽；潇潇春雨，浩浩东风。润千村之薜荔，绽万里之芙蓉。猎猎红旗，卷尽铜驼荆棘；煌煌赤县，长鸣大吕黄钟。欣看面貌全新，非畴昔之人民城郭；山河焕彩，展当今之丽质芳容。纵挥彩笔万枝，莫状千年之胜；谨赋芜词一曲，长讴万古之雄。

注释

1. 选自《苞茅集》(湖南人民出版社 2011 年版)。刘瑞清，1926 年出生，字雪汀，湖南湘阴人，1955 年到明德任教，后担任校长。退休后专门从事古典诗词研究。

阅读指津

  作者匠心独运，文章构思不依旧样，别出心裁。开头一句"北去沧波，滔滔滚滚"，气势非凡，有如破空而来，接着摹形状胜，示湘江之壮美，几个比喻形象生动。第二段笔锋渐转，"灌沃野以滋荣，若慈亲之哺乳。开长沙之古国，启衡阳之旧府。物华天宝，文明上溯周秦；人杰地灵，俊彦名传今古"。湘江哺乳，湖湘文明悠久，由写景渐转为写历史人事。第三段叙湖湘之富饶。第四段追溯湖湘历史名流，"人文荟萃，道泽长绵"，人杰地灵。第五段歌今日三湘乃至整个中国，"欣看面貌全新，非畴昔之人民城郭；山河焕彩，展当今之丽质芳容"。至此，文章境界全出，底蕴更显厚重，格调也由此而高。歌千里湘江，咏千万湘人，赞千年文化，颂千古钩沉，湖湘儿女感恩母亲河，此文堪称典范。

湖南明德学校创立三十年颂(并序)(节选)

⊙ 钱无咎[1]

三十年来,凌风雪,抗炎威,走海内外,尽瘁校事,无一日宁。其艰辛卓绝若此,则明德之有今日也固宜。虽然乐诚翁老矣,而明德岁月方长。吾三千之徒,其诸有以念筚路蓝缕之功,而图光大悠久者乎,是又乐诚翁之所以企望也。乃为颂曰:麓山静深,湘水涟清。照映黉宇,猗欤德馨。揭橥嘉训,坚苦真诚。修道立教,以陶以甄。丞我髦士,兰茝盈庭。蔚然豹变,足张吾军。司铎繄谁,乐诚先生。安定是效,东塾是程。孔席墨突,素衣缁尘。皤皤一老,艰苦绝伦。谋猷聿树,风烈丕承。阅人为世,永此清芬。

明德中学第四班学生钱无咎谨撰

注释

1. 钱无咎（1886—1960），名楠，字吉甫，号夕山，晚号悔存，长沙人。教育家、古钱币收藏家。1904年考入明德读书，五年后毕业。后长期从事教育工作，曾于长沙明德、雅礼、省立一中、楚怡工业、华中美专、省立商专等校任教。

阅读指津

  三十年来，胡老校长不惧严寒酷暑，四处奔走，百历艰辛，坚持兴学图强，立不朽之伟业，其坚苦真诚、磨血育人之精神，值得我们学习，此是本文重点。全文用语形象生动，且较少用典，平实易懂。"麓山静深，湘水涟清"借景起兴，境界幽远，暗喻此处钟灵毓秀。"修道立教""蔚然豹变"有如此功业，全赖乐诚先生。"孔席墨突，素衣缁尘"表现胡老校长为办学而四处奔忙，历尽艰辛，"皤皤一老"，白发苍苍仍不遗余力，"阅人为世，永此清芬"，最后对胡老校长办学给予了高度评价。

  此中骈文全用四字句式，非常整齐，一韵到底，读来朗朗上口。

胡子靖先生墓志铭（节选）

⊙ 曹典球[1]

觥觥胡氏，明经于湘。笃生哲人，共道大光。
析义许郑，植根陆王。以身为教，无或怠荒。
识时秉正，国脉相匡。薰莸严别，稍长不伤。
居忧而乐，履险而康。心绝纤尘，磨血于庠。
血有时竭，心无可量。千秋万龄，遗泽孔长。
近拟罗欧，远跻朱张。麓山嵯峨，庶几永藏。

戊子（1948年）仲夏月

注释

1. 曹典球（1877—1960），字籽古，号猛庵，长沙县黄花镇人。教育家，明德初期教师，曾任主事。

阅读指津

此铭文全用四字句式，一韵到底，重在评价胡老校长一生业绩，赞扬胡老校长磨血育人之精神。

胡老校长勇敢刚直，生而得天独厚，于湖南率先创办新式学堂，考文析义，传播文化，言传身教，磨血育人，宵衣旰食，从不懈怠。

"血有时竭，心无可量。"突出了胡老校长高度的社会责任感。"千秋万龄，遗泽孔长。"赞扬了胡老校长对中国教育所做出的巨大贡献，直追朱张，精神永存。

相关链接

曹典球与毛泽东的岳父、杨开慧的父亲杨昌济（字怀中）及徐特立是好友和同科秀才，关系非同一般。他对毛泽东创办《湘江评论》、领导驱张运动、成立中共湘区区委、发动秋收起义等都非常关注，积极支持，并与毛泽东、蔡和森等建立了深厚的友谊。

1930 年 10 月中旬，毛泽东的夫人杨开慧被捕入狱，同时被捕的还有毛泽东 8 岁的长子毛岸英和保姆陈玉英。时任湖南大学校长的曹典球闻讯后，冒着生命危险给何键写信，说："杨开慧是一个无辜的弱女子，且有 3 个婴幼儿，丈夫不在身边，你们应立即释放她。"

何键没有回信。社会上传言："省府要立斩杨开慧。"

救人如救火。54 岁的曹典球亲自出马，到省政府找了何键，当面慷慨陈词："一人犯法一人当，不要伤害无辜，你们不要对杨开慧下毒手。"

何键对曹典球虽有敬意，但于 11 月 14 日还是将杨开慧杀害了。

曹典球闻讯后，气得发抖，悲愤地说："何键此人太无人性！"

杨开慧遇难后，何键扬言"要诛毛泽东九族"，随后派捕吏追捕杨开慧的弟弟杨开智及毛岸英三兄弟。曹典球将杨开智安排在湖南大学图书馆工作。何键派人追到湖南大学。在危急之际，杨开智跑来找曹典球校长。他正在讲台上授课，见杨开智跑来，立即要杨躲到讲台下。追捕人寻觅到教室时，曹典球一如既往地上课，还对捕吏厉声斥问："你们来干什么？这是课堂，不许胡来！"鉴于曹校长的威望，捕吏只得悻悻而去。事后，曹典球掏出 200 元银洋，租一条船，由保姆陈玉英将岸英三兄弟护送到武汉，再辗转到上海，使他们免于受害。1950 年，杨开智携毛岸英从京返湘，特意拜访了曹典球先生，深致谢意。

1959 年 6 月 27 日，毛泽东回到长沙，特别接见了曹典球，设宴款待，请程潜、周小舟、唐生智、周世钊、李淑一、杨开智夫妇等作陪，并合影留念。83 岁的曹典球即席赋诗一首："船山星火昔时明，莽莽乾坤事远征。百代王侯归粪土，万千穷白庆新生。东风已压西风倒，好事常由坏事成。幸接谦光如宿愿，雅惭无以答升平。"

摘自 2010 年 07 月 19 日《星辰在线》《长沙晚报》

赤子纯真　凌云识见

散文是心灵的散步，于漫步中注视当今，回眸过往，放眼未来。散文以纵横的篇章对人对事、于时于世，歌之颂之，笞之哭之，这些都是灵魂洪流的奔涌。

本单元遴选了四位明德人的散文作品，这些佳作的作者有革命家、哲学家、新闻工作者、翻译家。这就说明散文作为一种自由灵动的文体，并不囿于写作者的身份和地位，只要你能通过一个顺手而精粹的形式、自然而个性的语言来表达对人生或自然的感悟，即为美文和佳作。七位明德人不论是述说"自家事"、"人家事"还是"国家事"，无不流露出"赤子纯真"和尽显"凌云识见"。

大人不失赤子之心，由心而生卓然识见。赤子之真是回归本身的一种表现，首先要求人要真诚、坦然；其次，还应有对世间万物的好奇心，也就是用求索的心态，追求高远。卓尔不凡的境界在赤子的纯真中铸成，见解独到而视域广袤，譬如选文中陈天华对强国梦的炽热渴望，金岳霖对楹联雅趣的悉心把玩，陶菊隐于饮食之中通达世事，钱歌川对读书可以怡情的明鉴洞察。

明德的散文佳制连篇，宛若空谷的幽兰，由内向外弥漫着迷人的芬芳；明德的前贤，犹如巍峨的殿堂，让我们步履坚定、意志坚忍，给我们止于至善的胸襟。让我们来诵读前贤、涵咏人生吧！

绝命书[1]

⊙ 陈天华

呜呼！我同胞！其亦知今日之中国乎？今日之中国，主权失矣，利权去矣，无在而不是悲观，未见有乐观者存。其有一线之希望者，则在于近来留学者日多，风气渐开也。使由是而日进不已，人皆以爱国为念，刻苦向学，以救祖国，则十年二十年之后，未始不可转危为安。乃进观吾同学者，有为之士固多，有可疵可指之处亦不少。以东瀛为终南捷径，其目的在于求利禄，而不在于居责任。其尤不肖者，则学问未事，私德先坏，其被举于彼国报章者，不可缕数。近该国文部省有清国留学生取缔规则之颁，其剥我自由，侵我主权，固不待言。鄙人内顾团体之实情，不敢轻于发难。继同学诸君倡为停课，鄙人闻之，恐事体愈致重大，颇不赞成。然既已如此矣，则宜全体一致，务期始终贯彻，万不可互相参差，贻日人以口实。幸而各校同心，八千余人，不谋而合。此诚出于鄙人预想之外，且惊且惧。惊者何？惊吾同人果有此团体也；惧者何？惧不能持久也。

然而日本各报，则诋为乌合之众，或嘲或讽，不可言喻。如《朝日新闻》等，则直诋为"放纵卑劣"，其轻我不遗余地矣。夫使此四字加诸我而未当也，斯亦不足与之计较。若或有万一之似焉，则真不可磨之玷也！

近来每遇一问题发生，则群起哗之曰："此中国存亡问题也。"顾问题有何存亡之分，我不自亡，人孰能亡我者！惟留学生而皆放纵卑劣，则中国真亡矣。岂特亡国而已，二十世纪之后有放纵卑劣之人种，能存于世乎？鄙人心痛此言，欲我同胞时时勿忘此语，力除此四字，而做此四字之反面："坚忍奉公，力学爱国。"恐同胞之不见听而或忘之，故以身投东海，为诸君之纪念。诸君而念及鄙人也，则毋忘鄙人今日所言。但慎毋误会其意，谓鄙人为取缔规则问题而死，而更有意外之举动。须知鄙人原重自修，不重尤人。鄙人死后，取缔规则问题可了则了，切勿固执。惟须亟讲善后之策，力求振作之方，雪日本报章所言，举行救国之实，则鄙人虽死之日，犹生之年矣。

诸君更勿为鄙人惜也。鄙人志行薄弱，不能大有所作为，将来自处，惟有两途：其一则作书报以警世；其二则遇有可死之机会则死之。夫空谈救国，人多厌闻，能言如鄙人者，不知凡几！以生而多言，或不如死而少言之有效乎！至于待至事无可为，始从容就死，其于鄙人诚得矣，其于事何补耶？今朝鲜非无死者，而朝鲜终亡。中国去亡之期，极少须有十年，与其死于十年之后，不若于今日死之，使诸君有所警动，去绝非行，共讲爱国，更卧薪尝胆，刻苦求学，徐以养成实力，还兴国家，则中国或可以不亡。此鄙人今日之希望也。然而必如鄙人之无才无学无气者而后可，使稍胜于鄙人者，则万不可学鄙人也。与鄙人相亲厚之友朋，勿以鄙人之故而悲痛失其故常，亦勿为舆论所动，而易其素志。鄙人以救国为前提，苟可以达救国之目的者，其行事不必与鄙人合也。鄙人今将与诸君长别矣，当世之问题，亦不得不略与诸君言之。

近今革命之论，嚣嚣起矣，鄙人亦此中之一人也。而革命之中，有置重于民族主义者，有置重于政治问题者。鄙人平日所主张，固重政治而轻民族，观于鄙人所著各书自明。去岁以前，亦尝渴望满洲变法，融和种界，以御外侮。然至近则主张民族者，则以满、汉终不并立。我排彼以言，彼排我以实。我之排彼自近年始，彼之排我二百年如一日。我退则彼进，岂能望彼消释嫌疑，而甘心愿与我共事乎？欲使中国不亡，惟有一刀两断，代满洲执政柄而卵育之。彼若果知天命者，则待之以德川氏可也。满洲民族，许为同等之国民，以现世之文明，断无有仇杀之事。故鄙人之排满也，非如倡复仇论者所云，仍为政治问题也。盖政治公例，以多数优等之族，统治少数之劣等族者为顺，以少数之劣等族，统治多数之优等族者为逆故也。鄙人之于革命如此。

然鄙人之于革命，有与人异其趣者，则鄙人之于革命，必出之以极迂拙之手段，不可有丝毫取巧之心。盖革命有出于功名心者，有出于责任心者。出于责任心者，必事至万不得已而后为之，无所利焉。出于功名心者，己力不足，或至借他力，非内用会党，则外恃外资。会党可以偶用，而不可恃为本营。日、俄不能用马贼交战，光武不能用铜马、赤眉平定天下，况欲用今日之会党以成大事乎？至于外资则尤危险，菲律宾覆辙，可为前鉴。夫以鄙人之迂远如此，或至无实行之期，亦不可知。然而举中国皆汉人也，使汉人皆认革命为必要，则或如瑞典、挪威之分离，以一纸书通过，而无须流血焉可也。故今日惟有使中等社会皆知革命主义，渐普及下等社会。斯时也，一夫发难，万众响应，其于事何难焉。若多数犹未明此义，而即实行，恐未足以救中国，而转以乱中国也。此鄙人对于革命问题之意见也。

近今盛倡利权回收，不可谓非民族之进步也。然于利权回收之后，无所设施，则与前此之持锁国主义者何异？夫前此之持锁国主义者，不可谓所虑之不是也：徒用消极方法，而无积极方法，故因终不锁。而前此之纷纷扰扰者，皆归无效。今之倡利权回收者，何以异兹？故苟能善用之，于此数年之间，改变国政，开通民智，整理财政，养成实业人才，十年之后，经理有人，主权还复，吸收外国资本，以开发中国文明，如日本今日之输进之外资可也。否则争之甲者，仍以与乙，或遂不办，外人有所借口，群以强力相压迫，则十年之后，亦如溃堤之水滔滔而入，利权终不保也。此鄙人对于利权回收问题之意见也。

近人有主张亲日者，有主张排日者，鄙人以为二者皆非也。彼以日本为可亲，则请观朝鲜。然遂谓日人将不利于我，必排之而后可者，则愚亦不知其说之所在也。夫日人之隐谋，所谓司马昭之心，路人皆知；即彼之书报亦倡言无忌，固不虑吾之知也。而吾谓其不可排者何也？"兼弱攻昧，取乱侮亡"，吾古圣之明训也。吾有可亡之道，岂能怨人之亡我？吾无可亡之道，彼能亡我乎？朝鲜之亡也，亦朝鲜自亡之耳，非日本能亡之也。吾不能禁彼之不亡我，彼亦不能禁我之自强，使吾亦如彼之所以治其国者，则彼将亲我之不暇，遑敢亡我乎？否则即排之有何势力耶？平心而论，日本此次之战，不可谓于东亚全无功也。倘无日本一战，则中国已瓜分亦不可知。固有日本战，而中国得保残喘，虽以堂堂中国被保护于日本，言之可羞，然事实已如此，无可讳也。如耻之，莫如自强，利用外交，更新政体，于十年之间，练常备军五十万，增海军二十万吨，修铁路十万里，则彼必与我同盟。夫"同盟"与"保护"，不可同日语也。"保护"者，自己无势力，而全受人拥蔽，朝鲜是也。"同盟"者，势力相等，互相救援，英、日是也。同盟为利害关系相同之故，而不由于同文同种。英不与欧洲同文同种之国同盟，而与不同文同种之日本同盟。日本不与亚洲同文同种之国同盟，而与不同文同种之英国同盟。无他，利害相冲突，则虽同文同种，而亦相仇；利害关系相同，则虽不同文同种，而亦相同盟。中国之与日本，利害关系可谓同矣，然而势力苟不相等，是"同盟"其名，而"保护"其实也。故居今日而即欲与日本同盟，是欲作朝鲜也；居今日而即欲与日本相离，是欲亡东亚也。惟能分担保全东亚之义务，则彼不能专握东亚之权利，可断言也。此鄙人对于日本之意见也。

凡作一事，须远瞩百年，不可徒任一时感触，而一切不顾，哄之政策，此后再不宜于中国矣。如有问题发生，须计全局，勿轻于发难，此因鄙人有谓而发，然亦切要之言也。鄙人于宗教观念，素来薄弱。然如谓宗教必不可无，则无宁仍尊孔教；以重于违俗之放，则兼奉佛教亦可。至于耶教，除好之者可自由奉之外，欲据以改易国教，则可不必。或有本非迷信欲利用之而有所运动者，其谬于鄙人所著之《最后之方针》，言之已详，兹不赘及。

近来青年误解自由，以不服从规则、违抗尊长为能，以爱国自饰，而先牺牲一切私德。此之结果，不言可想。其余鄙人所欲言者多，今不及言矣。散见于鄙人所著各书者，愿诸君取而观之，择其是者而从之，幸甚。《语》曰："君子不以人废言。"又曰："鸟之将死，其鸣也哀；人之将死，其言也善。"则鄙人今日之言，或亦不无可取乎？

干事诸君鉴：闻诸君有欲辞职者，不解所谓。事实已如此，诸君不力为维持，保全国体，不重辱留学界耶？如日俄交战，倘日本政府因国民之暴动，而即散机关，坐视国家之灭，可乎！否乎！今之问题，何以异是？愿诸君思之。

注释

1. 选自《陈天华集》(湖南人民出版社 2008 年版)。陈天华(1875—1905),字星台,号思黄,湖南新化人。近代民主革命家。早年就学于长沙岳麓书院,1903 年为明德学堂速成师范班历史教员,1904 年由明德学堂资送留学日本,入东京弘文学院师范科。与黄兴等从事反清革命活动,参与组织华兴会、同盟会。

阅读指津

"先有明德,后有民国",明德学堂不愧为时代的思想重镇。黄兴、陈天华等仁人志士聚会明德,与周震鳞、胡元倓等讲述天下大势和民族危机,并由明德学堂代印发陈天华所著《猛回头》《警世钟》等书刊,以"天下兴亡,匹夫有责"之义教育学生。当时学校言论自由,爱国感情炽烈,慨然以复兴民族为己任。

今日重读陈天华先生在 20 世纪初写下的《绝命书》,感觉就是一首恢弘的史诗。我们的心魄深深被震撼,我们的魂灵亦深深被净化。他的死是在悲悼一个民族精神的衰亡,他的死是要他的同胞、要我们这个民族在人格上站起来。他死了,但他是用生命为民族的新生助产。他的死,因此定格成一个永远的历史画面,挥之不去。

临文嗟叹,今日之明德学子切勿"不闻窗外事,只读圣贤书",而更应"缅怀先贤,心忧天下"。风声、雨声、读书声,自当声声入耳;家事、国事、天下事,更需事事关心。

我喜欢作对联[1]

⊙ 金岳霖

小的时候,大人(主要是几个哥哥)经常讲对联。我也学了背对联,背的多半是曹丕的。到北京后,也喜欢作对联,特别喜欢把朋友们的名字嵌入对联,有时也因此得罪人。

梁思成、林徽因和我抗战前在北京住前后院,每天来往非常之多。我作了下面这一对联:"梁上君子,林下美人。"思成听了很高兴,说:"我就是要做'梁上君子',不然我怎么能打开一条新的研究道路,岂不还是纸上谈兵吗?"林徽因的反应很不一样,她说:"真讨厌,什么美人不美人,好像一个女人没有什么事可做似的,我还有好些事要做呢!"我鼓掌赞成。

我也给老朋友兼同事吴景超和龚业雅夫妇作了对联。上联是"以雅为业龚业雅非诚雅者";下联是"唯超是景吴景超岂真超哉"。这里上联不仅是拼凑而已,也表示我当时的意见。

这就追到唐擘黄先生同我的讨论。三十年代相当早的时候,唐先生同我从晚八点开始讨论"雅"这一概念,一直讨论到午夜两点钟以后。我们得出的结论只是这东西不能求,雅是愈求愈得不到的东西。不知道唐先生还记得否?

以上说的对联只是口头上说说而已,不只是口头上说说的也有三次。一是送沈性仁女士的:"性如竹影疏中日,仁是蓝香静处风。"另一是送清华建筑系青年讲师的:"修到梅花成眷属,不劳松菊待归人。"第三次就是前面提到的给毛主席祝寿作的"以一身系中国兴亡,入此岁来已七十矣;行大道于环球变革,欣受业者近卅亿焉"。

好了,我又想到过去的一副对联。太平军革命失败之后,曾、左手下的武官也发财致富了。自项羽、刘邦带头后,衣锦总是要还乡的。这些还乡的武官都成为乡下的大地主,这也就产生了一些专门"敲竹杠"的落第文人。这些文人自备抬着走的轿子,他们到了地主家，抬轿的人就走了，地主就得招待他们。有一个自称为流落在湖南的湖北江夏的文人，到了一个大地主家，抬轿的人就走了，地主就得招待他们，他就坐在轿子里，要求会见主人。主人见了他之后提出上联说："四水江第一，四时夏第二，先生来江夏，还算第一，还算第二？"那位"敲竹杠"（现在记起来了，那时叫"打秋风"）先生对曰："三教儒在前，三才人在后，游士本儒人，亦不在前，亦不在后。"

英语也可以作对联，张奚若和我是好朋友、老朋友，但是有的时候也吵架。有一次话不投机，争论起来了。我说他真是 full of pride and prejudice，他马上回答说："你才真是 devoid of sense and sensibility。"这两本书，我只喜欢"P and P"。

注释

1. 选自《哲意的沉思》（百花文艺出版社 2000 年版）。金岳霖（1895—1984），字龙荪，浙江诸暨人，生于湖南长沙。哲学家、逻辑学家。明德学堂早期学生。1914 年毕业于清华大学，后留学美国、英国，又游学于欧洲诸国。回国后主要执教于清华大学和北京大学。

阅读指津

　　本文是一篇叙事散文，围绕着自己学对联、作对联，以及对联掌故和雅趣来行文，叙事散文作者所要抒发的情感，常常不是直接传递出来的，往往是通过散文中的叙事来间接表达的。这就是所谓的"因事缘情"。作者的写人和记事,浸透着平淡却又浓郁的情感色彩。品味字里行间的情味，把握对人、对物、对事的喜怒哀乐是读懂叙事散文的关键。

吃的经验[1]

⊙ 陶菊隐

西菜是最摩登的吃，一般欧化朋友几有非西菜不饱之势，尊之为大菜，而对本国菜则自谦曰小菜。但是我吃起西菜来有头昏脑涨之苦。我不仅不喜吃西菜，同时对于驰誉全国的川菜、粤菜也觉不过尔尔，我认为最好吃而又最经济莫过于湖南菜。我是湖南人，因此有人调侃我道："子诚湘人也，知有湘菜而已矣！"

我有一位同乡，从前我每次从远道来会他，他必定留我吃一顿家常便饭。他说他的菜做得很考究，但是吃起来却也平常，不过是湖南菜而已。他是一位有名的经济家，只把腊肉、炒鸡蛋为待客珍品。湖南腊肉之特长是用慢性烟火熏得极久极黑，其味之美远过于四川腊肉广东腊肉；但湖南腊肉之中以乡下所制的为上品，城市内所制者次之，至于南京、上海、汉口等处湘人家中所制之湖南腊肉（除开由湖南带来者外）则有其名而无其实，不足以快老饕之朵颐。同是湖南人所制腊肉，何以城乡悬殊而省内外又有天渊之别呢？这因为湖南猪是用谷米喂大的，所以湖南猪肉之美为他省所不及。至于熏腊肉的方法，旅居外省的湖南人没有乡间的大灶而燃谷壳（即糠）使之冒出浓烟来，把腊肉放在上面，这是一种急熏，肉的外层饱受烟气而不适口。至于湖南乡间的慢熏法，把腊肉挂在大灶上，灶是烧柴火的，一连熏上好些日子，人而不吃此肉，可谓虚生此口了。

湖南人对于鸡蛋有种种制法，有所谓蒸蛋、煎蛋饼、荷包蛋、醋炒蛋之别。即以寻常炒蛋而论，炒得极嫩，但又炒得极熟，比之北方所谓炒黄菜实在高明。我那位同乡以这两样珍品款待我，所以我每食四大碗，甚至把甑底余饭刮得干干净净，甚至还嫌不够，逼得同乡向邻家借饭来充实我的肠胃。

当我才走进门，同乡就马上放大了喉咙吩咐他的当差道："有客来，添菜。"别人听了这话，以为所添者必甚丰，不料是这两样极寻常的菜。但我毫不客气地狼吞虎咽起来。我和许多友人们旅行的时候友人们常常嚷着饥饿，我绝未嚷过一声；但把饭菜开上桌来，嚷饿的友人吃了一碗半碗就够了，我却吃得最多而又津津有味。假使说这是一种胃呆症，我希望人人都得这种胃呆症，免得有"饿又饿得快，吃又吃不下"的痛苦。

我喜欢吃硬饭（同时好饮酽茶），饭粒硬得像铁子一样吃起来才觉称心满意，不要说稀饭，就是烂饭也是我所厌恶的。我觉得军队或学校中所煮的硬饭最为合适。大凡普通人吃起饭来（除却苦力以外）必须细细咀嚼，越咀嚼得慢越适合卫生学，每顿饭至少要吃十五分钟乃至二十分钟。我呢，既吃得多，又吃得快，年少时同学加我以"十碗先生"及"快饭桶"之雅号。

为了吃饭吃得太快，妻常常责备我："这样吃像个抬轿的赶车的。"这年头，抬轿赶车的都成了劳工神圣了，我就做一做神圣不妨。但我既受阔教，同时社会上还不大瞧得起这种神圣，所以我只得慢吃起来。可是我之所以慢，比起别人来还是最快的：从前是"风卷残云"，现在不过改为"寻常快车"而已。

为了吃得快，又引出许多困难来：我有许多"显要"朋友常常和我同桌吃饭，他们之吃得慢是骇人听闻的，好像人类之贵贱以吃饭之快慢为准则，越是大富大贵的人吃饭越吃得慢，非如此不足以表示其身份。因为他们吃得慢，所以他们进菜的方法是极有层次的，每隔半晌才进一菜。他们都劝我不要吃得太快，"好菜还在后头呢"，"不要像程咬金的三斧头"，"吃完了有什么事等着去做"。但他们的好意反使我吃得不爽快，因为快是我的习惯，慢了反觉不舒服，因此，我极不愿和他们同桌吃饭以束缚我的吃饭自由，但是我在家里吃饭也没有充分自由，因为妻也是禁止我快吃的。为了这缘故，我常常独自呢喃着："人类常处于被压迫的地位，在外为长官（包括店员之于老板，工人之于雇主）所压迫，在家为妻所压迫。自由是与人类绝缘的，礼貌就是自由的大敌，所谓社会制裁就是一种超法律的力量。"

我因喜欢吃湖南菜，曾一度博得"经济大家"的虚誉。一次在湖南菜馆（南京曲园）宴客，湖南菜价码甚廉，客人某君以为不敬，到处讥我是秀才人情，我因此悟到请客吃饭的哲学：所谓请客吃饭也者，仅系一种礼貌，不求菜好，不求配合客人口胃，只以花钱花得多为唯一表示敬意的方法。你们若不信，请看大人先生们之请客往往一食数十元至数百元，但主客多半直挺挺地坐着，停箸不动，侍役们一碗碗陈上来，一碗碗撤下去，必如此主客才尽欢而散。我想，人类本来是一种崇尚虚伪的动物，所谓礼貌即是人类蒙上一件虚伪的外皮。单就请客而论，主人情愿多花钱，客人情愿直挺挺地坐着，必如此才尽欢而散，究竟欢呢还是不欢？

写到这里，我又记起无穷的笑话了：十年以前我在长沙的时候，有时一日所接请帖竟达七八份之多，大家所请的都不外乎这些客，我们东跑西跑，简直像红牌姑娘出堂差，除第一次赴宴时略吃一点而外，其余都是直挺挺地坐着不动，不仅毫无可乐，而且深以为苦。

有人说听戏是拘留罚金（因这位先生根本不懂得听戏），赴宴是拘留罚坐，我对于后一说深表赞同。至于做主人的比客人更感痛苦，明明请下午五点钟，非到八九点钟不能开席，这不是客人像医生一样故意绕圈子迟到以示自己身价之高贵，因赴宴地点太多，一时抽身不来。我因此想到一个人到了没饭吃的时候固然是痛苦，但在吃饭的机会太多而又不得不吃的时候也是一种痛苦，正应了"过犹不及"的理论。何以叫"不得不吃"呢？假使被请不到，主人认为不赏脸，这是一种不可忍受的侮辱：无论什么人决不愿使向自己表示好感者感受这种侮辱，所以非去不可。

请客这件事，主客交受其困，但也有得到好处的：第一是饭店老板，第二是客人的车夫。每次请客，主人照例给车夫们酒饭钱，其代价四、六、八角至一元不等，往往车夫酒饭钱之所费与宴席费相差无几，甚至有称病不到的客人其车夫依旧找上门来领取酒饭钱，他们视为应得权利，毫不放松一步，不晓得近来这风气改变了没有。

南京的湖南馆以花牌楼之"曲园""长沙饭店""碑亭巷之""湘蜀饭店"为较有名。"湘蜀饭店"名称来得较新颖，大概店主觉得湘菜不足以资号召，外加一个"蜀"字以示"学贯中西，味兼湘蜀"之意，实际上是得湘而不能望蜀的。有一次，张志潭君路过南京，某君设宴为之洗尘，我叨陪末座。张是精于烹调之学的，席间畅谈各省制菜法，他认为湖南菜的制法确乎超过一切。他举出几样湖南菜如老姜煨鸡、紫苏鲫鱼、清蒸水鱼之类。他又痛赞湖南厨子的小菜炒得极好，普通炒小菜的方法不是炒得极烂便是半生不熟，惟有湖南厨子炒得恰到好处，并举出湖南菜中之炒苋菜、炒竹叶菜以证其说。他真是湖南菜的知己，所举的湖南菜优点竟是湖南人所说不出来的。其实湖南菜还有一种烧寒菌是无上美味。寒菌这样东西产生于春秋两季，以秋季所产者为最佳，湖南人呼之为雁鹅菌。这种寒菌必须煮得极久，否则食之有时可以致死。这样菜虽是素菜，却比一切荤菜还要鲜美。湖南人往往以菌下面，吃菌面而死的每年都有，这是面馆生意太好煮得未久的缘故。又有人把寒菌制成菌油，用罐头装起来，但菌子在沸油中煎得太透，已失其本来美味。（据闻苏州一带亦有之，名曰松菌，和糖食之，其味尽失。）

大家都晓得北平正阳楼的羊肉好吃，但到过长沙的人无不知李合盛的牛肉好吃。李合盛是一家极小的教门馆子，专卖牛肉，有牛脑髓、牛百叶、牛肚、牛蹄筋、干牛肉、锅贴牛肉等，其制法之精美令人百吃不厌，武昌青龙巷之谦记牛肉馆、南京雨花台之马祥兴（为谭组庵先生所赏）不可望其项背。"此味只应湘上有，下江那有几回尝？"我与该店主人无一面之识，绝非宣传过甚之谈。李合盛附近有所谓老李合盛、老老李合盛、真李合盛、真正李合盛等家都以卖牛肉为业，正如董同兴、老董同兴、老老董同兴一样。小商人缺乏创造精神，而以剽窃他人招牌为能事，说来可发一叹。

川菜、粤菜、北方菜，在全国菜业甚至全世界菜业中有优越地位，而湖南菜则除武汉及南京两处外踏破铁鞋无觅处，这是什么道理？有人说湖南菜爱用辣椒，不合外省人口胃，这一说是不能成立的：第一个理由，川菜不是也用辣椒吗？第二个理由更简便了，不吃辣椒不用辣椒就是。据我看，湘菜不普遍另有两种理由：第一规模简陋，使人望而却步；第二不懂宣传及招待法。我以为当兵打仗是湖南人的特长，做生意是湖南人的特短。湖南人硬干、实干、快干，虽暗合优秀国民的条件，但这三干在生意场中极不适用。

武汉与湖南距离甚近，南京是湖南人第二故乡，所以湖南馆在别处不能立足而在武汉及南京还可保其势力。

注释

1. 选自《闲话》（中华书局1945年版）。陶菊隐（1898—1989），湖南长沙人。史学家。曾就读于长沙明德高小12班，旧制17班。

阅读指津

陶菊隐先生的这篇"吃文"，比起小品文大师周作人的《北京的茶食》来也毫不逊色。其为文于斑驳的世相中蕴含着皈依自我的宁静，没有宏大的主题，却让人在细微之中深深触动。谈吃之文，陶先生所写不仅饱含浓郁的生活气息，更充满一种深厚的文化韵味和人情人性的思索，此文写出了湘菜的地方风味和地域性情。

读书的习惯[1]

⊙ 钱歌川

人类的知识大都是从眼睛输入的,用耳朵听来的东西,毕竟有限。所谓耳食者流所得到的知识,不外乎是一些道听途说,学生治学,固然要听,但是更重要的还是在读。

英国大学里有些学生终年不去听讲,学校里也让他们如此,而且多认为他们是优秀学生,考试起来果然比每天去听讲的学生成绩还要好,因为勤读胜于勤听,名师讲授,同学共享,只有自修,才是一人独得。

古今的大学者没有不勤读的,囊萤凿壁,比我们现在的一灯如豆,还要不方便得多,但学问就是这样得来。苏东坡说:"读破万卷自通神。"可见学问并不难。只在多读,你如果手不释卷,必然会有成就,甚至偶然翻阅,也会开卷有益。

可是现在很少有人手上拿着书本。终日终夜不离牌桌的人,我曾见到过,废寝忘餐、手不释卷的人,却尚未遇到。一般人买书,大都是拿来作装饰品的,永远陈列在书架上,很少拿到手中来读。这些书要他们去读,条件很多,第一得有明窗净几,其次得有清闲,再次得有心情;地方不好不能读书,时间不长不能读书,心情不定也不能读书。懒学生还有一首解嘲的打油诗:春来不是读书天,夏日炎炎很好眠,秋多蚊虫冬多雪,一心收拾到明年。

阔公子有了明窗净几,又有的是清闲,但还是不能读书,因为他没有那种心情;穷小子终日忙于做工糊口,也没有时间读书。军人忙于打仗,商人忙于赚钱,政客忙于应酬,男子忙于做事,女子忙于说话,少年忙于寻乐,老人忙于怀旧,甚至闲人也忙于逛街,或坐茶馆,或凑热闹,似乎谁都不能读书。其实,他们并不是不能读书,而只是不去读书罢了。要读书谁都可以读,决不受任何限制,读书的条件,就在养成读书的习惯,其余皆不足道。

一般人为着生活关系,没有充分的时候去读书,这也是实在的情形。除了少数有闲阶级的阔人以外,谁都不免要为名利,或至少为衣食而终日奔走忙碌,如果一定要等到把生活问题解决了,闲居无所事事,然后再来从容读书,这无异待河之清,可说永远无此机会。因为人的欲望无穷,等到生活问题,在布衣粗食之下可以解决的时候,他又想到美食暖衣、朱门绣户,即令有了丰衣足食、华屋良田,他仍然不肯罢休。所谓水涨船高,生活的标准既然随时有变,这问题也就永远不能解决了。我认为要读书决不可等待那种无尽悠闲的到来才开始,应该随时随地利用空余的时间来读，把那种读书的习惯，织入我们的生活中去，作为我们日常工作的调剂品，那么，事也做了，书也读了，一点光阴也没有虚掷。

你不要以为5分钟做不了什么事，把100个5分钟集起来，就差不多等于一个整天。我常听见善于治家的人说，爱惜厨房里一粒米，就可以成为一笔家产。我们利用5分钟的余暇去读书，也就可以成为一个学者。

利用余暇去读书是轻而易举的，大家之所以不这样做，仅是因为没有这种习惯而已。英国人在电车上读书的风气很盛，每天都要出外工作，起码有一个钟头在电车上，预备一本书专门在车上读，不过几天也就读完了，日积月累，一年读四五十本书，也不算稀奇。我们对于这种废时不去利用，实在未免可惜。

英国人利用废时读书，不仅在有规律的电车上，即在饭馆菜馆中亦莫不为然。至于在休假日，夫妇约好同出游玩，丈夫至多取根手杖就可以出门，太太则不免要去戴顶帽子。可是每当那丈夫在楼下等着太太去戴帽子的时候，他照例翻开一本书来读，等他太太把帽子戴好姗姗地走下楼来，他手中的书，也就起码读完两章了。中国的丈夫却不晓得这样做，所以在楼下不仅独自等得心焦，而他太太一再地被他催促，也就老不耐烦，常常把一个快乐的计划，弄成不欢的结果。

如果大家都有了这种读书的习惯，不仅国民的知识可以逐年提高，而且闲事也就不会有人爱管了。枕边有一本书，可以免得翻来翻去睡不着的苦，厕上有一本书，也就可以避除恶臭。

我常想洋车上是一个很好读书的地方，拉到了车夫自然会停下，不像乘电车一不当心就驶过了目的地。可惜我现在只能走路，没有乘洋车的福分了，每天白白地在街上糟蹋了一两个钟头。哦，如果我能利用这种时间读书的话……

注释

1. 选自《偷闲絮语》（新文丰出版公司1982年版）。钱歌川（1903—1990），原名慕祖，笔名歌川。湖南湘潭人。散文家、翻译家。长沙明德中学肄业，曾任明德教师。

阅读指津

著名翻译学家钱歌川认为读书重在"读"，而不是道听途说和过目即忘。他主张人人皆可以读书，可以不受环境、时间和心情的限制，只要养成读书的习惯足矣。

养成良好的阅读习惯，要掌握一定的阅读方法，从感知和领会、理解和阐释、对照和比较、辨析和品味、引申和联想、质疑和评价等不同的角度阅读现代散文作品，提高阅读水平。

建议学生进行比较阅读，可以把年代、作家、题材、体裁、风格等相同（或不同）的作品组编在一起进行比较阅读，从作品的主旨立意、构思谋篇、意境格调、语言风格、社会意义，以及美学价值等方面加以对照研究，得出自己的结论。以科学的方法和态度，对所读文章的思想观点和情感倾向加以理性的思考，提出合理的质疑和批判，从时代社会发展背景和作者个人阅历学养等角度，对散文作品的思想内容进行辩证分析。

人间万象 悉收镜里

中国古代，小说的地位很低。清朝末年，现代传播媒体（报刊）开始在我国流行，小说因阅读面广、阅读人数多、传播力强，开始受到时人的重视。当时出现了一大批传播新思想、新观念的政治小说。我校校友、蹈海志士杨毓麟在1907、1908年间就曾创作过《叶哄》《年关》等政治小说，讽喻时政，这或许是明德历史上最早的小说作品，具有强烈的社会责任感。

除关注社会之外，小说的另一功能就是抒发自我的情感。选入本单元的《绛纱记》，是苏曼殊自传性小说的名篇之一，作品中悲戚婉转的感情纠葛、跌宕起伏的浪漫传奇色彩，具有鲜明的个人特征，在当时就受到热烈关注。

鲁迅曾说："没有拿来的，人不能自成为新人；没有拿来的，文艺不能自成为新文艺。"因此，翻译、学习西方小说，是百年中国文学发展史的重要动力。我校出现了以钱歌川、李青崖为代表的一批翻译家，他们用自己传神的译笔，为中国新文学输入了新的火种，打开了一片异域的风光，推动了现代文学的发展。本单元选入他们翻译的爱伦坡的《黑猫》、莫泊桑的《蛮子大妈》，风格迥异，一为具有浓郁神秘色彩的象征小说，一为批判现实主义的力作，但无不揭示了人类社会的复杂的一角，展现了人类心灵的奥秘。

人间万象，悉收镜里。让我们走进这片辽阔的小说世界，在各不相同的情节、人物与叙述中，发现许许多多人生的秘密。

绛纱记(节选)[1]

⊙ 苏曼殊

戊戌之冬,余接舅父书,言星洲糖价利市三倍[2],当另辟糖厂,促余往,以资臂助。先是舅父渡孟买,贩茗[3]为业。旋弃其业,之星嘉坡[4],设西洋酒肆,兼为糖商,历有年所。舅氏姓赵,素亮直[5],卒以糖祸而遭厄艰。余部署既讫,淹迟[6]三日,余挂帆去国矣。

余抵星嘉坡,即居舅氏别庐。别庐在植园之西,嘉树列植,景颇幽胜。舅氏知余性疏懒,一切无訾省[7],仅以家常琐事付余,故余甚觉萧闲自适也。

一日,为来复日[8]之清晨,鸟声四噪。余偶至植园游涉,忽于细草之上,拾得英文书一小册,郁然有椒兰之气,视之,乃《沙浮纪事》。吾闻沙浮者,希腊女子,骚赋辞清而理哀,实文章之冠冕。余坐石披阅,不图展卷,即余友梦珠小影赫然夹书中也。余惊愕,见一缟衣女子,至余身前,俯首致礼。

余捧书起立,恭谨言曰:"望名姝恕我非仪!此书得毋名姝所遗者欤?"

女曰:"然。感谢先生,为萍水之人还此书也。"

余细瞻之,容仪绰约[9],出于世表[10]。余放书石上,女始出其冰清玉洁之手,接书礼余,徐徐款步而去。女束发施于肩际,殆昔人堕马之垂髻[11]也。文裾摇曳于碧草之上,同为晨曦所照,互相辉映。俄而香尘已杳。

余归,百思莫得其解:蛮荒安得诞此俊物?而吾友小影,又何由在此女书中?以吾卜之,此女必审梦珠行止。顾余逢此女为第一次,后此设得再遇者,须有以访吾友朕兆[12]。而美人家世,或蒙相告,亦未可知。

积数月,亲属容家招饮。余随舅父往,诸戚畹[13]父执见余极欢。余对席有女郎,挽灵蛇髻[14]者,姿度美秀。舅父谓余曰:"此麦翁之女公子五姑也。"

余闻言，不审所谓。

筵既撤，宾客都就退闲之轩。余偷瞩五姑，著白绢衣，曳蔚蓝纨裙，腰玫瑰色绣带，意态萧闲。舅父重命余与五姑敬礼。

五姑回其清盼，出手与余，即曰："今日见阿兄，不胜欣幸！暇日，愿有以教辍学之人。"音清转若新莺。

余鞠躬谢不敏，而不知余舅父胸有成竹矣。

他日，麦翁挈五姑过余许，礼意甚殷，五姑以白金时表赠余。厥后五姑时来清谈，蝉嫣柔曼[15]。偶枨触[16]缟衣女子，则问五姑，亦不得要领。

余一日早起，作书二通，一致广州问舅母安，一致香山，请吾叔暂勿招工南来，因闻乡间有秀才造反，诚恐劣绅捏造黑白。书竟，燃吕宋烟[17]吸之，徐徐吐连环之圈。

忽闻马嘶声，余即窗外盼，见五姑拨马首，立棠梨之下，马纯白色，神骏也。余下楼迎迓[18]，五姑扬肱[19]下骑，余双手扶其腰围，轻若燕子。五姑是日，服窄袖胡服[20]，编发作盘龙髻，戴日冠[21]。余私谓："妹喜[22]冠男子之冠，桀亡天下；何晏[23]服妇人之服，亦亡其家：此虽西俗甚不宜也！"

适侍女具晨餐[24]，五姑去其冠同食。即已，舅父同一估客[25]至，言估客远来，欲观糖厂。五姑与余，亦欲往观。估客舅父同乘马车，余及五姑策好马，行骄阳之下，过小村落甚多，土人结茅而居，夹道皆植酸果树，栖鸦流水，盖官道也。

时见吉灵人焚迦算香[26]拜天，长幼以酒牲山神。五姑语余："此日为三月八日。相传山神下降，祭之终年可免瘴疠。"旁午始达糖厂。厂依山面海，山峻，培植佳，嘉果累累，巴拉橡树甚盛；欧人故多设橡皮公司于此，即吾国人，亦多以橡皮股票为奇货。

山下披拖弥望[27]，尽是蔗田。舅父谓余曰："此片蔗田，在前年，已值二十万两有奇；在今日，或能倍之。半属麦翁，半余有也。"余见厂中重要之任，俱属英人，佣工于厂中者，华人与孟加拉人参半。余默思厂中主要之权，悉操诸外人之手，甚至一司簿记之职，亦非华人，然则舅氏此项营业，殊如累卵[28]。余等浏览一周，午膳毕，遂归。

行约四五里，余顿觉胸膈作恶，更前里许，余解鞍就溪流，踞石而呕。五姑急下骑，趋至问故，余无言，但觉遍体发热，头亦微痛。估客一手出表，一手执余脉按之，语舅父曰："西乡有圣路加医院，可速往。"舅父嘱五姑偕余乘坐马车，估客舅父并马居后。

比谒医，医曰："恐是猩红热[29]！余疗此症多，然上帝灵圣，余或能为役也。"舅父嘱余静卧，请五姑留院视余，五姑诺，舅父估客匆匆离去。

余入暮一切惝恍。比晨略觉清爽，然不能张余睫，微闻有声，嘤然而呼曰："玉体安耶？"良久，余斗忆五姑，更忆余卧病院中，又久之，始能豁眸。

微光徐动，五姑坐余侧，知余醒也，抚余心前，言曰："热退矣！谢苍苍者佑吾兄无恙！"

余视五姑，衣不解带，知其彻晓[30]未眠。余感愧交迸，欲觅一言谢之，乃呐呐不能出口。

俄舅父麦翁策骑来视余，医者曰："此为险症，新至者瞿[31]之，辄不治。此子如天之福，静摄两来复[32]，可离院矣。"舅父甚感其言。麦翁遇余倍殷渥[33]。嘱五姑勿遽宁家。舅父、麦翁行，五姑送之，倏忽复入余病室，夜深犹殷勤问余所欲。

余居病院，忽忽十有八日，血气亦略复。此十八日中，余与五姑款语已深，然以礼法自持，余颇心仪五姑敦厚。

继而舅父来，接吾两人归，隐隐见林上小楼，方知已到别庐。舅父事冗他去，五姑随余入书斋，视案上有小笺，书曰：

比随大父[34]，返自英京。不接[35]清辉[36]，但有惆怅。明日遄归[37]澳境，行闻还国，以慰相思。玉鸾再拜，上问起居。

余观毕，既惊且喜。五姑立余侧，肃然叹曰："善哉！想见字秀如人。"

余语五姑："玉鸾，香山人，姓马氏。居英伦究心历理五稔，吾国治泰西文学卓尔出群者，顾鸿文[38]先生而外，斯人而已。然而斯人身世，凄然感人。此来为余所不料。玉鸾何归之骤乎？"

余言至此，颇有酸哽之状。此时，五姑略俯首，频抬双目注余。余易以他辞。

饭罢，五姑曰："可同行苑外。"

言毕，掖余出碧巷中，且行且瞩余面。余曰："晚景清寂，令人有乡关之思[39]。五姑，明日愿同往海滨泛棹乎？"

五姑闻余言，似有所感。迎面有竹，竹外为曲水，其左为莲池，其右为草地，甚空旷。余即坐铁椅之上。五姑亦坐，双执余手，微微言曰："身既奉君为良友，吾又何能离君左右？今有一言，愿君倾听：吾实誓此心，永永属君为伴侣！即阿翁慈母，亦至爱君。"

言次，举皓腕直揽余颈，亲余以吻者数四[40]。余故为若弗解者也。

五姑犯月[41]归去，余亦独返。入夜不能宁睡，想后思前：五姑恩义如许，未知命也若何？

平明，余倦极而寐。亭午[42]醒，则又见五姑严服临存[43]，将含笑花赠余。余执五姑之手微喟。五姑双颊略赪，低首自视其鞋尖，脉脉不言。自是，五姑每见余，礼敬特加，情款益笃。

忽一日，舅父召余曰："吾知尔与五姑，情谊甚笃。今吾有言，关白于尔：吾重午节后，归粤一行，趁吾附舟之前，欲尔月内行订婚之礼，俟明春舅母来，为尔完娶。语云：'一代好媳妇，百代好儿孙。'吾思五姑，和婉有仪，与尔好合自然如意。"余视地不知所对。

逾旬，舅父果以四猪四羊，龙凤礼饼，花烛等数十事，送麦家，余与五姑，姻缘遂定。自是以来，五姑不复至余许，间日以英文小简相闻问耳。

时十二月垂尽，舅父犹未南来，余凭栏默忖，舅父在粤，或营别项生意，故以淹迟。

忽有偈偈[44]疾驱而来者，视之，麦翁也，余肃之入。翁愁叹而坐，余怪之，问曰："丈人何叹？"翁摇头言曰："吾明知伤君之所爱，但事实有之不得不如此！"言次，探怀中出红帖授余，且曰："望君今日，填此退婚之书。"余乍听其言，温泪于眶，避座语之曰："丈人词旨，吾无从着思。况舅父不在，今丈人忍以此事强吾，吾有死而已！吾何能从之！吾虽无德，谓五姑何！"

翁曰："吾亦知君情深为五姑耳，君独不思此意实出自五姑耶？"余曰："吾能见五姑一面否？"

翁曰："不见为佳。"

余曰："彼其厌我哉？"

翁笑曰："我实告君，令舅氏生意不佳，糖厂倒闭矣。纵君今日不悦从吾请，试问君何处得资娶妇？"

余气涌不复成声，乃愤然持帖，署吾名姓付翁。翁行，余伏几大哭。

尔日有纲纪[45]自酒肆来，带英人及巡捕，入屋将家具细软，一一记以数号，又一一注于簿籍，谓于来复三，十句钟付拍卖，即余寝室之床，亦有小纸标贴。吾始知舅父已破产，然平日一无所知。而麦翁又似不被影响者，何也？

余此际既无暇哭，乃集园丁、侍女，语之故，并以余钱分之，以报二人侍余亲善之情。计吾尚能留别庐三日，思此三日中，必谋一见五姑，证吾心迹，则吾蹈海之日，魂复何恨？又念五姑为人婉淑，何至如其父所言？意者，其有所逼而不得已耶？

余既决计赴水死，向晚，余易园丁服，侍女导余至麦家后苑。麦家有僮娃名金兰者，与侍女相善，因得通言五姑。

五姑淡妆簪带，悄出而含泪亲吾颊，复跪吾前，言曰："阿翁苦君矣！"即牵余至墙下低语，其言甚切。余以翁命不可背。五姑言："翁故非亲父。"

余即收泪别五姑曰："甚望天从人愿也！"

明日，有英国公司船名威尔司归香港，余偕五姑购得头等舱位。既登舟，余阅搭客名单，华客仅有谢姓二人，并余等为四人。余劝五姑莫忧，且听天命。正午启舷，园丁、侍女并立岸边，哭甚哀；余与五姑掩泪别之。

天色垂晚，有女子立舷楼之上，视之，乃植园遗书之人，然容止似不胜清怨。余即告五姑。五姑与之言，殊落寞。忽背后有人唤声，余回顾，盖即估客也，自言送其侄女归粤，兼道余舅氏之祸，实造自麦某一人。言已，无限感喟，问余安适。余答以携眷归乡。

越日，晚膳毕，余同五姑倚栏观海。女子以余与其叔善，略就五姑闲谈。余微露思念梦珠之情，女惊问余于何处识之。余乃将吾与梦珠儿时情愫，一一言之，至出家断绝消息为止。女听至此，不动亦不言。

余心知谢秋云者，即是此人，徐言曰："请问小姐，亦尝闻吾友踪迹否乎？"

女垂其双睫，含红欲滴[46]，细语余曰："今日恕不告君，抵港时，当详言之。君亦梦珠之友，或有以慰梦珠耳。"

女言至此，黑风暴雨猝发。至夜，风少定。忽而船内人声大哗，或言铁穿，或言船沉。

余惊起，亟抱五姑出舱面。时天沉如墨，舟子方下空艇救客，例先女后男。估客与女亦至。吾告五姑莫哭，且扶女子先行。余即谨握估客之手。估客垂泪曰："冀彼苍[47]加庇[48]二女！"

此时船面水已没足。余微睨女客所乘艇，仅辨其灯影飘摇海面。水过吾膝，吾亦弗觉，但祝前艇灯光不灭，五姑与女得庆生还，则吾虽死船上，可以无憾。余仍鹄立[49]，有意大利人争先下艇，睹吾为华人，无足轻重，推吾入水中；幸估客有力，一手急揽余腰，一手扶索下艇。余张目已不见前面灯光，心念五姑与女，必所不免。余此际不望生，但望死，忽觉神魂已脱躯壳。

及余醒，则为遭难第二日下半日矣。四顾，竹篱茅舍，知是渔家。估客，五姑，女子无一在余侧，但有老人踞床理网，向余微笑曰："老夫黎明将渔舟载客归来。"

余泣曰："良友三人，咸葬鱼腹，余不如无生耳。"

老人置其网，蔼然言曰："客何谓而泣也？天心仁爱，安知彼三人勿能遇救？客第安心，老夫当为客访其下落。"言毕，为余置食事。

余问老人曰："此何地？"

老人摇手答曰："先世避乱，率村人来此海边，弄艇投竿，怡然自乐，老夫亦不知是何地也。"

余复问老人姓氏。老人言："吾名并年岁亦亡之，何有于姓？但有妻子。日出而作，日入而息耳。"

余矍然曰："叟其仙乎？"

老人不解余所谓。余更问以甲子数目等事，均不识。

老人瞥见余怀中有时表，问是何物。余答以示时刻者，因语以一日二十四时，每时六十分，每分六十秒。

老人正色曰："将恶许用之[50]，客速投于海中，不然者，争端起矣。"

明日，天朗无云，余出庐独行，疏柳微汀[51]，俨然迂倪[52]画本也，茅屋杂处其间。男女自云：不读书，不识字，但知敬老怀幼，孝悌力田[53]而已；贸易则以有易无，并无货币；未尝闻评议是非之声；路不拾遗，夜不闭户。复前行，见一山，登其上一望，周环皆水，海鸟明灭，知是小岛，疑或近崖州西南。自念居此一月，仍不得五姑消息者，吾亦作波臣[54]耳，吾安用生为？

注释

1. 选自《苏曼殊小说集》（上海开华书局1923年版），有删节。本文最初发表于1915年7月上海出版的《甲寅》杂志1卷7号。苏曼殊（1884—1918），本名子谷，法号曼殊，又号元瑛，广东香山（今广东珠海）人。清末民初著名的诗人、作家、画家、翻译家。曾于1904年来明德学堂任教。他能诗擅画，通晓日文、英文、梵文等多种文字，翻译作品有《拜伦诗选》和《悲惨世界》。他创作的小说有《断鸿零雁记》《绛纱记》《焚剑记》《碎簪记》《非梦记》等，另有《天涯红泪记》未完成。后人将其著作编成《曼殊全集》（共5卷）。
2. 利市三倍：谓贸易可获厚利。
3. 茗：茶。
4. 星嘉坡：今译"新加坡"，在东南亚马来半岛南端。
5. 亮直：爽朗直率。
6. 淹迟：滞留。
7. 訾省：计虑省察。
8. 来复日：星期日。
9. 绰约：柔美。
10. 世表：世外。
11. 堕马之垂髻：一种偏垂在一边的发髻。后汉梁冀妻尝作"堕马髻"。
12. 朕兆：征兆，预兆。
13. 戚畹：同"戚里"，泛指亲戚邻里。
14. 灵蛇髻：据《采兰杂志》载，"甄后入魏宫，宫有一绿蛇……每日后梳妆，则盘结髻形于后前，后效之而为型，巧夺天工，号灵蛇髻"。
15. 蝉嫣柔曼：笑容妩媚，声音柔曼。
16. 怅触：触动，感触。这里是指提起。
17. 吕宋烟：菲律宾吕宋岛所产的烟草制成的雪茄烟。
18. 迓：迎接。
19. 扬肱（gōng）：举着手臂。
20. 胡服：西服。
21. 日冠：阔边遮阳帽。
22. 妺喜：夏桀的宠妃，色美无德，好冠带佩剑。桀，夏朝末世君主，暴虐荒淫，商汤灭夏，与妺逃奔南方而死。
23. 何晏：三国时魏玄学家，字平叔，年少即以才秀知名，美姿仪，面至白，人称"傅粉何郎"。
24. 晨餐：早餐。
25. 估客：即行商，商人。估，估量，估价。
26. 迦算香：即藿香。唇形科植物广藿香的全草。藿香有芳香化湿、和胃止呕、祛暑解表的功效。
27. 披拖弥望：满眼的景物，覆盖下垂。
28. 累卵：比喻处境危险之极。
29. 猩红热：溶血性链球菌引起的急性传染病。

30. 彻晓：通宵至天亮。
31. 罹：遭受。
32. 静摄两来复：静养两星期。
33. 殷渥：真诚，恳切，深厚，浓厚。
34. 大父：祖父
35. 不接：不接触，久违。
36. 清辉：形容人的品格高洁。
37. 遄归：遄归，速归。遄，迅速。
38. 顾鸿文：化名，实指辜鸿铭。
39. 乡关之思：对家乡的思念。
40. 数四：数次。
41. 犯月：妇女经期。
42. 亭午：中午。
43. 严服临存：穿着整齐的服装前来问候。
44. 偈偈：疾驰貌。
45. 纲纪：古时候对公府、州、郡属吏中的高级人员的总称。这里指管理家务的仆人。
46. 含红欲滴：含着眼泪将要掉下。含红，眼眶红而含泪。
47. 冀彼苍：希望那苍天。
48. 加庇：加以庇佑。
49. 鹄立：像鹄一样引颈而立。形容直立。
50. 将恶（wū）许用之：怎么可以拿它来用呢？恶，怎，什么。
51. 汀：水边小洲。
52. 迂倪：元代画家倪瓒，性迂而好洁，人称"迂倪"。
53. 孝悌力田：孝顺父母，善事兄长，努力种田。
54. 波臣：谓水族中的臣仆，一般指被水淹死或投水而死的人。

阅读指津

  这篇具有自传色彩的传奇小说，情节交错，变化多端，初读不免使人有恍惚迷离之感。全文立足于昙鸾的角度，仍是用第一人称的写法，既叙写昙鸾自身不幸的遭遇，又通过昙鸾与梦珠等人的关系，引出其他悲剧故事。本文节选的部分讲述了"我"（昙鸾）与"五姑"的爱情故事。

  在《绛纱记》中，作者所要揭示的乃是爱情的痛苦、人生的艰险与虚妄；而要解除痛苦，避免艰险，唯有超脱世俗，归入佛门。宣扬这种逃避现实的消极的宗教观和人生观，显然已成为小说的主题思想。由于作者要宣扬消极厌世的宗教观和人生观，亟力在人物和故事情节的描绘和构思上别出心裁，这增加了小说的奇幻感和神秘感，但削弱了小说的真实感。

  苏曼殊的小说在当时别具一格，被人称为"清丽脱俗"。其语言具有浓郁的诗味。

黑猫（节选）[1]

⊙ 爱伦坡　钱歌川译

我很早就结了婚，恰好我的妻子和我的性情又很相合。她看见我喜欢饲养家畜，每次遇有机会，都买得许多可爱的动物回来。我们有小鸟、金鱼、好看的狗、兔、小猴子和一只猫。

那只猫非常大，很好看，全身漆黑，而且聪明得很。说起它的伶俐来，好迷信的我的妻子，很认真地相信这样的事情——我现在来说这个，也不过是因为刚才一时想起，并没有特别深奥的理由存在。

卜罗脱——这是那猫的名字——是我爱好的宠物、游散的旅伴。我独自饲养它，我在家中无论到哪里，它都跟着我。有时我出外，要来阻止它莫跟我去，都要费许多气力。

我和猫的交情，是这样很有几年了。在这几年之间，我的气质和性格，因为好滥饮的缘故（说起来是很可耻的），竟根本地急剧地变坏了。我一天一天地阴郁起来，动辄发怒，不顾别人的感情。

……

有一天晚上，我由常到的城里的一家酒店，大醉归来，我觉得那猫总是躲避我的样子。于是我就捉住了它，当时，它被我这种凶暴所吓，就在我的手上，用它的牙齿轻轻地啮伤了我一点，我马上发出一种恶魔似的愤怒。我早已忘记我自己了。我生来的灵魂，好像即时从我肉体飞开，一个由酒所养成的，比恶魔还可怕的毒心，使我身上全部的神经战栗了。从我背心口袋里取出一把小刀来，将它打开，就捏了这可怜动物的喉咙，竟泰然地从它眼窝里剜出它的一只眼睛来了！我现在写起这个恶魔一样的暴虐的行为时，我不禁为之面红耳热，全身战栗。

到了第二天早晨，我理性恢复的时候——睡了一晚起来，把夜来的沉醉都睡去了的时候——我对于自己犯的这个罪过，感着一种半惧半悔之情。但是这个至多不过是一种微弱而漠然的感情，对于我的灵魂，仍是毫无所感动。我再沉溺于暴饮之中，而那恶性的一切的记忆，即时又完全消灭于酒中了。

　　同时那猫也渐渐地恢复了。那被剜了的眼巢，真是显得很可怕的样子；但是它早已好像没有什么苦痛了。它和平常一般在家里各处走动起来。只是一接近我，就极端地恐吓得逃走不迭，这也是当然所应有的事。到底我还有着些固有的心情存在，看见以前曾那样爱过我的动物，如今是这样躲避我，初时竟不免悲从中来。但是这种感觉不久即变为忿怒了……有一天早晨最我竟冷静地用根麻绳，缚了那猫的颈子，悬在一根树枝上了。——我眼中流泪，心中抱着极端地痛悔，把它缢杀了。——我为什么会这样的呢？——就是因为我知道它确曾爱过我，就是因为我觉得它并没有对我有何等触犯之处——就是因为我知道这样把它来弄死是犯了罪过——犯了个把我不灭的灵魂甚至逐出在那最慈悲、最可怕的神明之广大的怜恤以外，那种危境的、时间稀有而可怕的罪过。

　　就在做了这残酷的行为那天晚上，我从梦中惊醒，只听见喊着起了火的声音。我床上的帐子烧燃了，全家都着火了。我和我的妻子、仆人，好不容易才由那大火中间逃将出来，一切全烧了，我所有的财物完全归于乌有。我自从那时候以来，就成为绝望的人，完全自暴自弃了。

　　……起火的第二天，我就去看了那烧迹。那墙壁只除了一道以外，都成颓垣破瓦了。这毁余的乃是在家屋的中央，而不十分厚的一道区划的墙，我的床头正对着这个。这墙壁的泥粉，很抵抗了那火势，其所以没有烧坏，我以为是因新涂刷不久了的缘故。在这墙的周围猬集了一大堆人，有许多好似在那儿带着非常精密而热心的注意，在检查着那墙的某一部分。他们那些"奇哉！""怪呀！"等的话，激起了我的好奇心。我于是走近去，看见在那墙的白粉壁上，宛如雕下了一个浅浮雕一样，现出个巨猫的相貌来。那相貌真是印得骇人地精确。围在那猫的颈上，还有一根绳子。

　　……

　　自那时以来，很有几个月，那猫的幻象，怎样也未能离开我的眼睛；这时候，在我心上，又生出一种说是悔恨又不是悔恨的，莫名其妙的感情来了。我非常后悔失了这猫，甚至去那常常出入的魔窟之中，到处探求那和已失了的形貌相同的另一个猫，来代替我失了的一个。

　　有一天晚上，我醉眼朦胧地坐在一个魔窟之中，我的眼睛忽然注意到，那成为这室内主要家具的，锦酒或兰酒的大樽上面的一个漆黑的东西。我早上就朝那些樽上注视过许久，为什么我早没有看见那上面的这黑东西呢？我真不堪惊异。我走近去用手抚摸它。这是个很大的黑猫，正同卜罗脱一般大，除了一块地方，其余都非常相像。卜罗脱全身上没有一根白毛，可是这个猫的胸上，差不多全部覆着大的，但不十分明显的白斑。

　　当我一摸着它，它即时跳起来，大声叫了，在我手上摩擦它的身子，好像表示因为偶看到了它而很快乐的样子。这个正就是我所探求着的动物。我即时要求那店主分让给我，可是那主人说这猫并不是他自己饲的，不晓得是哪儿来的，从前并没有看到过。

　　我仍继续地抚爱着它，当我预备要动身回家的时候，那猫好似要跟我走的样子。我让它跟了我来，我一壁走一壁常常弯下身子去抚摸它。到了家里，那猫立刻就驯熟了，我的妻子也马上就非常喜欢它起来了。

至于说起我来，我不久即对于那猫，发生一种憎恶之感了。这个和我期待的恰正相反，但是我不明白为何会是这样的——那猫的显明爱我的态度，对我反不堪其嫌恶和恼怒。这样的嫌恶和恼怒的感情，渐渐竟成为极端的憎恶了。我躲避这猫。一种莫名其妙的羞耻心和那前日的酷刑的回忆，阻止了我对于这猫没有加以肉体上的虐待。我很有几星期没有去殴打或乱暴地虐待它。但是慢慢地，一点一点地，我带着种不可言状的恶感看待这猫，完全像逃避疫病的毒气一般，我竟要无声地从它那可恶的面前逃避了。

我之所以是这样慢慢地增加了对那猫的憎恶，不待言，就是因为我把它带回来的第二天早晨，发现了它是和卜罗脱一样地被挖了一只眼睛。然而我的妻子，就是为着这个，倒反喜欢起这猫来了。如我从前说过的，她是个非常具有我性格上的特征，最简单、最纯洁快乐之源的、怜恤心重的女人。

虽然，我对于这猫这般的嫌恶，而它对于我反好似一天一天地亲热起来。它总是跟着我走，带着一种差不多不能使读者理解的坚忍。我坐下的时候，它总是伏在我的椅子底下，或是跳在我膝头上面，用它那种讨嫌的娇态来缠着我。我一站起来走时，它就要缠在我脚间，这样几乎要把我纠倒，更或有时要用它那长而且锐的爪子，紧紧地钩着我的衣服，而这样爬到我的胸脯上来。在这种时候，我虽然想一下把它打死，但是我毕竟没有这样做，一则是因为想起我以前的罪过，但那主要的原因——就明白地说出来罢——还是因为极端地恐惧它。

……我的妻子要我屡次注意那白斑的特点，关于那斑点，如我已说过的，就是这怪猫和我以前杀了的那个唯一的，人目可以看出来的不同的地方。或者还可以记得罢，这些斑点虽然大，但原来就不甚明显。很久我的理智，把它当作幻象竭力排斥了的，但是慢慢地，差不多眼睛看不见地一点一点地显明起来，结局变得无论谁都能看见的明了的轮廓出来了。现在那斑点成为一个我连说这名字都要战栗的东西的形状了。就中，为着这个，我对于那猫感着了憎恶和恐怖。若是我有勇气，我早就把这个怪物杀了。那现在确实成了个可怕的、凄惨的、绞首台上的形象了，早变成个恐怖和犯罪的、苦闷和死灭的可悲可惧的机械的形象了。

……

有一天，我的妻子为着一件家庭中的琐事，同着我到了因为贫困不得不住的，一间古屋的地下室里来。那猫也就跟着我们即时跑下那壁陡的楼梯来，缠着我的脚，险些儿使我栽了个倒筋斗，使我气得几乎要发狂了。我举起我手中的斧头，在忿怒之中，忘记了至今对它的那种小孩似的恐怖，我即时向那猫砍了下来——若是照我想的这样砍下来了，不待言，那猫就要即地死亡吧。但是这一下，竟被我的妻子的手所阻止了，因此，激昂得发出比恶魔还可怕的暴怒的我，从我妻的紧握中夺回了我的手腕，突然又向妻的脑上砍了下来，可怜她竟无声无息地当场被砍死在那里。

当这个可怕的杀戮完了，我于是即时深思熟虑地来安排藏起这个尸体。我深知无论在日里或晚上，若把这尸体拿出去，都不免有被邻居看见的危险。许多的计划浮在我的心头。有时我曾想把这死尸，切成很小的断片，然后用火把它烧了。有时我又想在地下室里掘个墓穴将它埋了。有时我又想将它投下到院中的井里去——再或是装作货物照平常的行李一样，封好在箱子里，喊个挑夫来将它挑出屋去。结局我想到一条远胜过这些计划的上策来了。我决心要将它藏进这个地下室的夹墙中去，像中世纪的僧侣们将他们的牺牲者封进墙里的传说一样。

为这样的一个目的，这个地下室真好似订做了的。那墙的构造非常草率，最近又用那粗糙的粉全部才粉刷过的，因为天气的湿润，那粉至今还没有完全干燥。而且有道墙上一块地方突出在外，有点像是为那假烟筒或火炉所致，但完全填塞了已经和室内别的部分毫无差别。我想将这块地方的砖挖开一点，将尸首塞进去，然后再照原样封上涂好，这样我相信就是无论谁来看，也不至惹起什么疑心罢。

这个计划是实施了的。我用一根铁锤很容易就把那墙打破了。于是仔细地把尸首放进内部的夹墙中去，就靠着墙支竖在那里，很不费力地我又把那些砖照原样地砌好了。我把石灰和沙土、毛发等弄来，非常仔细地、使人不能与旧的分别出来地调制了泥土，于是就小心将它涂上那新筑的砖墙上了。当我做完，我觉得一切都很顺利而可满足。这墙竟看不出一点凿动了的痕迹来。地下所遗下的破屑都非常仔细地收拾干净了。我带着胜利环顾周遭，于是对我自己说："哈，这样至少我也没有徒劳。"

我第二步就是要来搜寻成为这悲剧的主因的那猫的去向，我毕竟下了坚固的决心要把它来处死。现在我若遇到了那猫，它的性命当然是没有了。但那长于狡智的畜生，被我当时激烈的暴怒所恐吓，在我现在这种杀气正高的时候，竟一向没有现出它的形影来。那个万分讨厌的猫不见了，我那种深刻而愉快的恬静的心境，到底不能描写或是想象出来。在晚上它也没有出现——这样自从那猫到我家以来，好容易才安然酣睡了一晚。甚至我的灵魂负着杀人的重荷，我竟恬然而贪眠了。

第二天第三天都过去了，那使我苦痛的猫，竟还没有来。我重新做了个自由的人。那个怪物吓得永远从这家里逃走了！我将再不至于看到它了！我的幸福是无比了。我虽然犯了那可怕的杀人罪，但并没太扰乱我的心情。两三次的讯问虽发生了，但我很容易地就答复过来。甚至家宅检查都执行了，但是那自然找不出一点什么来。我很安心地待望着我未来的幸福。

我杀了我妻子的第四天，非常出乎意料地来了一群警察到我家里，再开始在我屋内严重地搜索起来。可是我很安心，以为我那隐藏之所，到底非他们所能臆测，更没有觉得什么周章狼狈。那些警察官要我和他们一路检查。一切的隅角他们都搜寻到了。他们检查到第三四次的时候，毕竟下到那地下室去了。我镇静如常，神经也没有战栗。我的心里好似无辜的睡着了的人一样地平静。我在地下室里这头走到那头，把手交叉在胸前，若无事然地踱来踱去。警察完全满足，预备要去了。我心中的喜悦强烈得不能抑制。我一来为着胜利，二来为着要竭力使他们确信我是无罪，哪怕一句话也好，我真想说得不得了。

"诸君,"当他们临走的时候,我竟说出来了,"我竟挣脱了你们的嫌疑,我非常喜欢。我祝你们健康,并望你们再重一点礼仪。并且,诸君呀——这是个建筑得非常好的屋子。"(在这狂热的愿望之中,信口乱说,我简直不知道我自己说了些什么。)——"可以说是个最上等的非常好的建筑。这些墙——你们就去吗,诸君?——这些墙都筑得非常坚固。"这样说了,我只为着要表现我癫狂的虚夸,就用我手中的手杖,用力敲了那块后面就靠着我爱妻的死骸的墙壁几下。

"哦呀,上帝呦,求你将我从那恶魔的毒牙中救出来!"我那叩击之声,还没有完全消去之时,那墓中随即发出个应声!——那声音最初好似闷塞而碎裂的小孩的哭泣,随即就尖长起来,而成为一片不断的长啸,完全没有东西譬比的非人间的叫声——一个悲惨的嚎哮——地狱而雀跃的恶鬼、两个喉咙合成一片而传布出来的地狱之声,才能勉强相似。

那时我心中所想的,说起来都很愚蠢。我发昏似的,竟鼠蹿到对面那墙边去了。一时那些警察,带着极端的惊吓和恐惧,都站在楼上不动了。歇一会儿,十多个顽强的手腕,就向着那墙头打毁起来,那墙整块地倒毁下来了。那尸体直立在观者的眼前,已经腐败不堪,血也凝黑了。在那尸的头上正坐着那张开了红口,独眼光耀如火的可怕的怪猫,它用奸计使我杀了我的妻子,现在又发出报信的声音,把我交给绞首吏之手了!原来是我把这怪物一同封在墓墙里了呀!

注释

1. 选自《青春之恋》(中华书局1935年版),钱歌川译,有改动。爱伦坡,通译埃德加·爱伦·坡(Edgar Allan Poe)(1809—1849),19世纪美国诗人、小说家和文学评论家。以悬疑、惊悚小说最负盛名,被公认为推理小说开创者、象征主义先驱,甚至被视为科幻小说的奠基人。

阅读指津

美国小说家、诗人和文学评论家爱伦坡,在文学史上拥有多种头衔,曾被誉为侦探小说鼻祖、科幻小说先驱之一、恐怖小说大师、象征主义先驱之一、唯美主义者。从上面这些头衔可以看出,爱伦坡属于多个文学门派的开山祖师。其作品具有多种风格的综合性特征,带有个人鲜明的印记。《黑猫》是作者的名篇之一,关于其内涵一直众说纷纭,有评论家认为这是一篇恐怖小说,"以独特的想象和深刻的洞察深入到人类心理隐秘的角落",表现了人的心灵深处的暴力倾向,令人毛骨悚然;也有人认为这是一篇神秘小说,具有神秘之美、想象之奇;另一种说法则认为这是一篇象征主义的小说,认为"我"是人类内心邪恶的象征,"卜罗脱"是邪恶的象征,"白斑"是心灵的惩罚的象征,"妻子"是人性善良一面的象征。不管怎样,这种对于人性的深入刻画与淋漓尽致的描写,让人在惊悚之余,隐然感到某种良心的不安,促使每一个人反省自己的内心。

蛮子大妈（节选）[1]

⊙ 莫泊桑　李青崖译

普法之间已经正式宣战的时候，小蛮子的年纪正是三十三岁。他从军去了，留下他母亲单独住在家里。他们并不很替她担忧，因为她有钱，大家都晓得。

她单独一人留在这所房子里了，那是坐落在树林子边上并且和村子相隔很远的一所房子。她并不害怕，此外，她的气性和那父子两个是一般无二的，一个严气正性的老太太，又长又瘦，不常露笑容，人们也绝不敢和她闹着耍，并且农家妇人们素来是不大笑的。在乡下，笑是男人们的事情！因为生活是晦暗没有光彩的，所以她们的心境都窄，都打不开。男人们在小酒店里，学得了一点儿热闹的快活劲儿，他们家里的伙伴却始终板起一副严肃的面孔。她们脸上的筋肉还没有学惯那种笑的动作。

这位蛮子大妈在她的茅顶房子里继续过着通常生活。不久，茅顶上已经盖上雪了。每周，她到村子里走一次，买点面包和牛肉以后就仍旧回家。当时大家说是外面有狼，她出来的时候总背着枪，她儿子的枪，锈了的，并且枪托也是被手磨坏了的。这个高个儿的蛮子大妈看起来是古怪的，她微微地偻着背，在雪里慢慢地跨着大步走，头上戴着顶黑帽子，紧紧包住一头从未被人见过的白头发，枪杆子却伸得比帽子高。

某一天，普鲁士的队伍到了。有人把他们分派给居民去供养，人数的多寡是根据各家的贫富做标准的。大家都晓得这个老太婆有钱，她家里派了四个。

那是四个胖胖的少年人，毛发是金黄的，胡子是金黄的，眼珠是蓝的，尽管他们已经熬受了许多辛苦，却依旧长得胖胖的，并且虽然他们到了这个被征服的国里，脾气却也都不刁。这样没人统率地住在老太太家里，他们都充分地表示对她关心，极力设法替她省钱，教她省力，早上，有人看见他们四个人穿着衬衣绕着那口井梳洗，那就是说，在冰雪未消的日子里用井水来洗他们那种北欧汉子的白里透红的肌肉，而蛮子大妈这时候却往来不息，预备去煮菜羹。后来，有人看见他们替她打扫厨房，揩玻璃，劈木柴，削马铃薯，洗衣裳，料理家务的日常工作，俨然是四个好儿子守着他们的妈。

但是她却不住地记挂她自己的那一个，这个老太太，记挂她自己的那一个瘦而且长的、弯钩鼻子的，棕色眼睛，嘴上盖着黑黑的两撇浓厚髭须的儿子。每天，她必定向每个住在她家里的兵问："你们可晓得法国第二十三边防镇守团开到哪儿去了？我的儿子在那一团里。"

他们用德国口音说着不规则的法国话回答："不晓得，一点不晓得。"后来，明白她的忧愁和牵挂了，他们也有妈在家里，他们就对她报答了许多小的照顾。她也很疼爱她这四个敌人：因为农人们都不大有什么仇恨，这种仇恨仅仅是属于高等人士的。至于微末的人们，因为本来贫穷而又被新的负担压得透不过气来，所以他们付出的代价最高；因为素来人数最多，所以他们成群地被人屠杀而且真的做了炮灰；因为都是最弱小和最没有抵抗力的，所以他们终于最为悲惨地受到战争的残酷祸殃。有了这类情形，他们所以都不大了解种种好战的狂热，不大了解那种激动人心的光荣以及那些号称具有政治性的策略；这些策略在半年之间，每每使得交战国的双方无论谁胜谁败，都同样变得精疲力竭。

当日地方上的人谈到蛮子大妈家里那四个德国兵，总说道："那是四个找着了安身之所的。"

谁知有一天早上，那老太太恰巧独自一个人待在家里的时候，远远地望见了平原里，有一个人正向着她家里走过来。不久，她认出那个人了，那就是担任分送信件的乡村邮差。他拿出一张折好了的纸头交给她，于是她从自己的眼镜盒子里，取出了那副为了缝纫而用的老光眼睛，随后她就读下去：

> 蛮子太太，这件信是带一个坏的消息给您的。您的儿子威克多，昨天被一颗炮弹打死了。差不多是分成了两段。我那时候正在跟前，因为我们在连队里是紧挨在一起的，他从前对我谈到您，意思就是他倘若遇了什么不幸，我就好当天告诉您。
>
> 我从他衣袋里头取出了他那只表，预备将来打完了仗的时候带给您。
>
> 现在我亲切地向您致敬。
>
> 第二十三边防镇守团二等兵黎伏启

这封信是三星期以前写的。

她看了并没有哭。她呆呆地待着没有动弹，很受了打击，连感觉力都弄迟钝了，以至于并不伤心。她暗自想道："威克多现在被人打死了。"随后她的眼泪渐渐涌到眼眶里了，悲伤侵入她的心里了。各种心事，难堪的，使人痛苦的，一件一件回到她的头脑里了。她以后抱不着他了，她的孩子，她那长个儿孩子，是永远抱不着的了！保安警察打死了老子，普鲁士人又打死了儿子……他被炮弹打成了两段，现在她仿佛看见那一情景，教人战栗的情景:脑袋是垂下的,眼睛是张开的,咬着自己两大撇髭须的尖子,像他从前生气的时候一样。

他的尸首是怎样被人拾掇的,在出了事以后?从前,她丈夫的尸首连着额头当中那粒枪子被人送回来,那么她儿子的,会不会也有人这样办?

但是这时候,她听见一阵嘈杂的说话声音了。正是那几个普鲁士人从村子里走回来,她很快地把信藏在衣袋里,并且趁时间还来得及又仔仔细细擦干了眼睛,用平日一般的神气安安稳稳接待了他们。

他们四个人全是笑呵呵的,高兴的,因为他们带了一只肥的兔子回来,这无疑是偷来的,后来他们对着这个老太太做了个手势,表示大家就可以吃点儿好东西。

她立刻动手预备午饭了,但是到了要宰兔子的时候,她却失掉了勇气。然而宰兔子在她生平这并不是第一次!那四个兵的中间,有一个在兔子耳朵后头一拳打死了它。

那东西一死,她从它的皮里面剥出了鲜红的肉体;但是她望见糊在自己手上的血,那种渐渐冷却又渐渐凝住的温暖的血,自己竟从头到脚都发抖了;后来她始终看见她那个打成两段的长个儿孩子,他也是浑身鲜红的,正同那个依然微微抽搐的兔子一样。

她和那四个兵同桌吃饭了,但是她却吃不下,甚至于一口也吃不下,他们狼吞虎咽般吃着兔子并没有注意她。她一声不响地从旁边瞧着他们,一面打好了一个主意,然而她满脸那样的稳定神情,教他们什么也察觉不到。

忽然,她问:"我连你们的姓名都不晓得,然而我们在一块儿又已经一个月了。"他们费了好大事才懂得她的意思,于是各人说了各人的姓名。这办法是不能教她满足的,她叫他们在一张纸上写出来,还添上他们家庭的通信处,末了,她在自己的大鼻梁上面架起了眼镜,仔细瞧着那篇不认得的字儿,然后把纸折好搁在自己的衣袋里,盖着那封给她儿子报丧的信。

饭吃完了,她向那些兵说:

"我来给你们做事。"

于是她搬了许多干草搁在他们睡的那层阁楼上。

他们望见这种工作不免诧异起来,她对他们说明这样可以不会那么冷;于是他们就帮着她搬了。他们把那些成束的干草堆到房子的茅顶那样高,结果他们做成了一间四面都围着草墙的寝室,又暖又香,他们可以很舒服地在那里睡。

吃夜饭的时候,他们中间的一个瞧见蛮子大妈还是一点东西也不吃,因此竟担忧了。她托词说自己的胃里有些痛。随后她燃起一炉好火给自己烘着,那四个德国人都踏上那条每晚给他们使用的梯子,爬到他们的寝室里了。

那块做楼门用的四方木板一下盖好了以后,她就抽去了上楼的梯子,随后她悄悄地打开了那张通到外面的房门,接着又搬进了好些束麦秸塞在厨房里,她赤着脚在雪里一往一来地走,从容得教旁人什么也听不见,她不时细听着那四个睡熟了的士兵的鼾声,响亮而长短不齐。

等到她判断自己的种种准备已经充分以后,就取了一束麦秸扔在壁炉里。它燃了以后,她再把它分开放在另外无数束的麦秸上边,随后她重新走到门外向门里瞧着。

不过几秒钟，一阵强烈的火光照亮了那所茅顶房子的内部，随后那简直是一大堆骇人的炭火，一座烧得绯红的巨大焖炉[2]，焖炉里的光从那个窄小的窗口里窜出来，对着地上的积雪投出了一阵耀眼的光亮。

随后，一阵狂叫的声音从屋顶上传出来，简直是一阵由杂乱的人声集成的喧嚷，一阵由于告急发狂令人伤心刺耳的呼号构成的喧嚷。随后，那块做楼门的四方木板往下面一坍，一阵旋风样的火焰冲上了阁楼，烧穿了茅顶，如同一个巨大火把的火焰一般升到了天空；最后，那所茅顶房子整个儿着了火。

房子里面，除了火力的爆炸，墙壁的崩裂和栋梁的坠落以外，什么声音也没有了。屋顶陡然下陷了，于是这所房子烧得通红的空架子，就在一阵黑烟里面向空中射出一大簇火星。

雪白的原野被火光照得像是一幅染上了红色的银布似的闪闪发光。

一阵钟声在远处开始响着。

蛮子大妈在她那所毁了的房子跟前站着不动，手里握着她的枪，她儿子的那一杆，用意就是害怕那四个兵中间有人逃出来。

等到她看见了事情已经结束，她就向火里扔了她的枪。枪声响了一下。

注释

1. 选自《世界短篇小说精华•莫泊桑小说选》（湖南文艺出版社1998年版），李青崖译。莫泊桑（1850—1893），法国19世纪后半期著名的批判现实主义作家。李青崖（1886—1969），湖南长沙人。毕业于明德中学，后考入上海震旦书院学习法语，并留学比利时。回国后在中央大学、中国公学、复旦大学等学校教授法国文学。他是我国最先用白话文翻译外国作品的先驱者之一。从20世纪20年代到60年代，他翻译了莫泊桑的大量作品，可以说，他是翻译莫泊桑小说的"专业户"。
2. 焖炉：一种大灶样的炉子，和一般的炉子不同，它的火门是开在炉壁上的，我们打开火门平视，就可以看见炉子里的燃烧情形。

阅读指津

战争是一种巨大的灾难。本文描写了普法战争时期，一位乡村妇女因为儿子战死沙场，心灵受到猛烈的刺激，在极度痛苦中所采取的复仇行为。这种行为是可怕的，评论家对此有两种截然不同的评价：一是赞誉性的，认为这位妇女的复仇行为，是一种对于侵略者的反抗与报复，打击了德国侵略者，体现了法国人民英勇抵抗的民族精神；另一种是质疑性的，认为这位妇女以残忍的方式，杀害四个爱戴她的年轻的德国士兵，其报复行为是非理性乃至非人性的。

不管哪种评价，事实上都体现了战争对于人的灵魂的巨大扭曲与伤害。这其中有一种人性的深度，体现了作者对人物内心的深刻洞察和同情。作为著名的现实主义作家，莫泊桑以精细的描写、传神的刻画，揭示出了人物的内心世界，塑造了蛮子大妈这一鲜明有力的艺术形象。

心忧天下 正气浩然

阅读这一单元主要了解在明德人身上体现出来的湖湘精神。1903年，在日本学习考察的胡子靖先生"深感甲午、庚子两役创巨痛深，决心兴学以救亡"。单从学校名称"明德"二字，就可见创办人的宏大理想和大家气魄。胡老校长在《明德之精神》一文中提出："办学必有主旨，学校所以陶铸人才，自与科举利禄之途异趣，则尤应确定所宗，以端趋向……使莘莘学子不徒以学校为仕进之阶，而先务立其远者大者，以默持世运于不坠。"明德教师经常结合时事引导学生，教育学生，勇于担当，自立自强。正是这种办学思想，使明德中学聚集了一大批胸怀济世理想的青年，干出了一番轰轰烈烈的事业。在这些明德人身上，可以看到典型的湖湘气韵。1904年2月，华兴会成立时，到会100余人中明德师生就有40余人。明德培养了黄兴、杨毓麟、任弼时、詹乐贫、毕磊等一大批革命先驱。自创办以来，明德一直秉承"心忧天下，敢为人先"的湖湘精神和"坚苦真诚"的传统校训，磨血育人，因而英才辈出，学府长昌。品读这三文章，你会深深地感受到杨毓麟炽热的爱国情怀，毕磊的革命热情，袁植的仁爱大义，詹乐贫的友善坚贞。他们的思想、他们的胸怀、他们的气概让人振奋，让人感佩，让人潸然泪下。

鲁迅与青年共产党人毕磊的友谊[1]

⊙ 马儒

1927年1月，鲁迅被中山大学聘请为教授，任文学系主任兼教务主任。为了欢迎鲁迅，中共广东区委书记陈延年把代表中共与鲁迅联系的任务交给了毕磊。

1月18日，鲁迅抵达广州，他当即与鲁迅取得联系。25日下午，以中山大学学生会的名义举行了盛大欢迎会，由他主持，宣读欢迎词。会上，鲁迅对广东的时局阐述了自己的看法，勉励广东的青年们要敢于冲破沉寂的气氛。这次会开得十分成功，在青年中产生了深刻的影响。27日下午，鲁迅在他陪同下，赴中山大学社会科学研究会发表了演说。

鲁迅在广州期间，他几乎每天前去和鲁迅见面，给鲁迅送党组织主办的刊物。鲁迅在日记中多次提到他送《少年先锋》之事。该刊是共青团广东区委机关刊物，以两广受压迫青年为主要对象。鲁迅后来离开广州时，仍将他送的《少年先锋》带在身边。由于大量阅读了由他送的共产党的刊物，又与陈延年等共产党人接触过，鲁迅很快了解到当时共产党的方针、政策和任务，加深了对中国共产党的认识。这对鲁迅从一个革命的民主主义者迅速地转变成为一个坚强的共产主义者，起到了积极的促进作用。

1927年4月12日，蒋介石在上海发动反革命政变后，广东形势日趋紧张，他很关心鲁迅，多次冒着风险到鲁迅家看望。4月14日，他又来到鲁迅住处，鲁迅劝他不要出去，说出去危险，他说："我还要给同志们送个信。"就在这天晚上，他在中山大学校舍二楼间房子里不幸被捕。鲁迅悲愤填膺，力主营救未获通过，独自宣布辞职。

敌人对他多次严刑拷打，并又派戴季陶、朱家骅到狱中诱降，他坚贞不屈，痛斥敌人。他在狱中带领难友开展斗争。4月23日凌晨，敌人用两艘军舰将他和萧楚女等人押到珠江南岸的南石头"惩戒场"杀害，他被铁链锁住，残酷地装进麻袋，丢进了珠江。牺牲时年仅25岁。

鲁迅听到毕磊壮烈牺牲的消息，十分悲痛，他在许寿裳面前多次谈起这个瘦小精悍、办事干练的湖南青年，深情地感叹道："常常来谈天的，而今不来了。"鲁迅在通信、日记中也多次提及他，曾在致友人《怎么写》信中写道："果然毕磊君大约确是共产党，于四月十八日（应为十四日）从中山大学被捕。据我的推测，他一定早已不在这个世界上了，这看去很是瘦小精干的湖南的青年。"直到1928年冬鲁迅还极为沉痛地说："毕磊死了，是被铁链锁住死的。"

注释

1. 选自《湖北档案》（2011年7月），有改动。毕磊（1902—1927），号安石，笔名有三石、坚如等，湖南澧县人。7岁随父迁至长沙稻谷仓，就读于长沙明德中学附小，后免费升入明德中学。1925年底加入了中国共产党，并任中共广东区学生运动委员会副书记，1927年4月23日凌晨，与萧楚女等人共同就义。

阅读指津

鲁迅先生曾称赞："第一次吃螃蟹的人是很令人佩服的，不是勇士谁敢去吃它呢？"在反动势力还相当强大的时候，能够首先站出来，振臂高呼，救民于水火，且信念坚定，百折不挠，甚至抛头颅、洒热血而义无反顾，非高度的社会责任感不能如此。他们英勇卓绝，宁折不弯，舍生取义，言行足以感召世人，他们的义举也永远留存在人民的心中。毕磊牺牲后，鲁迅深情地感叹："常常来谈天的，而今不来了。"由此一句，可以看出他们两人之间的深厚情谊。末尾："毕磊死了，是被铁链锁住死的。"不仅突出了反动派的残酷、烈士的坚强，而且我们仿佛还可以看到一个极其沉痛、悲不自胜的老者形象，细细品味，悲慨万端，崇敬之意油然而生。

我和袁植的生死之交[1]

⊙ 彭德怀

一九一八年一月，北军张敬尧、吴佩孚、冯玉祥等部大举入湘，湘桂军这次退得很乱。也很急。部队经过长途行军作战，兵疲体弱，疾病流行，特别是得疟疾的多。经费虽然困难，但办公、医药费还是照给。当时医药费不够，办公费有余，我对连长李培世建议，以办公费补医药费，李不同意。我说，钱有什么用？"护法拥宪"人重要，李未吭声。

过了两天，到黄公略处，恰遇袁植，他问及连中病人情况，我说很严重，有时担任警戒都成问题。袁说："听说你要消差（官叫辞职，士兵叫消差）呀！"我说是的。袁开导似的说了一番。第二天满腔爱国热情的公略来到我处说："营长不准你消差，以免影响别人，忍耐一点吧。"我说："上星期一个中学生李灿来当兵，现在第二班。"并把李灿介绍给他，从此，我们三人就成了亲密朋友。不久，连长李培世因病辞职，周磐接替。

大概是一九一八年七月，营长袁植对我说："旅部叫选派一人去长沙，侦察敌军后方内情，想派你去。"我说："内情不易侦察，我在那里没有熟人。"袁说："主要是去长沙府正街某茶庄，找你老连长胡子茂，他会向你谈的。同时，请他前来帮忙——当军需正。去时经安仁、衡阳吴佩孚防地，返回时，经醴陵、茶陵张敬尧某部防地。问子茂军情要婉转些，不要使他察觉是来当侦探的。"我承允了这个任务。

这次去长沙便道经衡山，回家住了两晚。后又在长沙住了两天，到府正街XX茶庄（可能叫X湘茶庄，记不起了）见到胡子茂。闲谈数语后，我即告他，袁营长请他去当军需正。胡犹豫了好一会儿，说："这倒是自己的事，应该去帮忙的。现在老百姓恨北军入骨，望南军心切。"我问："北军内部不和，真假如何？"他说："北军上下都不和，可会有变化，但现在还不明显。"还谈的其他事项已记不起来了。知他胆小怕事，未在他家住，他也未留住。临行时，我问他何时去袁处，他说，过一些时，方便时，先去看看。

一九二一年，援鄂战争时，六团集结长沙，稍事休整，全部开南县。团长袁植命我代连长，率加强排（四个班）分驻南县之注磁口，时间大概是八月中下旬。

不久，我派一班长王绍南及魏本荣等三个救贫会员，由姜子清带领，将当地恶霸欧盛钦秘密处决。向他们交代清楚：只杀欧本人，不得伤及其他人。也出了一张匿名布告，宣布欧的罪状。第二天税收停止，贫民窃议称快，但第三天继续收税。这使我感到，杀一两个人无济于事，不能解决问题。

后来，六团回驻离长沙七十里之潞口畲一带，在注磁口处决欧盛钦之事，隔三四月被告发。某日，团长袁植派特务排长徐某来到我处，他说："袁团长请你去长沙团部。"我说："好吧！"走约五里，有一班人潜伏着将我逮捕。徐排长说："这是袁团长奉赵督军命令，不得已来捉你的。听说你杀了欧高级参议的弟弟和全家。"我说："杀欧盛钦有其事，但未杀全家。"徐说："这是欧高级参议告发的。"我说："欧是当地为富不仁的最大恶霸，仗势欺人。"数了欧盛钦一堆罪状。士兵听了表示同情，徐即假说，团长也是不得已的，到督军署后，定会设法营救等。士兵中也有出主意的，说你到督军署不要承认，他没有证据，也可能是土匪杀的，也可能是欧盛钦平日作恶太多，别人报仇杀的。

走了六十里，离长沙还有二十余里，我说休息一下吧！休息时，牵我走的一位青年士兵靠紧我坐着，把捆我双手的绳子偷偷地解松了，又把手重重地在我背上按了两下，示意我逃走。我领会了他的意思。

又走了几里，即要过捞刀河，离长沙只十五里了。想想自己的命只抵偿一个恶霸的命不合算，死在这狗财主之手实在不甘心！决心在过河时逃跑。在渡船上，我叫徐排长说："大衣口袋里还有几十块钱，你们拿去吧！不要便宜了那些看管监狱的豺狼。"徐排长说："幸而得救时，仍然退还给你；万一不幸就替你办后事。"我说："用不着，你们拿走吃一顿，剩下的就分了吧！"在船离岸不远，乘徐来抄钱时，狠狠地给他一撞，他落水了。我一跃上岸，缚在手上的绳子也脱落了，便向东飞跑。士兵向天放了几枪，无人追赶。这二十多块钱，成了我的买命钱。谢谢他们，尤其是那位沅江口音的青年士兵，永远忘不了他！

脱险后，我在家劳动生产四个月，和弟弟及个别邻友也谈了一些打富济贫、耕者有其田、俄国共产、中国有了共产党、长沙立起了劳工组合、女人要放脚等。

端阳节前，驻在湘潭的六团军需正胡子茂（民国五年，我入伍时的老连长）来信说，袁团长知道我回了家，他要办工厂，要我替他雇请几名织毛巾袜子、织布缝衣等的技工来厂当师傅。我也想去长沙打听一下劳工组合的情形。到长沙未找到劳工组合门径，遂到湘潭替他找了几名技工，到胡子茂处交代清楚。胡说："团长有意要你帮他办工厂。"我说："不内行，还是回家种地。"我当天晚上就走回家了。

一九二二年六月下旬或七月初，黄公略、李灿等先后来信，相约去投考湖南军官讲武堂，告我六团团长袁植，团副周磐亦要公略转达此意。黄、李替我办理入校手续，并照我在郭家所说替我改名为彭德怀（原名彭得华）。

八月去长沙考试很顺利，考取后即可入校住宿。每月伙食费五元，八人一席，五菜一汤吃得很好，不要其他任何开支。八月之际搬进学校，比其他学员到得早些。我的文化很低，要能听懂军事课程中的地形、筑城、兵器等，需要有初中程度的自然科学知识。我八月初住进学校，开始自习文化做准备。入校后即没有外出住宿过，一直到一九二三年八月初毕业出校时为止。

（有人问）袁团长为什么那样关心你，我推测有这样的情形：

一九一八年春二三月，在衡阳渡过湘江时，我奉命为后卫。全军退过右岸时，袁（营长）还在该地，他问我："都过江了吗？"我说，我是走最后的。话刚完，发现敌一部已经迂回到我和袁站处侧后千米。我说："赶快沿河走，我在这里掩护（约一班多人）。"待他脱离危险，我才撤退的，敌也未猛追。会合时，他说，今天好危险，几乎做了俘虏，没有注意侧后。再在向张敬尧部进攻时，在宝庆战斗中，因选择攻击点不适当，钻入敌人火力集中点，我率一个排（连长周磐）向另一点进行佯攻，转移敌人火力，袁植负轻伤得救，这两次他可能有感激之心。此外，驻浣溪圩时，他兼语文教官，我有两次作文，听公略说袁是满意的，打了百分，而且送给刘铏（团长）看了。一篇题《爱惜光阴》。内容现记得有："大禹圣人爱惜寸阴，陶侃贤人尤惜分阴，况吾辈军人乎！欲为国负重任者也，岂不勉哉……"等，不满三百字。一篇题《论立志》。内容大意："志不立，吾人无可成之事，国亡家亡，灭种随之。覆巢之下，岂容完卵？弱肉强吞，莫此为甚。吾人生逢斯时，视若无睹，何异禽兽为伍。……志不立如无舵之舟，无衔之马，飘荡奔逸，何所底乎？……"亦不满三百字。当时，不懂标点符号，也不懂作文格式，什么叫论，什么叫说，到现在也还不懂。袁当时有一点爱国心，我也流露过，在这一点上，也可以叫作气味相投吧！

毕业后，我即回六团连任连长。

十月左右，二师师长鲁涤平在姜畲（湘潭和湘乡之间）召集团长以上的军事会议，反对赵恒惕，准备去广东投靠孙中山。团长袁植态度暧昧，会后回团部（离姜畲五里）途中，被鲁涤平伏兵杀死。

我拂晓回到团部集合地，他们在集体露营。我说明情况："师直属队很恐慌，即将南开。此地危险不大，但我们不宜久留，应开湘乡、永丰靠近二、三营。"团军需正胡子茂说："现在关系已断，无处领款，怎办？"他们正在为难之际，我说："向湘潭商会借三万元，榷运（官盐局）做抵，以后向省财政厅转账。"胡说："袁团长办的小工厂约值千元，一部分是他自己投资，一部分是公款，怎办？"周说："由你去处理吧。"袁有寓兵于工思想，过去谈过，我赞成。办小工厂是试验的。袁家不富，靠母亲纺织生活、念书、考保定。袁在当时有爱国思想，且有一定才能。

袁死后不久，军需正胡子茂辞职回家仍做茶叶生意；周磐代理团长，不久以后任正式团长。周磐家也不富，其父亲是篾工，在当时也有些爱国思想，但不及袁强烈，在紧急时无决断。袁、周对我都有一定信任。

后来，周磐任师长，我觉得，如果我加入了共产党，对他来说，只有百害而无一利，被他察觉就会以鲁涤平对付袁植的手段来对付我，必下毒手，流血牺牲便势所难免。他的野心比袁植大，才干比袁植小，我应谨慎地利用他这一弱点，争取时间。

有一天晚饭后，我到周处，问："师长去长沙还未成行？"他问我去不去，说："能去见一见鲁涤平也好。"我说："不去，他在姜畲杀袁团长，对我刺激很深。"

注释

1. 选自《彭德怀自述》（国际文化出版公司 2009 年版），题目是编者拟的，略有改动。袁植（1891—1923），号彝波，湖南省平江县童市镇人，12 岁入长沙明德中学读书，成绩优异，任湘军第二师第三旅第六团团长，后被军阀鲁涤平派人杀害。

阅读指津

袁植与彭德怀不仅是上下级关系，而且是生死之交。袁植不让彭德怀消差，派他去长沙侦察敌情，还要他办工厂，支持他去军校读书，是对彭德怀的高度信任，也体现了袁植体恤下属、仁爱大义的高尚品格。在战场上，彭德怀两次救袁植，彼此间结下了深厚的友谊。后来，彭德怀杀了恶霸欧盛钦，理当枪毙，但袁植设法营救，彭德怀最终脱险，生死之交，由此可见。"他（鲁涤平）在姜畲杀袁团长，对我刺激很深。"从这句话即可看出彭德怀对袁植的深厚情谊。

沈从文与詹乐贫的情谊[1]

⊙ 刘子英

詹乐贫与沈从文情深意浓，是我亲聆沈从文老前辈教诲时得知的。

1981年4月2日上午，在长沙市八一路空军招待所2楼会议室省文联特邀我国现代著名作家、教授、文物研究专家沈从文主讲"我的文学人生"。

沈从文讲述因受五四新文化运动影响，1922年只身到北京"来学那永远学不完的人生"，由于经济拮据，只好寓居前清时修建的湖南会馆。次年，同居的还有"龙阳、詹道依等5个穷苦大学生"。沈老说："为了求知，自己企望入大学半工半读，可是，只有高小文化，开始无一所公、私立大学接纳。一年里卖过报、打过杂，在人生的道路上何等苦闷彷徨，却得到了詹道依等5个湖南老乡的无限同情和热忱帮助"，令他永志不忘。

龙阳是汉寿的原名，詹道依是詹乐贫入党前的名字。

下午，趁沈从文小憩毕，我特地去专访。在3楼6号房间，沈从文和老伴张兆和女士接见了我，缓缓谈起了50多年前的往事：

那年初到北京，落脚在湖南会馆，算得是艰苦至极。湖南会馆是北京常见的四合院，我住朝西一间小厢房。北京的夏天火热难当，我那间房尤其受不了。记得那天，还有十几份《晨报》没卖完，回到住所，西斜的太阳封住了门窗，我正一身臭汗，便到对面阴凉处一间小厢房门窗下休息，用一张报纸扇风。这时他回来了，准备开门进房，我赶紧起身让开。他见我脸上的汗水没干，一边开门说："屋里阴凉，进去息息汗吧。"我怎好意思？腼腆谢绝了。他见我垫坐的一叠《晨报》，"还剩这么多？"我说："天气太热，路人稀少……他伸手要报纸，我给了他张干净的。""不，全给我，带到农大去"……我感激地望着他，又接过他两个银壳子（指银元辅币，10个为一银元），准备找几个铜壳子（指铜元），他笑着推辞："我爱看《晨报》，以后每日给我一份。"

这样我们就算正式认识了。

他说他叫詹道依，龙阳人（1912年龙阳改名汉寿，当时习惯上仍称龙阳），在北京农大读预科班。他和我还是老庚，同一年出生。比我高近半个头，为人随和，生活简朴，求学的经费也是祠堂里出的。

交往第二年，他转为正式生，和他来往的大学生越来越多了。他们经常谈论国事，我有空也去听，谈论最多的是列强对我国的侵略，北洋军阀政府的倒行逆施。一次，他要我说湘西的情况和我以前的一些经历。他听后说道："湘西是神秘的地方，人民穷得出奇，蛮得出奇，都是帝国主义、封建主义害的，逼的。你14岁离家谋生，当过竿子兵（湘西的地方兵），拉过纤，撑过木排，赶过马帮，辗转流徙，半流浪地走遍了湘、川、黔交界的各县，也走过从凤凰到辰溪、溆浦、沅陵、桃源、常德这千里水路，感觉到了什么？还不是有的人吃人，有的人被人吃。吃人的是帝国主义、封建主义的统治者，被吃的是千千万万劳苦大众。你这些年与多少底层人民打过交道，走万里路读万卷书。这些经历，正好写成文章反映在帝国主义、封建主义统治者压迫下，底层人民的痛苦挣扎，借以唤醒民众反帝反封建。"我激奋地回答："我之所以改名从文，是受了五四新文化运动的影响，弃武从文。可惜文化底子太薄，才想到北京来求学的。"他和另外几个大学生都鼓励我：社会是大课堂，你已经学了不少，何况又进了北大当旁听生，一定会写出许多好文章的。

第二天，他拿出5块银元送给我说："天寒地冻了，北京比湘西冷多了，你那件小棉袄又破又短，怎么能御寒呢？从会馆到北京大学，你总是一路跑步，到了课堂，你总不能原地跑步吧，这是我的一点心意。"我推辞再三他总不肯收回，我只好拿了其中一块，说："算我借的，一块银元完全能买一件旧长棉袍了。"他硬将另外4块塞进我的裤袋："风雪交加，行人稀少，清晨能卖几张报纸？再说又有谁雇你搬货看摊？我不要你还一个子儿。"我哆哆嗦嗦握住他的手，两行热泪夺眶而出。不久我听那几个大学生说，为了资助我，他改每日三餐为两餐，而且两三月没沾过荤腥。

詹道依思想激进，对旧社会恨之入骨。我不知道他是不是共产党，那时是很秘密的，不过我在他房间里见过一本陈望道翻译的《共产党宣言》，心里曾怀疑他是共产党的人。总之，他是好人，不管是不是在党我都爱亲近他。

后来我开始学习写作，在《晨报》上登过一些回忆湘西往事的、不成气候的文章，不敢给他看，不料他一见就非常感兴趣。看到我发表的几个短篇（《屠龙桌》《更夫阿韩》《三贝先生家训》《二个狒狒》等）就说："你热爱湘西的山水人物，同情底层人民的痛苦和不幸，文章的人情味蛮浓，能直面人生，毫无掩饰。如果将对家乡人民的悲悯变成对罪恶社会的怒吼，就成了战斗的鼓点和冲锋的号角了。"

那一段时间，我结交的朋友越来越多，不过从不以政治观点画线，只要情投意合不分亲疏了。他的观点显然是无产阶级革命的观点。以后的朋友，蒋光慈、胡也频、丁玲等也都是这样的观点，我们都谈得拢，合得来。詹道依这个老庚，在1926年3月以前都与我经常议论时弊，3月下旬就不见其人了。

许久，沈从文都沉浸在自己的回忆中，然后问我："你是他的家乡人，你知道以后的事吗？"

"詹乐贫1924年就加入了共产党，当时他担任中共北京地委农运委员。1926年3月18

日率领农大学生和部分农民参加了反帝示威游行，遭到北洋军阀的镇压，他负了重伤后遭通缉。5月，由李大钊安排回湖南工作，湖南区委派他回家乡汉寿。他是首任中共汉寿县委书记，大革命失败后，不幸牺牲了。"

沈从文凝神静听，听到詹乐贫那么早牺牲后，悲戚地说："好人啦！我一生受过多人帮助，他是我印象深刻的人，值得感恩的人，引以为荣的人。"

采访结束后，沈从文仍然沉浸在悲戚之中。一个是中国乡土文学之父、考古学家，一个是忠诚的共产主义战士，可以说殊途同归，成就了一段文学家与革命者的友谊佳话。

注释

1. 选自《湘潮》(2012年6月刊)，有改动。詹乐贫(1902—1929)，湖南汉寿人。1918年春考入长沙明德中学。1924年1月加入中国共产党。1929年1月8日，不幸被捕，壮烈牺牲，时年27岁。

阅读指津

患难之中见真情，这句话用在沈从文和詹乐贫身上，再贴切不过。在那样艰苦的条件下，詹乐贫节衣缩食，慷慨解囊，接济沈从文。不仅如此，而且詹乐贫还在思想上帮助沈从文不断进步，詹乐贫的鼓励对当时的沈从文来说无疑是最好的精神食粮。

"心忧天下，敢为人先"，詹乐贫积极投身革命，最后从容就义。詹乐贫是明德人，也是崇奉湖湘精神的典范。沈老言语朴实，却字字真情，发乎内心。詹乐贫的故事，沈老娓娓道来，一个仁爱忠贞的共产党员形象便跃然纸上，听来唏嘘，读后落泪。

吊杨笃生文（节选）[1]

⊙ 于右任

杨君笃生死矣，祖国文豪又弱一个。其甘心乎？其瞑目乎？其魂魄毅兮为鬼雄，以殪仇敌乎？其一瞑而万古不视，以脱徙人群乎？"已矣哉！国无人兮，莫我知兮，又何怀乎故都，既莫足与为美政兮，吾将从彭咸之所居"。其然，岂不然乎！

改造时代者，英雄也；铸造英雄者，文豪也。故近则十年，远则百年，凡一时代中无雷霆走精锐之文豪，则百业皆黯然无色，非特英雄不能有功于社会，即社会亦不能有造于英雄；非特无名之英雄不能出现，即蠋去之英雄亦不能成功。故文豪者，社会之骨血，时代之星斗，而英雄之慈父母也，吾书至此，吾思笃生。昔有人语笃生曰："公之文，欲天下哭则哭，欲天下歌则歌。"笃生曰："吾岂敢！"骚心氏曰："予方期故人壮游归来，尽力祖国，推倒一世之知勇，拓开万古之心胸，不意竟蹈西海而不返。众生之不幸乎？笃生之不幸乎？"

笃生以湘中名士，留学日本，人有以湘中二杨目之者（谓杨度）。曰："彼时髦也，我何敢望？"即五大臣出洋时，随端午桥至日本而即返。端至两江，有人谓吴樾在天津车站炸弹事件系笃生主谋者。端复调其入幕府。笃生曰："彼疑我，而复调我者，何也？"遂不往。

适予创办《神州报》，延笃生主持笔政，海内惊为创见。及秋瑾被杀事件、沪杭甬借款事件出，皆能言人所不敢言，当时自署"寒灰"与"卖痴子"者，皆其作也。海内自有定评，当知予非私好也。

神州被火后，予与寂照、笃生诸人……一日天已明，报尚未成。笃生倦极，予曰："公可以寝矣。"笃生曰："戮力神州，正我辈薪胆时代也，何倦为？"及今回头，觉凄风苦雨之中，亦为至乐。灵龟灵山，公何往也？

及蒯礼卿任欧洲学生监督，约其同往。谋之于予。予曰："为将来新中国计，我辈学问均欠缺处多，公行乎！"吞声忍气而去，风云雷雨而归，大丈夫不当如是乎？将行时，强予送之以词。予遂以《踏莎行》两阕应之。其一曰：

绝好河山，连宵风雨，神州霸业凭谁主，共怜憔悴尽中年，那堪飘泊成孤旅？故国茫茫，夕阳如许，杜鹃声里人西去，残山剩水莫回头，泪痕休洒分离处。

呜呼！谁料"残山剩水莫回头"之句，今日竟成诗谶也耶！

君初专力词章，诗词、骈体文皆卓然名家，然为散体文所掩，故人少知者。东渡后，慕阳明即知即行之旨，遂改名守仁（原名毓麟）。初学法政，后改学理科，因习造爆烈弹，几中伤。及西行后，初任书记，刻苦习英文。鞠氏归国，避至厄北淀大学研究哲学。前岁予办报时，嘱其通信。来函谓："予自入欧洲后，研究各大报馆编辑法及其组织，不无一得。所最羡慕者，主持其事之人，好学不倦，多有专门学识，并视其事如身心性命耳。回视自己之学问，觉判决事剖析理，皆窒碍实多，盖学问上精神上本多欠缺，故仓猝未敢从命，恐为识者所笑，将来必有以报之。"

民立开办后，又函速其通信。君来函问宗旨，予谓：当注重英国政界近事及国际事件；君复书如下：（上略）承示采拾英国政界近事及国际事件一节，两项材料诚为重要，然以愚见所及，颇有不同之处。英国自由、统一两党政争，只是立宪国之常套，一雌一雄，彼此抗拒。如就表面各种事实，撷拾铺叙，不过多添许多立宪论之材料耳。（中略）此种重楼叠阁，已嫌其多。以弟思想论之，殊不见其对于国民有何绝大影响。弟初到欧洲时，怪吴稚晖诸人，何以一骤而取此闳大不经、迂阔难行之无政府论。在此浏览各报，始知欧洲政治事情，实与东方大异。各国政治，除俄国与西班牙外，随举一国，皆较吾国平和安适，英国尤甚。其国民普通对付政府之方法，亦无取乎过激种种事情，逐一陈演，殊不见其可以鼓舞本国人民，革新进步之兴……亦实有不可颠扑之处，与其钞各国事情，为海上旧有之西国近事丛编等，作一续编，不如取此以改换国人思想，且目前革新事业，一举手即关系全球大局，眼光不远，根据不深，终为文明各国所目笑，吴稚晖诸人之所以出此者，盖亦有不得已之故，惟一驰入无政府党波澜中，则又将平生目的抛弃一半，而无政府主义之排斥国家、排斥爱国论，又恐足以涣散国人进取之心。

故弟于此种议论，亦殊不欲多所介绍，惟据近日反复思之，除凭借此种奇辟透露之议论，以唤醒国人，并师仿其种种运动之方法，以求实在进行外，欲在此间别求可以唤醒国人迷梦之材料，实不可得。反不如东文报纸激刺国人者为多。故此次寄稿，与前两次稍有不同之点。但弟并非无政府党人，所有论点仍是以革新论为中心，非以无政府为中心，对于无政府党之议论，仍是门外汉。弟以为只此已足，不欲纯然卷入无政府波澜中也。（中略）至国际新闻一节，弟前在神州，好谈外交。神州第一个月谈外交之文字，十居其六七，惟在此则别有感触，以国民政治革新不进步。外交事件日趋日下，谈之亦不足裨益何种事实。（中略）弟在此精力实在不佳，学问亦殊不进。如精力佳学问进，则译件必更多而且佳。此时实无以副厚望也。（下略）

注释

1. 节选自《蹈海志士杨毓麟传》（岳麓书社 2011 年版）。于右任（1879—1964），名伯循，字诱人，陕西三原人。国民党元老，书法家、教育家。

阅读指津

  "天下兴亡，匹夫有责。"这是黄兴在教育上的一贯主张。杨毓麟一生为救亡奔波，终至蹈海而死，是这一精神的忠实践行者。文豪救国，目光长远，深中肯綮，"铸造英雄者，文豪也""故文豪者，社会之骨血，时代之星斗，而英雄之慈父母也"，这是于右任对他的高度评价。"东渡后，慕阳明即知即行之旨，遂改名守仁（原名毓麟）。初学法政，后改学理科，因习造爆烈弹，几中伤。"为了民族的复兴大业，履难历艰，将生死置之度外，如此心忧天下之精神，令人感佩不已。其才学，其精神，古今罕见，无怪乎于右任对他推崇至极。

  此外，本文语言质朴自然，感情真切，为至诚之语，堪比《祭十二郎文》。"呜呼！谁料'残山剩水莫回头'之句，今日竟成诗谶也耶！"一句，随情而发，让人潸然泪下。

悲悯情怀 戏剧人生

阅读这些作品，你会发现其中都有一种浓郁的人文精神和深深的悲悯情怀，无论是《潘金莲》中对"被侮辱和被损害"的下层妇女的同情，还是《风雪夜归人》中对一位戏子命运的挽歌，又或是《二妃》中对舜帝勤勉为民的赞美、二妃苦苦追寻舜帝的歌颂，无不有一种深沉的同情灌注其中。在中国现代史上，电视尚未出现，戏剧曾是一种颇具社会影响力的表演形式，引起明德师生的高度关注和广泛运用，并以之来关怀他人、影响社会。虽然现在留存的史料已经不多，但即使是一鳞半爪，仍能感受到当时明德师生的热血情怀。如：

明德学校本日举行赈灾游艺会

岂图曼舞轻歌且偷欢乐，所愿解衣推食同赈灾黎

泰安里明德中学校，学生素食简餐，并定于本日下午一时起在该校举办游艺会，募款赈灾……

原载《国民日报》1930年11月29日

"岂图曼舞轻歌且偷欢乐，所愿解衣推食同赈灾黎"，这种创作和排演戏剧的伟大精神，120年来，成就了一大批慨当以慷、仁心侠气的明德学子，也养育了一批深于同情、妙于表达的戏剧大家。

春天的快乐 [1]
（少女歌舞剧本）

⊙ 黎锦晖

本剧大纲

旨趣：快乐是从勤劳中得来的，春天是一年中开始勤劳的时候。

时间：春三四月（阳历）。

地点：小园中，天朗气清，花开草长，蜂飞蝶舞，燕语莺歌，境界十分的甜美！

人物：桃花、李花、蝴蝶、蜜蜂、黄莺、燕子、姊姊、弟弟、忧愁公主。

剧情：忧愁公主常无端愁叹悲伤。一日，她在小园中被花、虫、鸟和邻家姊弟劝化，登时觉悟，成为一个快乐的女郎。一进一层的意思，就是多愁的人们，受了春天甜美的感化，并且春天中的景物，指示人们，用勤劳去抵抗忧愁，一定可以得到快乐。

引子

可爱的春天！可爱的春天！他把我们的世界，装点，装点，装点得十分美丽新鲜。你看那青山,绿水,衬着红日,蓝天；那嫩草繁花，点缀些蜂儿、蝶儿、莺莺、燕燕。好哇！好一个可爱的春天，久别重相见。大家该记住，不要错过这宝贵的时间！

常言说得好，"一年之计在于春"，我们趁此时机，努力前进，干些有益的事，做个有用的人，必定要勤勤恳恳，忙忙碌碌，辛辛苦苦地工作，才能够安安逸逸、舒舒服服、欢欢喜喜地度过青春。

你想，假使一年四季，都是春天，这春天又有甚么可贵？又有甚么趣味？因为没有冬天的寂静，便显不出春天的高兴；没有夜间的黑暗，便显不出白昼的光明；没有平地，显不出天的高；没有崇山，显不出海的阔；没有勤劳，便显不出安乐，所以我们要得到快乐，一定先要辛辛苦苦去工作。大家努力吧！从勤劳辛苦之中去寻找春天的快乐！

第一场　桃李迎春

（桃花唱）

春深如海，春山如黛，春水绿如苔。白云！快飞开，让那红球现出来，变成一个光明的、美丽的世界！风！小心一点吹！不要把花吹坏，现在，桃花正开，李花也正开。园里园外万紫千红一齐开。桃花红，红艳艳，多光彩；李花白，白皑皑，谁也不能赛！蜂飞来，蝶飞来，将花儿采，若常常惹动诗人爱，那么更开怀！

（李花唱）

春光好，春风飘飘，杨柳摇摇。你听！妙！热闹！一阵歌声多轻巧。唱的都是幽雅的、甜蜜的曲调。鸟，请到这里来，花枝比较树枝好。有劳莺儿姣姣！小燕儿姣姣！一齐来唱桃李花开春色娇。春天到，好春光，春光好，莺儿啼，燕儿叫，大家笑一笑。你也来，我也来，听小小调，拍拍掌，哈哈笑，都说"唱得真好"。

第二场　闲愁

（忧愁公主唱）

可恶东风吹动水波柔，把我的面庞吹皱。可恶东风吹到柳梢头，把我腰肢吹瘦。花花朵朵开开后，反倒勾起我新的旧的愁。可怜昨夜梦难留，只留得泪痕满袖！

可笑桃花开放斗疯了，想你的红颜易朽！可笑李花白发已盈头，想你青春难久！快乐欢愉何处有？人间只有些整的碎的愁。可恨不曾开笑口，闲愁已锁住眉头。

第三场　蜂蝶嬉春

（蜜蜂唱）

有劳春风送我轻轻飞进小园儿中。这春色清新春意重，春花任意红，东风动，暖香浓，阵阵的香风，令我心沉醉乐融融，更昏昏如梦。

闻道百花开，我翩翩飞过粉墙儿来，这一片春光谁不爱！香花遍处开。花中酒饮一杯，何等的畅快！请蜜蜂弟弟快飞来，将花花儿采。

第四场　莺燕赞春

（黄莺唱）

飞飞飞到桃李园，桃李姐姐们打扮得真好看！嫩绿裙，浅红衫，花颜红灿烂；淡碧裙，紫红衫，花颜云一般；向春风舞翩翩，那腰肢娇又软，引人欢，难怪诗人称赞！

燕子姐姐莫迟延，你莫迟延，同来赏玩。请你就快快飞飞飞到桃李园。

（燕子唱）

桃李姐姐们，天仙也难比拼，绿的绿，红的红，红霞一样明。青的青，白的白，白雪一样清。小蜜蜂赞不停，他新歌真好听。舞轻轻，有劳蝴蝶般殷勤。黄莺姐姐向前行，你向前行！同去亲近，我们亲亲娇娇滴滴的那双双美人。

第五场　幽怨

（忧愁公主唱）

小蝴蝶飞过粉墙东，你飞来飞去太匆匆。小蜜蜂飞到万花丛，你殷勤地工作，忙忙碌碌多劳动。你们都在作沉沉的梦，等到梦醒命儿穷，一生事只落得一场空！

黄莺无赖又无聊，终朝在枝头唠唠叨叨叫。紫燕衔泥衔草作新巢，也是嘈嘈杂杂闹。辛辛苦苦多烦恼，倒惹动愁人愁思愁如捣。好春光片时消，我看不如归去好！

第六场　姊弟游春

（姊弟轮唱合唱）

（弟）春到满园芳。（姊）红花放，白花香。（弟）桃花李花开，浅浅庞儿淡淡妆，好像美人一样。（姊）蝴蝶翩翩舞，那蜜蜂低低唱。（合）大家欢乐赏春光。（弟）你看黄莺栖在花枝上。（姊）你看紫燕飞飞绿柳旁。（合）大家欢乐赏春光。我们且把风筝放！

（弟）美女郎。（姊）美容貌，美衣裳。（弟）鲜花比不上，整整齐齐真漂亮，好像仙人一样。（姊）春景无心赏，只低头细细想。（合）不知何事很悲伤？（弟）你看两道愁眉愁锁上。（姊）你看一双泪眼泪汪汪。（合）不知何事很悲伤？我们前去问端详。

第七场　殷勤的慰问

（弟）聪明小姑娘！你看桃花开，像霞光，李花开，白如霜，装成了满园春色满园芳。（姊）聪明小姑娘！你看蝶儿飞舞蜜蜂忙，莺莺燕燕声声唱，欢欢喜喜度春光。（合）聪明小姑娘！你为何愁眉不展珠泪汪汪，长吁短叹，意苦心伤？

（公主）二位好朋友！可惜桃花红，不长久，李花白，不长留。要知道春光转眼便成秋。二位好朋友！可笑浪蝶狂蜂闹不休，莺啼燕语胡开口，忙忙碌碌没来由。二位好朋友！我觉得人生于世，青春不久，毫无喜乐，只有忧愁！

（合）喂！喂！好姐姐，你为什么这么悲伤？（姊）莫不是有家归不得，漂流在远方？（公主）不是！此地就是我的家乡。（弟）莫不是爷娘不爱你，时时说短长？（公主）不是！爷娘很爱我，我也爱爷娘。（姊）莫不是家中无伴侣，孤孤单单闷得慌？（公主）不是！许多人陪伴我，天天极闹忙。（弟）莫不是因为贫穷不惬意，勉勉强强度时光？（公主）不是！鲜衣美食，我件件都比人强。（合）那么你为什么，你为什么悲伤？（公主）为什么？我也费思量。讲么，讲不出，想么，想不透。我总是一年四季刻刻悲伤。

第八场　最后的觉悟

（公主）请问桃花李花，你们一年一度，一开一谢，为的是什么？（桃李花）春天来，花花开，春去也，花花谢，这是我们的职业。（桃花）花儿谢了，果儿结了，人人用我，人人种我。（李花）我仗天工，虽能生活，我仗天工，用处更多啊！（桃李花）因为我们有益于人，所以人人都保护我。

（公主）请问蜜蜂蝴蝶，你们时时刻刻，飞去飞来，为的是什么？（蜂蝶合）鲜花里，甜花蜜，慢慢尝，轻轻吸，这是我们的生计。（蜂）春日温和，殷勤工作，酿成蜂蜜，用处最多。（蝶）花花朵朵，雄雌配合，我做花媒，结成鲜果啊！（蜂蝶合）因为我们有益于人，所以人人都奖赞我！

（公主）请问莺莺燕燕，你们来来往往，声声歌唱，为的是什么？（莺燕）鲜花开，春色新，好鸟鸣，春意深，这是我们的责任。（莺）穿花织柳，点缀春光，一曲清歌，让人欣赏。（燕）衔泥衔草，建筑新窝，捕捉害虫，护花护果啊！（莺燕）因为我们有益于人，所以人人都喜爱我！

（公主）请问弟弟妹妹！你们朝朝暮暮，忙忙碌碌，为的是什么？（姊弟）工作时，用心干，游嬉时，用心玩，这是我们的习惯。（姊）求学读书，一点不懒，作工办事，不怕艰难。（弟）忙时高兴，闲时消散，心中快乐，没点忧烦啊！（姊弟）我们努力做人，所以朝朝暮暮时时快乐！

（公主）快乐，快乐向哪里找，向哪里寻？想得快乐，先要辛勤。（桃李花）没有冬天的寂静，显不出春天的高兴。（公主）快乐，快乐，向哪里找，向哪里寻？想得快乐，先要辛勤。（蜂蝶合）没有夜间的黑暗，显不出白昼的光明。（公主）快乐哪里寻，快乐哪里找？且先寻辛苦，先找勤劳。（莺燕）没有平地，显不出天的高。（姊弟）没有崇山，显不出海的阔。（合）没有辛苦勤劳，显不出安闲快乐。（合）大家努力罢！大家努力罢！辛苦不要怕，勤劳不要躲。度着快乐的春天，享着那春天的快乐！

闭幕。

注释

1. 选自《春天的快乐》（中华书局印行本）。

阅读指津

黎锦晖是我国新歌剧和流行音乐的开拓者和奠基人，被誉为"儿童音乐之父"，曾创办明月歌舞剧社、中华歌舞剧团、明月歌舞团。他从事音乐创作，既注重作品的通俗性和流行化，又注重作品的思想内涵与道德教化意义，具有强烈的社会责任感。他喜欢寓教于乐，曾"把歌曲分为修身、爱国、益智、畅怀四类；划分年级，配定教材"，《春天的快乐》应属于"修身"一类，表现一位忧愁公主在花园中愁叹悲伤，后被花、鸟和邻家姐弟劝化，顿时觉悟。这部剧作告诉我们要用劳动去抵抗忧愁，勤劳才能获得快乐，具有现实意义。

二妃[1]

⊙ 吴芳吉

人物：娥皇、女英[2]、宫女缁衣、宫女玉珮、宓妃[3]、凤凰、鸳鸯、燕子、鸥鸟、鸿雁等。

第一部　森林雁意

娥皇：（歌）嗟嗟帝子妃，飘泊无依靠，昔日宫廷中，今日荒山道。路崎岖兮林深，野寂寥兮猿啸。谁遣我长途之冒险兮，我惟自伤怀抱。猩猩当路而问我兮，我也不知我生命之奇妙。我跪森林间兮，为我生命祷告。只我生命兮何为？我生命兮失掉。

女英：（歌）我生命兮失掉，我生命兮失掉。我也不用悲号，我也不用指导。我也不用辞劳，我也不用伤悼。誓将振我微微之弱息兮，涉此悠悠之长道。虽万死而不悔兮，吾固知前途之难料。问我生命兮何为？生命自我兮创造。

娥皇女英：（同歌）北风起兮萧森，日光薄[4]兮冥冥。辞故园兮南行，恨遥遥兮夫君。唤夫君兮无闻，望夫君兮无人。九嶷[5]何处兮潜形，泪洒遍兮寒林。寒林兮幽深，谁哀歌兮凄清。那林边百丈浮云，可是天子旗旌？

娥皇：（白）我们离开中原，冒险南荒，行此森林中间，不觉半月，没有遇着一个人影。今天日已西斜。你听，前面忽有人家歌声，妹妹呀！可是夫君归来了吗？

女英：（白）夫君来在哪里？姊姊你指我看！（歌）旌旗锦簇成阵，如何沉沉无信？云影忽然分崩，露出团团深阱。中含一水盈盈，其色蔚蓝安静。可是夫君之眼，那里凝神窥定？可是夫君之耳，那里用心倾听？可是夫君多情之灵魂，才有那般的清明柔顺。

娥皇：（白）啊呀！夫君见我姊妹，他的眼中欢喜得流起泪来了呀！

女英：（白）果真是的！他那双行泪柱，从旌旗中间直泻地上。好泪啊！好庄严之泪啊！（歌）夫君来兮凯旋，旌旗下兮云间。远平定兮苗蛮，奠汉家兮河山。中道逢兮心欢，欢娱极兮泪涟。你是否痛民族之未安？感开国之艰难？你是否伤夫妇之暮年？念道途之播迁？你泪兮成渊，我愿在你泪渊里乘船。你泪兮成弦，我愿在你泪弦端漫弹。你泪如钓丝之牵连，将我钓上天边。你泪如蚕茧之盘桓，让我茧间安眠。

缁衣：（白）二妃可看错了。那不是凯旋军归，也不是天子驾到，是那林外的太阳，从残云堆里透出的几条光线。

娥皇女英：（同白）唉！明明是天子驾到，那里是我们看错。那并非残云，乃是庆云[6]。听呀！这不是天子所常奏的《庆云之歌》吗？（同歌）庆云烂兮。纠缦缦兮，日月光华，旦复旦兮。旦复旦兮，缦缦纠兮，日月光华，庆云烂兮。

玉珮：（白）二妃又听错了。这一阵风来，吹得满林松枝飕飕作响。那里是奏《庆云之歌》！二妃请行罢，天色近黄昏了。

鸿雁：（齐鸣）咿呀复咿呀，我思重华。咿呀复咿呀，重华何处家？咿呀咿呀咿咿呀，重华远在天涯。咿呀咿呀咿咿呀，天涯回首心乱如麻。咿呀咿呀呀呀呀，一生一死怜他。咿呀咿呀呀呀呀，生不相见他，死也要见他。

娥皇：（白）方才一阵《庆云之歌》，何以变出这等悲声？好似道着我姊妹心事一般。玉珮，你看有人在林中哀歌不是？

玉珮：（白）四下并无人影，只林梢有鸿雁一队，且鸣且飞，向南而去。

女英：（白）果是鸿雁之声。姊姊呀！你看他们成双成对的，正从北方飞来。他们的口中还在一唱一随，咿呀不住，好不羡煞人啊！好不羡煞人啊！（歌）雁雁你双双的飞行，雁雁你嗈嗈的飞鸣，唱一随乐且湛[7]，唱一随乐且湛。我也随他，唱过南风之薰[8]。我也随他，唱过配天之灵。我也随他，唱过普天之下皆王臣。我也随他，唱过凤凰喈喈兮元首明明。他是爱之神，五十犹慕亲。他是泪之君，号泣向旻[9]旻。他是劳工之身，渔陶于河滨。他是劳农之民，历山乐躬耕。他是民族之英，伟大又和平。他是文学之星，神人克[10]谐鸣。不羡他是天子，可怜他是诗人。不羡他是天子，可怜他是诗人。

娥皇：（歌）可怜你是诗人，你一生长苦辛。我姊妹知君兮中情，敢来邀君、慰君。你那般看不见的功勋，比星宿之海水晶明。你那般剪不断的精神，比昆仑之峰势峥嵘。你视天子兮敝屣，你是民族兮干城[11]。烈风迷雨不留停，老来独自作长征。何为不归兮乡里？何为不返兮朝廷？（续歌）雁雁尔是北方产生，如何也南行！尔可来自河汾？河汾上有帝宸[12]。尔可来自龙门？龙门是我乡邻。尔有伴成群，不似我之孤零。尔有翼飞腾，歌泣入层云。只我生命归程，愈走愈无垠。无垠我不灰心，去去尽我今生。今生不到有来生，来生不到永怀我坚贞！

女英：（白）姊姊且莫感伤。天地之间，何处不有伤心之事？我们不断地前进，终会寻见夫君。

娥皇：（白）我想这些鸿雁，本是北方生产。何以不辞劳苦，远徙南方？或者他们也有伤心的事，如像我们一般，所以想着越更伤感。

玉珮：（白）啊啊！婢子想起了鸿雁南飞之故，曾听宓妃说过。

娥皇女英：（同白）宓妃死去久矣！怎么听她说来？

玉珮：（歌）忆昔中秋夕兮，道宿洛水湄[13]兮。月朗星离离兮，丽人来迟迟兮。嗟彼丽人姿兮，似初出水蘋[14]兮。双髻盘凤仪兮，素裙凌波蕤[15]兮。碧玉以为肌兮，弗若其粉白脂凝而无疵兮。水晶以为衣兮，弗若其窈窕聪明而欲飞兮。挟瑟而静立兮，若有所深思兮。三叹托微词兮，波瀚瀚而兴悲兮。（白）原来，我们自八月初八离都南行，中秋渡洛，是夜在洛水之上所见。当时二妃及缁衣都已睡去，所以未敢惊醒。

娥皇：（白）你说那般模样，确与宫中所藏宓妃画像相似，她托词说些甚么？

玉珮：（白）她引瑟在手，微闻她的调：（歌）清夜兮幽幽，月明兮芳洲，月兮月兮胡不我停留？幽幽兮清夜，芳洲兮月下，月兮月兮来与我闲话。（白）弹了之后，忽有万千飞鸟从天而至，嘈嘈杂杂，环集宓妃裙下，似静听妃子之吩咐。

宓妃则又引瑟弹：（道）东海水涟漪，取作养月池。葱岭[16]土黏腴，取作种花陂。神州风物无比，赏花赏月堪宜。谁护花月长好，多谢爱国男儿。（白）我所敬爱的重华呀！你为争民族之生存，抛家让国，独自南征。今三苗已平，何以功成而身不见返？生耶死耶？真耶伪耶？令人望眼欲穿了呀！可佩他的功业啊！可怜他的身世啊！他若尚在，应该探探他的消息。若已崩殂，也当招招他的灵魂。但是孩子们啊，谁能替我去者？

凤凰上前说：（道）我们善于高飞，可去得不？

宓妃：（白）你生得太美丽了。吾闻美于色者易污，美于德者易孤。南夷草昧未开，其民不辨美恶。你若前去，谁识你是鸟中之王？倘遭杀害，岂不可惜？今日尚非你辈出山之时。

鸳鸯上前说：（道）我们善于游泳，可去得不？

宓妃：（白）你生得太软弱了。你多情的天性，怎当得那冷酷的风波？你虽能游泳，但当此洪水未息之际，湖流涨落，未可预知。以你软弱，恐你终难自持。

燕子上前说：（道）我们善于远徙，或者可去得么？

宓妃：（白）你生的太轻狂了。你富有浪漫之资质，缺乏忠厚的德行。只可游于雕栏绣户，而不能居于深山大泽。你虽一行千里，不见寻着天子。

鸱枭上前说：（道）我们善于夜行，或者可去得么？

宓妃：（白）你生得太阴险了。你不为黑暗之夜所迷，由于自身已堕黑暗之故。但虞帝乃光明中人，你从暗夜寻他，如何能够寻得？

鸿雁上前说：（道）妃子选了许久，终难合意，我们没有别的长处，只是习于劳苦，能安淡泊，未知我们可去得不？

宓妃：（歌）你平易近人，不似那凤凰之高调孤鸣。你潇洒出尘，不似那鸳鸯之一味柔情。你心里渊深，又不似那枭鸟之险且阴。你活泼如云，又不似那燕儿之狂且轻。能独立兮能群，颜华素净兮，风韵清清，翱翔于千仞之上兮，不为缯缴[17]凌。浮泳复自适兮，潮流不敢惊。你贞节不变，死生似我民族性根。（白）鸿雁，你去得甚好！等到北风起时，便可乘风南下。天子若在，你可急带音归。倘若崩殂，还要请你年年此时，去吊那为民族死难之忠魂一遭。

宓妃吩咐之后，群鸟纷纷散去。则又鼓瑟长吟：（道）使花不长谢，使月不常缺。使葱岭兮不倾，使东海兮不竭。山海花月兮未衰，故国之心兮难绝。（续歌）故国今宵云锁，芳洲惟余星火。嫦娥等待多时，驾起云骈[18]迎我。

以上都是我中秋之夜所亲见的。那宓妃歌罢，便冉冉没水而去。今天这些南来鸿雁，定是去寻天子的了。

娥皇：（白）宓妃可感得很呀！我们正苦迷路，何不随着雁声南去？

娥皇女英：（同歌）雁声兮隐约，双双兮泪落。夕阳含笑兮山阿，殷红之光兮闪耀。岂是笑我生在帝王家，当年冠带绰约，一朝富贵如云，而今乃苦漂泊？岂是笑我长为天子妃，当年重阶阿阁，一朝失所依归？而今竟在沟壑？非也！谢你一番好心，人生原无苦乐。山果肥兮充饥，山泉冽兮疗渴。眼前不用悲伤，旧事何须回溯。我心无忏悔兮，且益自信真确。我身不自杀兮，到处可以生活。太阳啊，你是希望的明灯，你和我千年不息地映着。

娥皇：（歌）四顾何茫茫，我欲问夕阳。幼时依我娘，长大依我郎。娘今葬在家乡，郎今行役他方，剩我无所依靠，惟依你的明光。如何弃我深藏，使我旷野彷徨？

女英：（歌）夕阳已下遥雾，叹流光兮不驻。我仍空濛无依，豺狼出兮喧暮。中心急兮摇摇，何时再转天曙？趁此余光的行行，大踏步兮莫顾。今夜照彻前途，尚有心香一炷。

注释

1. 选自《吴芳吉集》（巴蜀书社 1994 年版）。吴芳吉拟作歌剧《二妃》，共有"森林雁意""江天梦痕""竹枝血泪"三部，但据作者留存的手稿，只写成了第一部。此处节选自第一部"森林雁意"。
2. 娥皇、女英：传说中的舜帝二妃。尧见舜德才兼备，为人正直，办事公道，刻苦耐劳，深得人心，便将其首领的位置禅让给舜，并把两个女儿娥皇、女英嫁给舜为妻。
3. 宓妃：宓妃就是洛神，原是伏羲氏的女儿，因迷恋洛河两岸的美丽景色，降临人间，来到洛河岸边，成为水神。
4. 薄：通"迫"，迫近，接近。
5. 九嶷：山名，在湖南省永州市。相传是舜安葬的地方。
6. 庆云：五色云。古人以为喜庆、吉祥之气，祥瑞之气，也作"景云""卿云"。
7. 湛：深。
8. 南风之薰：《诗经·南风》："南风之薰兮，可以解吾民之愠兮。南风之时兮，可以阜吾民之财兮。""南风之薰"，指和风。
9. 旻：天，天空；又特指秋季的天。
10. 克：达成。此句即意味天人和谐。
11. 干城：盾牌和城墙，比喻国家的保卫者。
12. 宸：北极星所在，后借指帝王所居。
13. 湄：岸边，水与草交接的地方。
14. 蕖：即芙蕖。荷花的别名。
15. 蕤：草木华垂的样子。

16. 葱岭：帕米尔高原，中国古代称不周山、葱岭，古丝绸之路在此经过。地处中亚东南部、中国的西端，横跨塔吉克斯坦、中国和阿富汗。
17. 缯缴：即矰缴。猎取飞鸟的射具。缴为系在短箭上的丝绳。
18. 云骈：传说中仙人的车驾。

阅读指津

  歌剧，是综合音乐、诗歌、舞蹈等艺术而以歌唱为主的一种戏剧形式。本剧根据我国上古神话传说构思而成：相传上古之时，舜帝南巡狩猎，且为百姓辛苦治水，劳累过度又中瘴疠之毒，驾崩于苍梧之野九嶷山。其二妃，尧帝之二女娥皇、女英闻此噩耗，千里而寻至湘江之滨。本剧是作者的未完稿，作者想通过表现二妃苦苦追寻舜帝的过程，来赞美舜帝"争民族之生存，抛家让国，独自南征"的伟大精神，民众对舜帝"民族之英雄，伟大又和平"的高尚品格的深深景仰，以及娥皇、女英二妃对舜帝"今生不到有来生，来生不到永怀有坚贞"的眷念与爱慕。

  歌剧带有浓郁的歌唱元素，因此与诗歌密不可分。吴芳吉是一位才华横溢的诗人，全剧诗意浓郁，很多歌唱的段落，截选下来也就是一首首优美的诗。"不羡他是天子，可怜他是诗人"，剧中的表白，表现了一位诗人对舜帝独特的评价视角。

风雪夜归人（节选）[1]

⊙ 吴祖光

第一幕

时间往回数到二十年的样子。

那病人临死时说的"好大的城"就是这个大城。

正是太平年月，四海无事，士大夫之流日酣戏于笙歌之间；锦城丝管，舞乐升平，"上有好者，下必甚焉"，流风所被，那地方便成了罗绮飘香，文物鼎盛之区。

那时最使人迷恋忘返的就是城南一带的戏园子。歌台舞榭上虽只是演出些泡影昙花和蜃楼海市；然而骚人墨客，妖女狡童却把它当作了抒怀寄情之场。于是舞台上的一些傀儡人物就变成了他们吊西风寓愁绪，拈红豆寄相思的对象。他们的爱好，渐渐从剧中人移向扮演剧中人的演员身上，他们迷恋的范围就渐渐从台上移到台下，从前台移到后台。

……

王新贵　（出了一口长气）好舒服，好舒服……（扭转头往地下啐了一口唾沫）这份儿穷挤！我站在紧后头，踮着脚，伸着脖子，白搭；还是看不见，听不见。我就说：别受这份儿罪了，后台清静，还是后台歇着去吧。

〔王新贵三十四五岁，五短身材，风尘满面，皮肤是又黑又焦又粗又糙的颜色，尖鼻子，薄嘴唇，眼珠子乌溜溜地随时都似乎在闪动着向四处张望。

〔社会上有一种人，喜欢兴风作浪，爱吹善捧，见利忘义，幸灾乐祸；又如水银泻地，见缝便钻；善于谄媚阿谀，也常转眼六亲不认；或者还正是在这种社会里必须具备的自卫本领，所以这种人到处都有，王新贵就是其中之一。

〔他幼失怙恃，自小漂流在外，走江湖，跑码头；穿街过巷终年与青皮光棍为伍，练就了一身混混儿的本事，尤其是两张薄片子嘴，伶牙俐齿，滔滔不绝。

〔十几年的流浪生涯，他说过得没什么意思；他想"改邪归正"，过点儿安稳日子。

〔今天他是有所求而来，小平头儿剃得挺整齐；穿了一件刚洗干净的灰布大褂儿，脚上是千层底黑布鞋，白线袜子；灰布裤子，扎着黑腿带儿。

李蓉生 （还在收拾东西，口里唯唯应酬着）是啊，还是这儿清静得多……（回过头来笑着）可凡是到这儿来的，都不是找清静的。

〔李二哥名字叫做李蓉生，早年在科班学戏，玲珑解语，光被四座，红极一时，曾负神童之誉。然而上天是多么不公平啊，唱戏的最畏惧的"倒仓"的难关，就注定了他一生的命运，观众万目睽睽，看着这红得发紫的年青人从高高在上的三十三天，一个"壳子"翻下十八层地狱去。可怜他只是个孩子，他的感觉他的痛苦都是说不出来的。光荣地赞美变成了梦中的陈迹，舞台换了另一个新的颜色。仅仅十三四的幼小者便经验了改朝换代的沧桑，有谁体贴得出那心中的辛酸。

〔那辛酸怎样来表现呢？他不会说，也不会怨，只在夜深人静时，睡在凄凉的空洞的房间里，追慕着舞台上的辉煌，静静地淌那辛酸的眼泪。

〔让时间侵蚀了他的心志，湮灭了过去的光荣；他现在三十岁了。饱经风险，鸟倦知还，做了名花衫魏莲生的跟包，间或为他吊吊嗓子。魏莲生是李蓉生的同门师弟，现在则一贤一不肖，相去不可以道里计。这气运真是太无凭据的东西。

〔李蓉生天生一张忠厚面孔，长脸蛋儿还带几分旦角的清丽；只是神色之间充满着懊丧同疲倦，缺少年青人蓬勃的精神；头发微乱，胡髭不整，穿一件半白的黑绸夹衫，袖口卷起，露出白色的内衣来。

王新贵 （点头咂嘴）对！这话对！凡是到这儿来的，都不是为找清静的。干这一行是有一个意思。过得热闹，这叫"朝朝寒食，夜夜元宵"哇。

李蓉生 咳……（转过身来，坐在就近的椅子上）您……（用手捂住嘴，打了一个呵欠）您不用这么说，干一行怨一行，我们可真觉不出有什么意思来。

王新贵 这是怎么回事呢？

李蓉生 （疲倦地笑）说起来也好笑，空空的戏园子，一会儿就坐满了，台上唱戏，台底下听戏，灯明火亮，锣鼓丝弦儿……（停住了）

王新贵 是啊！这还不热闹吗？这还没意思吗？

李蓉生 没意思的在后头呕。大轴子唱完，"唢呐"一吹，戏就散了，打哪儿来的回哪儿去，楼上，楼下，池子，两廊，原来坐得满满的人，立时马刻呼呼呼，走了个干干净净，紧跟着灯一灭，台上台下黑阒阒，冷清清，连鬼影子也不见一个。

王新贵 （坐起来）说得是啊。

李蓉生 要是本来不热闹倒也不觉得，就是这么，原来热呼呼的，一下子冷下来……

王新贵 天下没有不散的筵席，尽这么想还有完了。

李蓉生 （摇摇头）谁不是好聚不好散。（动起情感来）一天天的日子这么过了，可怎么不教人寒心。

〔前台传过来一阵喝彩声。

李蓉生　（激动地）你听！

王新贵　（站了起来）没说的。我们的魏莲生真是红得发了紫喽！

李蓉生　（勾起心事，低下头去）是，他混得不错。

王新贵　（也有感触）这才叫"运去黄金失色，时来顽铁生光"，又说是"长江后浪催前浪，世上新人换旧人"，想当年魏三儿还是个小毛孩子的时候……（摇摇头）咳，不用提了！

李蓉生　（讶然）你跟我们老板早就认识？

王新贵　（得意地）早认识，早认识，我看着他长大的。（用手比一比高矮）后来他到了十岁进了科班，我就闯荡江湖十几载。想不到这回回来，他真了不起了。

李蓉生　我们老板只要好好干，往后还能更好。

王新贵　是啊！行行出状元！可是年头改了，当初魏三儿要去学戏的时候，他老爷子还满不高兴，说自己个儿没出息，养不活一家老小，才逼得孩子跳火坑，当戏子。（大有骄矜之意）那时候亏得我在旁边儿直劝，说唱戏也是靠本事挣钱，没什么说不出去的，才结了。

李蓉生　这话可一晃儿又是十年的事了，这两位老太爷老太太也都死了五六年了。可怜他们苦了一辈子，好容易儿子走了运，又等不及，死了。

王新贵　（一仰脖子）这归运气。

李蓉生　（感慨系之）"世间好物不坚牢，彩云易散玻璃碎"，这古话儿是不错的……

王新贵　（不关痛痒地笑）李二爷，你这才是"听评书落泪，替古人担忧"哇。

〔一阵喝彩声过去。

李蓉生　（破颜而笑）我的脾气就是改不了，自个儿的事愁不过来，还老替别人发愁……

王新贵　再说人家正是走红运的时候……

〔左面通甬道的门，有一张脸一现，又退了出去。

李蓉生　谁？

王新贵　（也随着望出去）没有人呀。

外面　（女人的声音，有点儿发颤）李二……

李蓉生　（纳闷儿）是有人……叫我嘿。

外面　（低低的声音）李二爷，李二爷，劳您驾出来趟。

李蓉生　（向外走）谁这时候来找我？（走近门口，向外望去，惊异地）噢，马大婶儿！你怎么啦？

外面　（听不清楚的夹着哭泣的声音）急死人噢，李二爷……

李蓉生　进来说，别着急，大婶儿。

〔李二哥走了出去。

外面　不，李二爷，不……（底下便唧唧哝哝地听不清楚）

〔李二哥又走进来。

李蓉生　（向外面）进来，大婶儿，进来说，不要紧的，没有外人……

〔马大婶儿畏畏缩缩地跟了进来。

马大婶　急死人呕！真急死人呕……（说着话，泪珠儿就滚了下来）

〔屋里罩上了一层愁雾，马大婶就是愁海里的根芽。

〔马大婶五十上下年纪，囚首垢面，衣衫褴褛，如今却正在焦虑之中，因为她虽然麻木，却还保留一样最可宝贵的本能，就是爱，亲子之爱。

李蓉生　怎么啦？您说呀！怎么啦？

马大婶　我们二傻子……（哽咽着）抓走了……圈起来了……

李蓉生　二老弟？怎么会？

马大婶　怨他自己个儿啊，昨儿个晚不晌儿，他赶车回家，钻被窝儿里，都睡了。谁知道接壁儿牛大嫂的儿子德禄来找他，说今天多挣了几吊钱，非拉他出去喝酒不可；我瞧他们挺高兴的，也就没拦着，谁知道一宿也没回家。一大早儿出去打听，才知道他们闯了祸……（泪随声下）让人家给圈起来了……

李蓉生　闯了什么祸呢？

马大婶　你知道，我这孩子就不能喝酒，三杯下肚儿，就醉得个迷迷糊糊。出门让冷风一吹，两人晃晃悠悠，不知怎么就晃到牛犄角胡同去了，醉得受不得，倒在一家大门底下就睡着了。赶好巡夜的老爷们打那儿过，德禄醉得轻点儿，爬起来就跑，剩下二傻子稀里糊涂不知道跟人家老爷们说了些子什么，还把人家老爷们打了，后来就给带走了……

李蓉生　带到哪儿去了呢！你见着他没有？

马大婶　我跑了一天哪！求人，打听，到天黑了才知道就圈在牛犄角胡同口儿上的什么"拘留所"里头，又求了人，借了十吊钱，才见着了他，可怜这孩子只圈了一天就不成个样子了。他挨了打！老爷们说他深更半夜待在人家大公馆门口儿，叫他走，他不走，还打人，准是没安好心，"非奸即盗"！你可想想……就凭二傻子，你可说……

李蓉生　这是打哪儿说起！这是打哪儿说起！

〔王新贵轻蔑地斜了一眼，走向木炕上睡了下来。

〔前台又传来一阵彩声。

马大婶　可是这就得求求魏老板了，二傻子说他醉倒的地方正是法院院长苏大人家。魏老板跟苏大人有交情，要是能求得动苏大人说一句话，他就能放出来了。

李蓉生　那你放心罢，你来巧了，苏大人正在前台听戏，说不定待会儿就要到后台来呢！

马大婶　（惊喜）谢天谢地！谢谢你！求求魏老板给我说说情吧！我今天找了魏老板三趟了。

李蓉生　你是到家里去找的？

马大婶　是。

李蓉生　他今儿个一天有五处饭局，一清早就出来了没回去。

马大婶　是啊，我知道魏老板忙。我真是过意不去哟！咳……你知道我靠着这孩子挣钱吃饭呀，他要是……

李蓉生　你别急，这也不是什么大不了的事，你坐坐歇会儿。

马大婶　不，不，李二爷，我能见见魏老板吗？

李蓉生　老板现在正在台上，你坐在这儿等等他，还有半个钟头就散戏了。

马大婶　那这么也好，我在大门口儿待会儿，过会儿再来，牛大嫂子也在门口儿等我呢。他们德禄昨儿晚上也是一宿没回家；八成儿是看见我们二傻子叫老爷们抓走，吓得他也不知跑哪儿去了。牛大嫂子也是急得不知怎么好，她那个瞎了眼睛的老伴儿也在家里急得直转磨呀！

李蓉生　好，那您待会儿再来也好，我先跟老板说，您尽管放心就是了。

马大婶　（请安）谢谢你啦，谢谢你啦。（向外走，擦眼泪）这些孩子呀！年纪小，愣头儿青，就会在外头捅娄子闯祸，哪儿知道做父母的心疼呕！

李蓉生　（跟着送出去）您放心，您放心。

〔两人出了通甬道的门。

外面　（马的声音）过半个钟头，是不是？李二爷？

外面　（李的声音）是，还有半点钟。过道儿黑，你走好了。

外面　（马的声音）我摸着走，看得见，谢谢……（声远）

〔李二哥又走回来。

李蓉生　咳，这年头没有好人走路的份儿喽！

王新贵　（鼻子里冷笑了一声）"马善被人骑，人善被人欺。"活着本来就是这么回事。

〔李蓉生低头坐下。

王新贵　这是谁？

李蓉生　我们的街坊，马大奶奶。（感叹）受苦的人呕。

王新贵　说起你们老板，我倒想打听打听，十几年不见了，不知道他脾气改了没有？

李蓉生　您说什么脾气？

王新贵　比方说吧：人老实，爱哭，也爱帮帮人家的忙。

李蓉生　（微笑）长这么大了，还爱哭？可是老实，爱帮忙，那是改不了的，我就敢说，马大奶奶的儿子，我们老板准能帮忙给救出来。

王新贵　（笑）好人哪，（伸一个懒腰）我托他的事，不知道给我办了没有？

李蓉生　是我们老板让您今儿晚上到后台来的？

王新贵　是啊，前天见着他，他没说什么，就叫我今儿晚上到这儿来。

李蓉生　那就是成功了，今儿准有喜信儿。

王新贵　不知道给我找个什么事情，千万别又是在外头跑街的事，这十几年可给我跑伤了，我真想过过安静日子了，（不自然地笑）这也是我老不成材，混了半辈子的人了，倒过来还得找小兄弟帮忙。

李蓉生　您这是……

〔前台一阵彩声，如春雷大震。

李蓉生　（站起来）莲生……（急改口）老板要下场了。

王新贵　怎么？戏散了？

李蓉生　（走向墙上挂戏衣处）还有一场戏，要换衣裳。

〔李蓉生把墙上挂的一件红缎子斗篷同个马鞭子拿在手里，刚走到屋子当中站好。

〔"呼"的一声，通舞台的门帘子掀开，一个戏装的美人飘然入室。

王新贵　（从炕上翻身下来）老三！

魏莲生　（一笑）您来啦。

〔名角儿毕竟不凡，魏三儿身上就像是带着一阵风，一片迷人的光彩。

〔说来奇怪，天下就有人能够违背了造物的意旨，变更格调，强分阴阳，百炼之钢化为绕指柔，把男人涂脂抹粉，硬装成女的，一些人也就见怪不怪，积非成是，甚至于会觉得男人装成的女人更像女人些。

〔魏莲生已经习惯了他的这种生活，能眉挑，能目语，行动言笑之间不知不觉忘记了自己还是个男人。

〔魏莲生现在正是春风得意，在红氍毹上展放万道光芒，如丽日当午，明星在天，赢得多少欣羡同赞美。

〔然而那欣羡，那赞美，值得什么呢？如同一块美玉长埋在泥沙里，被泥沙封住，掩住了固有的光彩；但是美玉究竟是美玉，只待一番冲洗，一番提炼，便能返璞归真，显出本来面目。

〔罪恶知道它自己是最丑恶的，所以它时常是穿着最美丽的衣裳，所以那掩蔽在美玉外面的泥沙，是异样璀璨夺目的颜色；魏莲生天生成为了名角，常被阿谀淫靡的人物所包围，他也就习于那些阿谀，那些浮华。至于他那良善的天性所表现的，就只是借着那些阿谀者的力量，作些廉价的慈悲。

〔他忠人之事，急人之难，爱听些受恩者的恭维，虽不见得乐此不倦，却已习以为常。

〔人苦不自知，魏莲生立下愿心，想普救众生，然而他竟想不到救自己。

王新贵　（谄媚地）是啊！听你老弟吩咐，来了半天啦。

〔李二哥把斗篷给莲生披上。

魏莲生　（转身对桌上的镜子，整理头饰）没有在前台听戏？

王新贵　（趋前）来晚了点儿，人太多了，挤不上。坐在这儿，听听前台叫好儿的声音，也就算过了吧。

魏莲生　（扑哧笑）你还是那么能说笑话。

王新贵　不成喽。"一事无成两鬓斑。"你这老哥哥也就只有指着说笑话过日子了。

魏莲生　（转过身来）二哥，（摸摸鬓角）这朵花儿掉了。

〔李蓉生开开小箱子，取出一朵花来给他别上。莲生又转身去照了照镜子，再回来。

王新贵　怎么样？老三，我的事情？

魏莲生　说妥了。

王新贵　（追问）哪儿的事？

魏莲生　法院苏弘基苏院长家里缺一个管事的，要找人，我就荐了您去。

王新贵　（作了一个大揖）老弟，你赶明儿还得红，还得了不起。我交朋友交了辈子，今儿才算真交着了好人。

魏莲生　您还客气。

王新贵　不是客气呀，你好心有好报，我忘不了你。

魏莲生　苏院长正在前台听戏呢，一会儿就得到这儿来……

李蓉生　（把马鞭子交给他）您该上场了。

〔魏莲生接过马鞭子，往舞台门走。

王新贵　（追上一步）我是不是就在这儿等着见他？

魏莲生　（又走回来）您在这儿等着，一会儿我给引见。

王新贵　（看看自己的衣裳）我就这样儿就成？

魏莲生　（一笑）这么漂亮干净还不成！

王新贵　（手摸着脑袋，掩不住高兴）拿我开心。

〔通舞台的门帘子掀开，一个脸上画着豆腐块儿的小丑露出上半身来。

小丑　（在低着声音）嘿！上场了，魏老板！

魏莲生　（皱眉，任性地）来啦！

小丑　（一纵下阶）"来啦"？误场啦！我的姑奶奶。

魏莲生　胡扯什么，你？（举起马鞭子照小丑的头上就是一下）误了场活该！

小丑　（缩脖儿）得啦，得啦。

〔小丑做个身段，一把抓住莲生，跑出门去。

〔李二哥眼望着通舞台的门呆立不动。

王新贵　李二爷，还有多半天散戏？

李蓉生　就这一场了，一会儿就完。

注释

1. 选自《风雪夜归人》（人民文学出版社 1996 年 8 月版）。《风雪夜归人》共有三幕，这里所选的是第一幕的开头部分。吴祖光（1917—2003），江苏常州人，剧作家、书法家、导演，明德学堂学生，代表作有剧本《正气歌》《风雪夜归人》《林冲夜奔》等。

阅读指津

《风雪夜归人》是中国现代戏剧经典名篇，创作于 1942 年。

其基本剧情是：20 世纪 40 年代末期，在一个酷寒的风雪之夜，一个人跟跟跄跄地从坍塌的围墙缺口走进富家苏弘基的花园，似在找寻他过去留在这儿的影子。

20 年前，这座大城市里有一个出身贫寒的京剧男演员魏莲生，以演花旦红极一时。他交往甚广，常为穷苦的邻居纾危济困，颇受人们的敬慕。

以走私起家的苏弘基，过着醉生梦死的生活。他的四姨太玉春原是个烟花女子，后被苏弘基赎出为妾。玉春怀着一颗争取自由幸福的火热的心，不甘心于囚笼般的富贵生活。她以学戏结识了魏莲生，向他倾诉了自己悲惨的身世，后趁莲生到苏府祝寿演出之前，将他请到自己的小楼上。他们二人过去的遭遇相近，又都沦为阔佬们消愁解闷的玩意儿，失去做人尊严，因而由怜生爱，并商定私奔，走向自由。这时，莲生从窗口摘下一枝海棠花送给了玉春。不料这一切都被由莲生推荐给苏家当管事的王新贵窥见。

善于阿谀的小人竟忘恩负义将此事禀报了苏弘基。当玉春按约出走之际，王新贵带领几名打手把玉春抓回，莲生则被驱逐出境。二人依依话别，从此天各一方。20 年后，莲生拖着早衰老的病体重回故土，但已物是人非，玉春已被苏弘基送给天南盐运使徐辅成为妻妾。莲生感慨万分，在那个风雪交加的夜晚，悄然死在海棠树下。

此剧剧名出自唐诗《逢雪宿芙蓉山主人》："日暮苍山远，天寒白屋贫。柴门闻犬吠，风雪夜归人。"吴祖光借用唐诗苍茫悠远的意境，讲述了在风雨飘摇的大时代背景下，一代京剧名伶魏莲生一生的悲欢离合。吴祖光以这样一个浓墨重彩的故事，表达了社会底层小人物的觉醒与他们对命运的叩问，抒写出一曲关于人性复苏与生命尊严的不朽挽歌。

学者杨清健认为剧作"描绘了普通人的生存状态，执著地追问了生存的价值，对人的灵魂进行了深刻地拷问"。北京大学教授钱理群则重点阐述了话剧的精神价值："吴祖光先生创作的基本精神：对信念的坚守，对时代的承担和对人的生命存在的探索和追问，无论是'做人'还是'做文'，都仍然能够给后来者以某种启示。"在钱理群、温儒敏、吴福辉主编的《中国现代文学三十年》中，认为该剧"有点淡淡的感伤，但更多的是一股温暖"，而且体现了民族意志、民族性格的诗情。

潘金莲（节选）[1]

⊙ 欧阳予倩

第三幕

武家的小厅堂。下手设武大灵桌，旁边地下睡着两个士兵，上手望见楼梯，横七竖八地摆着几张椅子和板凳。在厅堂两边，灵桌上两支点残了的蜡烛，光极暗淡。外面听见风声，武松坐在灵桌的右边，一手抱着酒壶，开幕。

武　松　（站起来又坐下，又站起来走几步，沉思，看看楼上，向灵桌站住）哥哥，听嫂嫂说，你是心痛病死的。可是我怕你死得不明，究竟怎么样，你有灵，梦也要报给我一个。倘若是有个长短，我武二一定替你做主报仇！咳！（说完瞟一瞟楼上，又看看灵牌，倒一碗酒一饮而尽。听见金莲下楼的脚步声，坐下，悲愤的样子）

潘金莲　（从楼梯上露出半面，朝灵前看一看，端着茶盘走下来）叔叔。

武　松　（起立致敬）嫂嫂。

潘金莲　（很郑重地）本想是叔叔回来欢天喜地，想不到叫叔叔这般难过。咳，可是人死不能复生，叔叔也要保重身体，不必悲伤过度。

武　松　想哥哥死得很苦，我和他是亲弟兄，怎么不悲？怎么不恨？

潘金莲　咳，你哥哥在生前自不长进，连累叔叔替他常常担惊受怕；如今死后又连累着叔叔这样悲伤，叫作嫂子的怎么过意得去！

武　松　这都是武二应分的事，不与嫂嫂相干。

潘金莲　叔叔请用茶。

武　松　请嫂嫂放在桌上。

潘金莲　是。

〔台后起二更。

武　松　据嫂嫂说，哥哥是心痛病死的？

潘金莲　不是刚才叔叔到家，就对叔叔说过了吗？
武　松　装殓的时候，除了何九叔，还有什么人到场？
潘金莲　街坊邻居都到场的。
武　松　为什么要火葬呢？
潘金莲　叔叔不在家，我又不能出去找坟地，家里又没有钱，没法子想才只好焚化的。
武　松　（很恭敬很刚决地）明白了。时候不早，嫂嫂歇息去吧。
潘金莲　是。（慢慢地向楼梯走两步，又站住。眼睛微微地向武松那边瞟一瞟，想一想叹口气，再慢慢地走——很失望的样子）
武　松　嫂嫂回来！
潘金莲　（赶快回头，快走几步）是。叔叔。（一看武松很严肃地站着。一呆）
武　松　嫂嫂，我哥哥到底是得什么病死的？
潘金莲　不是告诉过叔叔好几遍了吗？咳，话又说回来了。你哥哥为人太软弱了，尽让人欺负；像他那样儿的人活着也是受罪，实在没有意思，我看倒不如死了的好。
武　松　嫂嫂，这是什么话？难道说软弱的人就应当受人欺负，那些有势力的就应当欺负人吗？我生来就喜欢打这个抱不平——一心要扶弱抑强，最恨的就是那恃强欺弱。
潘金莲　咳，要是你哥哥像得了叔叔的一分半分，又怎么会撇得我这样一身无主！叔叔你哪儿知道我的心？
武　松　哼，嫂嫂，你是个聪明能干人，你想怎么样便能怎么样；哥哥在的时候，也从来作不了你的主。
潘金莲　咳，你哥哥可真折磨我够了！你说我聪明，我真算不了聪明，可我也不是笨人，你说我能干，我真够不上能干，可我也不是糊涂人。可是，池里的鱼游不远，笼子里的鸟飞不高，叫我又怎么样呢？……咳，叔叔，你还是不知道我的心！
武　松　这些话有什么讲头，上楼去吧。
潘金莲　听说叔叔要上东京去，是真的么？
武　松　没有这个话。
潘金莲　听说叔叔要上东京到高俅那里去谋差使，是真的吗？
武　松　哼，高俅童贯那班东西，都是些奸党，我是个顶天立地的男子，岂肯到奸党门下去求差使，你当武二是什么人？
潘金莲　倘若知县相公要荐你去跟那些奸党看家护院，当他们的走狗，你愿意吗？
武　松　明珠暗投，那就不如死！
潘金莲　啊，叔叔，你也知道明珠暗投不如死？可知道男女都是一样！
〔这时候听见隐隐梆锣的声音，已二更二点了。
〔武松沉默如有所思。外面风声。
潘金莲　时候不早了，请叔叔上楼去睡吧。
武　松　（急）啊？

潘金莲　叔叔不要错会我的意思，我是说楼下不干净，楼上干净一点，请叔叔楼上歇息。我下楼来替叔叔守灵，不是很好吗？

武　松　我看这楼下并不肮脏，楼上也未必干净。武二的事，嫂嫂不要多管，快快请安置吧！

潘金莲　是，本来我就说错了，有什么肮脏，有什么干净？什么叫肮脏？什么叫干净？只要自己信得过就得了。

武　松　只怕人家信不过。

潘金莲　啊，原来叔叔只顾人家信得过，不顾自己！

武　松　杀人的强盗，害人的淫妇，人家信不过，难道说自己信得过？

潘金莲　本来，一个男人要磨折一个女人，许多男人都帮忙，乖乖儿让男人磨折死的，才都是贞节烈女。受磨折不死的，就是淫妇。不愿意受男人磨折的女人就是罪人。怪不得叔叔是吃衙门饭的，也跟县太爷一样，只会说一面儿的理。

武　松　嫂嫂，你一派的疯话，我完全不明白。

潘金莲　叔叔，你还是糊涂点儿吧，你要是明白。你就作不了圣人之徒了。

武　松　礼义纲常是万年不变的，嫂嫂，你至死还不明白这个吗？

潘金莲　我就是太明白了，要是糊涂一点儿，不就会长命富贵了吗？我很想糊涂得连自己都忘记，可是今生做不到了！……咳，时候不早了，歇着吧，我来不及和叔叔等明天的太阳！（一面说着一面收拾茶碗，将茶泼在地上就走，走着回头柔媚地说）叔叔，我愿意你长命富贵！（一直咚咚咚上楼去了）

〔外面风声更大。

武　松　（呆着看潘金莲走去）想不到世界上有这种女人！（走到桌前拿壶中酒一饮而尽，轻轻地说）咳，哥哥安得不死！（想一想）士兵，士兵，士兵！

〔士兵醒来又睡着。

武　松　士兵，士兵！

士　兵　二爷……天亮吗？

武　松　还是半夜。

士　兵　二爷，什么事？

武　松　我们走吧！

〔幕后隐隐传来二更三点。

兵　甲　二爷，夜半三更上哪儿去？

兵　乙　不怕犯夜吗？

武　松　我们巡夜去。

士　兵　（一面打哈欠，一面收拾，很不高兴的样子）二爷为什么这么急？

武　松　这儿住不得……嫂嫂……嫂嫂关门，武二走了！

〔潘金莲慢慢下楼，站在楼梯上不作声。

武　松　收拾好了没有？

士　兵　收拾好了。

武　松　走。

士　兵　（开门，风吹进来）呵哟！

〔武松和士兵出门，潘金莲又下几步，伸头看着下手的门不动。一种很失望很恨而又无可如何的样子。忽然一阵风吹来，灯吹灭了，台上变成漆黑。

——闭幕

第五幕[2]

布景同第三幕——灵桌上点着香烛，中间一桌酒席，王婆和姚文卿坐上首，潘金莲和赵仲铭并坐，张老和胡正卿并坐。武松站在下手桌角边，两个士兵伺候着。

武　松　（端杯在手）众位高邻，家兄去世，武二不在家，一切多承各位邻居照应。武二太粗鲁，没有什么好款待，一杯淡酒不成敬意，各位休要笑话！（说着将酒一饮而干，坐下）

张　老　我们都还没有替都头接风呢，反而先来打扰，真是过意不去。

众　客　是呀！改天再聚吧！

胡正卿　（站起来想走）对不起，我今天很忙，要失陪了。

武　松　去不得！既来了，就忙也坐一坐！

〔胡正卿坐下。

姚文卿　（站起来）我可实在有些俗事。

武　松　正有话说，少等一会。士兵！（兵应）将杯盘暂时收了，回头再吃吧！

〔众人离席，士兵收拾杯盘，武松抹桌子，众邻居都告辞。潘金莲丝毫不慌，扯条凳子坐下无语。

众　邻　都头，谢谢了。

武　松　去不得！士兵，把好前后门。

〔士兵应，众邻居面面相觑。

众　邻　都头有话好说。

武　松　各位之中，哪位会写字？

众　邻　（推胡正卿）这位胡正卿会写字。

武　松　好，相烦写一写！士兵，预备纸笔！

士　兵　是。

〔士兵送纸笔与胡正卿，胡坐下发抖。

武　松　（从衣襟下抽出一把尖刀）各位高邻，武松虽是粗鲁，也知道"冤有头，债有主"！今天不过是请各位做个见证，并不伤犯各位；若有一位先走了，武松翻过脸来，教他先吃我几刀了，我便偿他的命也不怕！

众　邻　是是是。

武　　松　（拿刀指着王婆）老狗，我哥哥的性命都在你身上！慢慢地再问你！（转面对着潘金莲）你说，我哥哥是怎样死的？

潘金莲　被人害死的。

武　　松　自然是你！

潘金莲　不是。

武　　松　西门庆！

潘金莲　也不是。

武　　松　（重喝）啊？

潘金莲　归根究底，害你哥哥的人就是张大户。

武　　松　胡说！那张大户与哥哥素无冤仇，怎么会害他的性命？（拿刀在潘金莲面前晃两晃）你敢瞎说！

潘金莲　二郎，你拿性命和我拼。我拿性命和你说话，还有假的吗？忙什么，你要忙，就杀了我，我也没话！我正想把我的事说给你知道，你不听也就罢了！

众　　邻　都头，让她慢慢地说吧。

武　　松　好，你说。

潘金莲　我本来是张家丫头，那张大户见我有几分姿色，就硬要拿我收房。我不肯，他就恼羞成怒，说："好，你不愿做小，我就给你个一夫一妻！"他仗着他是有钱有势的绅士，不由分说便故意把我嫁给一个又丑又矮，又脏又没出息，又讨厌，阳谷县里第一个不成形的武大。人心是肉做的，我哪里受得了这样的委屈？可是我明知道世界上的人没有一个肯帮女人说话，因此只好是嫁鸡随鸡，嫁狗随狗！可想不到又来了一个害你哥哥的人！

武　　松　他是谁？

潘金莲　就是你！

〔众邻大惊。胡正卿停笔望着。

武　　松　啊！（急）你不要血口喷人！

潘金莲　咳，你放心！想你们是同胞弟兄，怎么你哥哥那样丑陋，你这样英俊？怎么你哥哥那样的不成器，没出息，你就连老虎都打得死？我是地狱里头的人，见了你好比见了太阳一样！我想夫妻不相配，拆开了再配过又有什么要紧？倘若是我和你能在一处，岂不是美满姻缘，便好同偕到老？你可记得那一天——下雪的那天——你从外面回来，我烫一壶酒给你御寒，我当时就拿言语挑拨你，拿我的意思告诉你；你非但不答应，还生气，要打我。我那个时候真是恨……恨……恨你到了极处！咳，可是我恨你到了极处，爱你也到了十分！你因为想教人家称赞你是个英雄，是个圣贤，是个君子，就把你的青春断送了！我又怎么还忍心怪你？

〔胡正卿呆了，看看武松又写。

武　　松　（切住潘金莲的话）你不要拿这些话来狡辩，你只快说怎样的害我哥哥！

潘金莲　自你一气出门之后，我是和丧魂失魄一般，就活着也没有意思！你哥哥又格外地对着我摆他丈夫的架子，使我更加几千倍的烦恼！我正在想要自尽的时候，可巧遇见个西门庆，总算他给我一点儿温存，我就和他通奸。是的，是通奸，不过是通奸，因为我和他并不是真正相爱。咳，我疯了，我病了！我已经是没了指望，还爱惜自己作什么？——何况他还有几分像你！（激昂）我甘心情愿地作他玩意儿！我一生一世除了遇见西门庆，便连作人玩意儿的福气都没有！（悲愤）二郎你不要问了，我是在丈夫面前犯了死罪。我不愿死在你哥哥那种人手里，我就用毒药杀了你哥哥！

  武　松　你当是害了我哥哥没人知道？这也是天理昭彰。我马上就杀你死！

  潘金莲　死是人人有的。与其寸寸节节被人磨折死，倒不如犯一个罪，闯一个祸，就死也死一个痛快！能够死在心爱的人手里，就死也甘心情愿！二郎，你要我的头，还是要我的心？

  武　松　我要剖你的心！

  潘金莲　啊，你要我的心，那是好极了！我的心早已给了你了，放在这里，你没有拿去！二郎你来看！（撕开自己衣服）雪白的胸膛，里头有一颗很红很热很真的心，你拿了去吧！

  〔众邻居都以惊异的眼光看着，精神兴奋，武松一把将金莲拉过来，金莲斜躺在地下。

  武　松　谁容你多说，今天我只要替哥哥报仇！老实对你说，西门庆已经被我杀了。（从士兵手中取一布包掷金莲前，一颗人头滚出来）像你这种女人，就是九泉之下我哥哥也不愿见你，你还是跟西门庆去吧！（举起刀）

  潘金莲　（举起双手）啊，西门庆被你杀了，可见我的眼力不错！二郎，可是你说"叫我跟西门……"这句话真伤我的心！我今生今世不能和你在一处，来生来世我变头牛，剥了我的皮给你做靴子！变条蚕子，吐出丝来给你做衣裳。你杀我，我还是爱你！（张开两条胳膊想起来抱武松，用很热情的眼神盯着他）

  武　松　（一退，左手抓住潘金莲的右手，瞪着眼）你爱？我……我……

  〔武松一刀过去，金莲倒了。武松瞪住死尸，大家也都呆了。

——闭幕

注释

1. 选自《欧阳予倩代表作》（华夏出版社2008年版）。欧阳予倩（1889—1962）。湖南浏阳人，原名立袁，号南杰，剧作家、戏剧教育家，代表作有话剧《潘金莲》《桃花扇》等，明德经正学堂毕业学生，曾于1926年筹款义演，资助明德中学度过经费难关。
2. 第四幕写了武松召集邻里及仵作等，来调查武大郎被谋杀一事，最终确定武大郎被西门庆、潘金莲等人谋杀。

阅读指津

  现代著名画家徐悲鸿看过《潘金莲》后，兴奋地写信给欧阳予倩，赞誉《潘金莲》"翻数百年之陈案，揭美人之隐衷；入情入理，壮快淋漓，不愧杰作"。事实上，这种"壮快淋漓"的风格，既是全剧的思想艺术风格，也是作者的语言风格。

  在《潘金莲》中，欧阳予倩表达了他对女性命运的关注和同情，大力讴歌个性解放与妇女解放。他对剧中三个男性的角色定位均有贬词，唯独对潘金莲大加赞美，说她是"一个个性很强而聪明伶俐的女子"。全剧颠覆了原有的潘金莲形象，还原与敞亮出一个真实的大胆追求爱情而又不可得的被侮辱与被损害的普通女性形象。重点突出了潘金莲的不幸命运，极力写潘金莲对自己作为女性的个体命运的清醒认识。解志熙教授曾说："《潘金莲》剧却超过了所有替'叛逆的女性'翻案的戏剧，堪称此类剧作中的登峰造极之作。"

玉莹冰心 风流人物

"湖湘气韵，半出明德"，120年来，明德中学翰墨飘香，滋兰树蕙，英才辈出，灿若群星。本单元编选了《胡子靖先生家传》等四篇传记。传记中的人物，或以品德高尚、意志坚定名垂青史，或以成绩卓著、独领风骚享誉后世，都是中国历史上"大写的人"。

这四篇传记各有特点。《胡子靖先生家传》选取了"求学日本""兴办明德""救助黄兴""艰难筹款""诗文自励"等典型事例，集中表现了胡子靖先生为了办好明德而"匪独不计成败利钝，抑且不计生死祸福"的崇高精神。《金岳霖先生》从金先生的外貌特征入笔，既写他的课堂风采，又谈他的生活情趣，还旁涉与金先生有关的朋友、学生，描绘了一个立体的金岳霖。《蒋廷黻：开山的人》是一篇评传，在记述蒋廷黻先生在政界和学界的主要成就的同时，作者还深入剖析了蒋先生的为人处世。《深切怀念华罗庚先生》紧扣"华先生对年轻人的成长是很热心的、很愿意帮助的"来记叙，介绍了华罗庚先生在研究、管理等方面的诸多成就。

胡子靖先生家传[1]

⊙ 陈戡涛

先生讳元倓，字子靖，姓胡氏，世为湖南湘潭人。祖筠帆公，清同治中知广东南海县事。考同生公，世父蓟门公，幼侍父宦游百粤，皆从番禺陈兰甫澧先生游，陈先生授以《诗经通鉴》，著有《诗古音释》，及《通鉴校刊记》，各若干卷。先生于从兄弟行九，伯曰元仪，字子威，有《周书王会篇注》《王会图赞》《孙卿子注》《荀子别传及考异》，王葵园阁学采入《荀子集解》《毛诗谱订》，阁学录入《经解续篇》，别有《兰苕袭斐集》《绸发丛稿》《胡氏家集》《胡氏世典》，六曰元玉，字子瑞，始从兄学，又为王湘绮侍讲女夫，抠衣请业，所诣益邃，有《驳〈春秋〉名字解诂》卷，阁学亦刊入《经解》。硕学名儒，磊落相望！与湘阴诸郭，新化诸邹，卓然称湘学后劲。先生渊源家学，服膺姚江，以存诚为立身治学之本。早入庠为名诸生，寻选丁酉科拔贡，鉴于甲午庚子国耻之深，转思日本明治勃兴之故，因弃举子业，于光绪二十八年奉湘抚俞廉三之命，赴日本就学于弘文师范，始了然于日本维新之功，肇端教育；又私慕彼邦福泽谕吉之创办庆应义塾，储才建国。遂矢志以教育救国，培养人才，复兴民族为己任。翌年返国，欲设学校于长沙，与攸县龙砚仙蕤溪兄弟谋，得其叔芝生侍郎之助，癸卯三月初一，成立明德学校，与砚仙兄弟共同主持，邀黄克强教理化，张溥泉教历史，周道腴教地理，苏玄瑛教文学，鼓吹革命思想，隐为革命中心。旧党嫉之，媒孽构陷，屡濒于危；光绪三十年甲辰九月，黄克强在长沙谋起义，事泄，清吏搜捕急，布逻卒围所居，黄先走避明德学校，先生度将不免，乃往见清臬司兼学务处总办张筱浦，挺身自承，与闻其事，请以颈血染红其项带！张固维新派之有心者，为先生至诚所动，事乃少缓，严命探目，无据不得捕人。黄旋走龙侍郎家，得间关赴日本，见孙先生，成立同盟会。时人以为先生掩护民党，密谋革命，皆为先生危，先生处之晏如也。明德丁草创之秋，经费奇绌，左右匡维，皆赖先生，或北出榆关，诣赵制军次珊；或南下金陵，求江督端午桥；或赴津门，央严范孙侍郎；或往旧都，托熊秉三总理；或奔走学部，或就商度支；或假湖南常款，或挪江南盐税。其时谭组安初承校事，与袁海观各捐巨金，规模粗具。惟以风气初开，师资缺乏，而来学之士，年龄与学程，甚为参差，乃于中学之外，添办师范、理化等选科，及高等小学。先生仆仆南北，或走日本，求名师，筹经费，谋扩充，不遑宁处。丙午腊月之诣端督也，湖南方有浏醴之役，声势甚汹，先生未抵宁，端督已接鄂督湘抚密劄[2]，皆于先生为销骨之毁，端为先生热诚所感，置不问。丁未专舟自日本归，发神户，次晨坐礁，三日始出险。是岁经费奇窘，几不能度岁，先生乃请于端督，欲于裕宁钱局借两万金，端督作书令赴浔兑取，而总办孙某竟不肯发。风雪横江，孤危一室，时已腊尽，先生大窘欲死！黄泽生、谭组安主校事，虑先生有不测，亟电慰之；校中同人，又自动捐薪节省，困乃少苏。其诣熊总理也，三诣未及见，先生乃襆被[3]阍室以待之。

盖先生醉心作育，之死靡它，不惜犯霜雪、受冷眼、历千险、排万难以赴之！中小学基础浸[4]固，先生又谋设大学，始于丁未年七日呈度支部，准办高等商业银行专科，寻得袁海观陈伯严之助，拟在沪设分校。时端督方命先生于役复旦，闻分校款绌难成，嘱于江南组织高等商业学堂，先设银行科，以上海所招及经正毕业生，就学其中，由先生主持。戊申四月开学。人才萃集，民国以来，多在银行界服务，颇有贡献。岁庚戌，先生膺驻日留学生监督之命，范静生劝勿固辞，翌年三月东渡赴任，未半年而武昌事起。开济诸公，多先生故旧，则亟返国谋扩充学校。民国二年，由黄克强领衔，呈请设明德大学于北京，迄民国四年，袁世凯叛国，因遂停办，示与袁氏绝。民国八年重设大学于汉口，旋因汉校款绌，先生亲赴南洋募捐，凡历星洲、暹罗、槟榔屿、仰光等埠而归，得爱国同胞之资助，汉校于以不坠。越七年，复因经费不继中辍，嗣遂专心致力于中学。此际明德成绩，已大显于时，得政府倡导，拨俄款十五万金，作新建校舍之用；复自十七年春，月助二千金，校事赖以进展，先生輥[5]然如也，欿[6]然如也。先生于死友中，最不忘者二人，一曰黄克强，一曰谭组安。当语黄曰："养成中等社会，实为立国之本图，惟其事稳而难为；公倡革命，乃流血之举，我为此事，则磨血之人也。"茶陵弃国前，屡寓书先生，推勉交至。一则曰："近益感于国人之无教育，仍不能不望之我明德。"再则曰："我辈惟公有职业，不可不勉。"三则曰："死不难，不死难。"壬申癸酉之交，边患日深，先生自以一身经历之痛苦，极人事之怛[7]惨，既占困石据蒺之凶，几罹沸鼎游鱼之厄！四十年来，以教育救国之夙志未酬，而国步迍邅[8]，于兹为极！先生愍[9]然忧之！每念死友之言，益坚后死之节，终其身惟知铸材以备国家之急用而臻文治之盛，百折不已，老当益壮！荣名权位，视同敝屣；而操守清廉，自奉刻苦。生平为学校筹款，以巨万计，不以毫丝济其私，盖尤为难能！先生襟抱高朗，尤可于其图记中觇[10]之：一曰"磨血人"，盖取革命流血，教育磨血之意者也，一曰"纯一不杂"，赵尔巽抚湘极口称赞明德如是，因镌以自勉。一曰"从苦打出"，其艰苦卓绝，此四字殆足以尽之。一曰"精神生活"，恬澹和乐，跃然纸上。一曰"无所为而为"，脱屣名利，终身不易！晚年入蜀，又镌"暮年烈士"以自励云。先生又喜集句或自为楹联，请时贤书之，悬之校中以自勉勉人，盖尤可于其中见先生之风骨与抱负：王闿运侍讲为书二横匾，一曰"忍耐力希望心"；一用屈句，"虽九死吾犹未悔"。二十年校庆日请谭延闿先生书"毋忘此日"一横额以自勖[11]，先生从兄元常为书一联曰："诚心实力，有错无私。"清学务处总办张鹤龄击节下联，因订深交，于以保全学校与黄克强者也。又丐严修侍郎书联云："融异为同，化小为大；行之以渐，持之以恒。"胡汉民先生书一联曰："事本无私，欲公诸世；求同乎理，不异于人。"上联为福泽谕吉语，下联则王阳明语也。吴敬恒先生篆联云："乐取与人以为善，困而不失其所亨。"晚岁复请谭泽闿先生书一联曰："病里方知劳是药，老来惟有爱难忘。"若是之类，夥颐[12]沉沉，大都夫子自道，而人恒即之以见其弘毅。取"坚苦真诚"为明德校训，尤重躬行实践，既低首阳明，受诵《传习录》，及《明儒学案》，尝集其粹语，裒[13]为一辑，命名《修身约言》，昭示后生。学者受其沾溉，人才辈出，蔚为校风。御倭军兴，中央邀先生为参政员，须发如雪，与张伯苓、张一麟诸老，婆娑其间，时论美之。身虽困驻重庆，主持校务如昔。先生貌风清癯，又以平日劳瘁，心力早衰，夙患血管硬化，每有刺激，血压辄高至二百余度。客岁五月，忽患血管阻塞，时愈时剧；旋转恶疟，延至十一月二十四日上午十一时，在歌乐山八块田寓次去世，享年六十有九。子三：长牧，重庆大陆银行经理；次毅，华中大学教育学院院长；季微，教育部音乐教育委员会秘书。先生晚年别署"乐诚老人"。著有《耐庵言志》三集行世。四集待梓。

论曰：先生以教育救国自矢，黾勉[14]从事如一日，匪独不计成败利钝，抑且不计生死祸福！其热诚与坚忍，世罕其匹。古人云"择善固执"，先生有焉，爰备述遗行，以俟与史家之要删。

注释

1. 选自《明德校史》（湘行印刷厂1948年版）。陈毖涛，明德中学早期语文教师。
2. 劄（zhá）：古代一种公文，多用于上奏。后来也用于下行。
3. 襆（fú）被：用布单包扎衣被，准备行装。
4. 浸（qīn）：逐渐。
5. 囅（chǎn）：笑的样子。
6. 欿（kǎn）：不自满。
7. 怛（dá）：痛苦，忧伤。
8. 迍邅（zhūn zhān）：困顿，处境艰难。
9. 惄（nì）：忧愁的样子。
10. 觇（chān）：偷看，侦察。
11. 勖（xù）：勉励。
12. 夥（huǒ）颐：叹词，表示惊讶或感叹。
13. 裒（póu）：聚集。
14. 黾（mǐn）勉：勤勉，努力。

阅读指津

　　《胡子靖先生家传》是一篇典型的传记。作者先简要介绍了胡子靖先生的家世，随后紧扣"兴办明德"、教育救国的主线来组织材料，重点记叙了他在聘名师、筹钱款过程中遭遇的重重困难，集中表现了胡老先生为了兴学育才、储才建国而"匪独不计成败利钝，抑且不计生死祸福"的崇高精神。

　　作为教育家的胡子靖先生，与辛亥革命的主将之一黄兴先生是患难之交、君子之交。他曾对黄兴说："养成中等社会，实为立国之本图，惟其事稳而难为；公倡革命，乃流血之举，我为此事，则磨血之人也。"

蒋廷黻：开山的人[1]

⊙ 傅国涌

1949年以后，蒋廷黻这个名字对我们是陌生的。1949年以前他在学界、政界都是一个非常著名的人物。他中等身材，长着中国人的团圆脸，由于思路敏捷而显得英俊潇洒。他是历史学家，以主张史学改革名噪一时，是公认的中国近代外交史专家和这一研究领域的开拓者。他著作不多，其中影响最大、流传最广的是他在1938年花了两个月时间，"对我国近代史的观感"所作的一个"简略"的"初步报告"——《中国近代史》，正是这本小书奠定了他在中国近代史研究领域的学术地位，也折射出他那一代沐浴过欧风美雨的学人对民族前途、命运的忧虑与思考。

蒋廷黻1895年12月7日生于湖南宝庆（今邵阳）一个薄有田产的农家，从祖父一代起，就兼营铁器铺。他6岁丧母，但受到了继母的善待。父亲"很有经商的天赋，而且是一位民间领袖"，经常为乡里邻居"排难解纷"。对他早年人生历程影响最大的是他的二伯父，这位二伯父决心要他"努力读书，求取功名"，安排他到明德小学上学，从小就开始学习英语，接触新学。

1912年，17岁的蒋廷黻只身赴美，1914年至1918年在俄亥俄州奥柏林学院就读，主修历史学，获学士学位。1919年在哥伦比亚大学研究院就读，1923年获哲学博士学位，4年中接受了作为"新史学"基石的进化史观。

1923年，蒋廷黻学成回国，在南开大学任历史系教授，得到了张伯苓校长的赏识和支持。南开6年为他奠定了中国近代外交史乃至近代史研究的基础。

1928年，罗家伦出任清华大学校长，亲自到南开邀请蒋廷黻来领导清华历史系。蒋对南开依依不舍，没有答应去清华，罗便坐着不走，熬了一夜，蒋终于答应了。

蒋廷黻刚到清华时，曾找公认的汉代史权威杨树达先生教他汉朝历史。他说："杨教授，你能给学生和我正确扼要地讲一讲汉代

400年间都发生过什么事，汉代重要的政治、社会和经济变化如何吗？"名闻天下的杨先生居然面有难色，表示自己从未想过这些问题，书中没有讨论过。

　　留美11年的蒋廷黻吃惊地发现，西方的史学经过长期积累，早已形成一套大家共同接受的历史研究体系。但中国的史学只有丰富的史料，对历史缺乏整体的理解和共同的规范。每个人都是专家，研究都是从头开始，往往重复别人的工作，进步有限。他大刀阔斧地进行改革，大胆发掘、起用一批年轻有为的学者如张荫麟、吴晗等开新课。

　　他在清华6年先后兼任历史系主任、文学院院长等职，在他的领导下，清华大学历史系改变了"治史书而非史学"的传统研究方法，隐约形成了与王国维、陈寅恪迥然不同的另一个新的清华学派：重综合、重分析、重对历史的整体把握。他本人就是这一学派的身体力行者，薄薄的一本《中国近代史》，将史料都吃透了，融合在他对历史的独到看法之中。美国著名的中国问题专家费正清回忆，1932年初次见到蒋廷黻时，蒋才36岁，却"已经执中国近代史研究之牛耳。"

　　但蒋廷黻并不是一个埋头书斋、不问世事的知识分子，他心目中的理想人物是那种敢于担当、敢于牺牲、敢于行动的经世之士，比如曾国藩。他感到惋惜的是曾生得太早，对西方文化、现代化不甚了解。他认定，知识分子要做现代人，而现代人是动的，不是静的；是入世的，不是出世的。这些观点后来都包容在他的近代史研究中。

　　"九一八"事变后，国难当头，他常常与胡适、丁文江、傅斯年等英美留学归来的自由知识分子聚在一起，讨论国事。在他的推动下，1932年5月他们创办了著名的《独立评论》周刊。几年间他一共在《独立评论》发表了60篇政论，有些同时还在《大公报》发表，这算是他书生议政的时期。

　　1933年12月，他发表了《革命与专制》一文。面对大大小小的军阀割据，连绵不绝的内乱，国不成国，他从欧洲近代历史演进中，发现了西方现代化的两部曲：第一是建国，建立集权的中央政府和统一的社会秩序，第二才是用国来谋幸福。

　　以1935年12月为界线，蒋廷黻的一生大致上可以分为两半。他的前半生主要是历史学家，从1923年到1935年，虽然他最重要的著作是1938年写的，但主要观点在此期间已经形成。后半生弃学从政。晚年时，一位毕生做学问的老友毛子水问他："廷黻，照你看是创造历史给你精神上的快乐多，还是写历史给你精神上的快乐多？"他没有直接回答，而是反问："现在到底是知道司马迁的人多，还是知道张骞的人多？"命运似乎和他开了一个大玩笑，他大半生试图创造历史，并没有留下什么值得一提的政绩，而不经意间写下的一本小册子《中国近代史》，却在某种程度上成就了他做司马迁的梦想。在清华教书期间，他本想用10年时间写一部近代史，这一宏愿终于因为半路从政而未成，《近代中国外交史资料辑要》下卷最终也没有完成。

　　1935年末，蒋介石亲自兼任行政院院长，任命非国民党党员的蒋廷黻担任政务长。

　　上任不久他曾写信给美国的费正清："就生活而论，我更加喜欢当教授。当我回想起与充当教师有关的悠闲的生活、书籍和著作之际，有时我不禁潸然泪下。"然而一个大学教授，从书生议政到书生从政，即使想重操旧业也几乎没有可能了。好在他认为官只是尽一个公民的责任，为国家服务罢了。他之弃学从政丝毫也没有装腔作势、半推半就，就如他当初进清华时一样，他进政府也大刀阔斧地倡导改革。短短3个月中，他对政府部门的结构做了一番研究，发现机构臃肿、叠床架屋，大大影响了行政效率。蒋介石要他拿出改革建议，他拟了份精简机构的方案，却遭到官僚、政客的激烈反对。他仿照西方的做法，提出征收所得税时，必须以真实姓名登记财产。为此他到处游说但无人响应。曾与蒋廷黻在联合国共事过的外国外交官这样评价他："他是一个简单的人，不复杂的人。他像一头牛，充满着笨劲，一直往前冲，眼睛只往前看，这使他能够排除万难而达到他的目标。这是他的可爱之处，也是他成功之处。"

蒋廷黻不随波逐流，不同流合污，始终坚持了一个知识分子的独立人格。

注释

1. 选自《读者》2013年第8期，有删节。傅国涌，当代知名学者、思想家，自由撰稿人，1967年生于浙江乐清，现居杭州。蒋廷黻（1895—1965），字绶章，笔名清泉，历史学家、外交家，湖南省宝庆府邵阳县（今属邵东县）人。

阅读指津

本文按照先总后分的写法，从蒋廷黻的《中国近代史》着笔，指出这本小书展示了他对历史的独到看法，为中国的史学研究带来了新的方法、新的观念，因而称他是一个"开山的人"。接着以时间为序，从求学到为师，从治学到从政，让我们看到了作为历史学家、爱国知识分子和外交家的蒋廷黻。

本文的文字很温和，细细读来，温和的文字之下暗藏着悲怆与隐痛，"悲史学专家之装哑，焦民主之难产，痛民族之不振"。作者在还原一个真实而丰富的人物的同时，融入了自己对人事沧桑巨变，对历史流转变迁的独特见解，置今论古，以古喻今，在大手笔与大格局中，让我们从历史中触摸现实，在历史中寻找未来。

金岳霖先生[1]

⊙ 汪曾祺

西南联大有许多很有趣的教授,金岳霖先生是其中的一位。金先生是我的老师沈从文先生的好朋友。沈先生当面和背后都称他为"老金"。大概时常来往的熟朋友都这样称呼他。关于金先生的事,有一些是沈先生告诉我的。我在《沈从文先生在西南联大》一文中提到过金先生。有些事情在那篇文章里没有写进,觉得还应该写一写。

金先生的样子有点怪。他常年戴着一顶呢帽,进教室也不脱下。每一学年开始,给新的一班学生上课,他的第一句话总是:"我的眼睛有毛病。不能摘帽子,并不是对你们不尊重,请原谅。"他的眼睛有什么病,我不知道,只知道怕阳光。因此他的呢帽的前檐压得比较低,脑袋总是微微地仰着。他后来配了一副眼镜,这副眼镜一只镜片是白的,一只是黑的。这就更怪了。后来在美国讲学期间把眼睛治好了——好一些,眼镜也换了,但那微微仰着脑袋的姿态一直还没有改变。他身材相当高大,经常穿一件烟草黄色的麂皮夹克,天冷了就在里面围一条很长的驼色的羊绒围巾。联大的教授穿衣服是各色各样的。闻一多先生有一阵穿一件式样过时的灰色旧夹袍,是一个亲戚送给他的,领子很高,袖口极窄。联大有一次在龙云的长子、蒋介石的干儿子龙绳武家里开校友会——龙云的长媳是清华校友,闻先生在会上大骂"蒋介石,王八蛋!混蛋!"那天穿的就是这件高领窄袖的旧夹袍。朱自清先生有阵披着件云南赶马人穿的蓝色毡子的一口钟。除了体育教员,教授里穿夹克的,好像只有金先生一个人。他的眼神即使是到美国治了后也还是不大好,走起路来有点深一脚浅一脚。他就这样穿着黄夹克,微仰着脑袋,深一脚浅一脚地在联大新校舍的一条土路上走着。

金先生教逻辑。逻辑是西南联大规定文学院一年级学生的必修课,班上学生很多,上课在大教室,坐得满满的。在中学里没有听说有逻辑这门学问,大一的学生对这课很有兴趣。金先生上课有时要提问,那么多的学生,他不能都叫得上名字来,联大是没有点名册的,他有时一上课就宣布:"今天,穿红毛衣的女同学回答问题。"于是所有穿红衣的女同学就都有点紧张,又有点兴奋。那时联大女生在蓝阴丹士林旗袍外面套一件红毛衣成了一种风气——穿蓝毛衣、黄毛衣的极少。问题回答得流利清楚,也是件出风头的事。金先生很注意地听着,完了,说:"Yes!请坐!"

学生也可以提出问题,请金先生解答。学生提的问题深浅不一,金先生有问必答,很耐心。有一个华侨同学叫林国达,操广东普通话,最爱提问题,问题大都奇奇怪怪。他大概觉得逻辑这门学问是挺"玄"的,应该提点怪问题。有次他又站起来提了一个怪问题,金先生想了一想,说:"林国达同学,我问你一个问题,Mr. 林国达 is perpenticular to the blackboard(林国达君垂直于黑板),这什么意思?"林国达傻了。林国达当然无法垂直于黑板,但这句话在逻辑上没有错误。

林国达游泳淹死了。金先生上课,说:"林国达死了,很不幸。"这一堂课,金先生一直没有笑容。

有一个同学,大概是陈蕴珍,即萧珊,曾问过金先生:"您为什么要搞逻辑?"逻辑课的前一半讲三段论,大前提、小前提、结论、周延、不周延、归纳、演绎……还比较有意思。后半部全是符号,简直像高等数学。她的意思是:这种学问多么枯燥!金先生的回答是:"我觉得它很好玩。"

除了文学院大一学生必修课逻辑,金先生还开了一门"符号逻辑",是选修课。这门学问对我来说简直是天书。选这门课的人很少,教室里只有几个人。学生里最突出的是王浩。金先生讲着讲着,有时会停下来,问:"王浩,你以为如何?"这堂课就成了他们师生二人的对话。王浩现在在美国。前些年写了一篇关于金先生的较长的文章,大概是论金先生之学的,我没有见到。

王浩和我是相当熟的。他有个要好的朋友王景鹤,和我同在昆明黄土坡一个中学教书,王浩常来玩。来了,常打篮球。大都是吃了午饭就打。王浩管吃了饭就打球叫"练盲肠"。王浩的相貌颇"土",脑袋很大,剪了一个光头,联大同学剪光头的很少,说话带山东口音。他现在成了洋人——美籍华人,国际知名的学者,我实在想象不出他现在是什么样子。前年他回国讲学,托一个同学要我给他画一张画。我给他画了几个青头菌、牛肝菌,一根大葱,两头蒜,还有一块很大的宣威火腿——火腿是很少入画的。我在画上题了几句话,有一句是"以慰王浩异国乡情"。王浩的学问,原来是师承金先生的。一个人一生哪怕只教出一个好学生,也值得了。当然,金先生的好学生不止一个人。

金先生是研究哲学的,但是他看了很多小说。从普鲁斯特到福尔摩斯,都看。听说他很爱看平江不肖生的《江湖奇侠传》。有几个联大同学住在金鸡巷,陈蕴珍、王树藏、刘北汜、施载宣(萧荻)。楼上有一间小客厅。沈先生有时拉一个熟人去给少数爱好文学、写写东西的同学讲一点什么。金先生有一次也被拉了去。他讲的题目是"小说和哲学"。题目是沈先生给他出的。大家以为金先生一定会讲出一番道理。不料金先生讲了半天,结论却是:小说和哲学没有关系。有人问:那么《红楼梦》呢?金先生说:"《红楼梦》里的哲学不是哲学。"

他讲着讲着，忽然停下来："对不起，我这里有个小动物。"他把右手伸进后脖颈，捉出了一个跳蚤，捏在手指里看看，甚为得意。

金先生是个单身汉（联大教授里不少光棍，杨振声先生曾写过一篇游戏文章《释鳏》，在教授间传阅），无儿无女，但是过得自得其乐。他养了一只很大的斗鸡（云南出斗鸡）。这只斗鸡能把脖子伸上来，和金先生一个桌子吃饭。他到处搜罗大梨、大石榴，拿去和别的教授的孩子比赛。比输了，就把梨或石榴送给他的小朋友，他再去买。

金先生朋友很多，除了哲学家的教授外，时常来往的，据我所知，有梁思成、林徽因夫妇，沈从文，张奚若……君子之交淡如水，坐定之后，清茶一杯，闲话片刻而已。金先生对林徽因的谈吐才华，十分欣赏。现在的年轻人多不知道林徽因。她是学建筑的，但是对文学的趣味极高，精于鉴赏，所写的诗和小说如《窗子以外》《九十九度中》风格清新，一时无二。林徽因死后，有一年，金先生在北京饭店请了一次客，老朋友收到通知，都纳闷：老金为什么请客？到了之后，金先生才宣布："今天是徽因的生日。"

金先生晚年深居简出。毛主席曾经对他说："你要接触接触社会。"金先生已经80岁了，怎么接触社会呢？他就和一个蹬平板三轮车的约好，每天蹬着他到王府井一带转一大圈。我想象金先生坐在平板三轮上东张西望，那情景一定非常有趣。王府井人挤人，熙熙攘攘，谁也不会知道这位东张西望的老人是一位一肚子学问、为人天真、热爱生活的大哲学家。

金先生治学精深，而著作不多。除了一本大学丛书里的《逻辑》，我所知道的，还有一本《论道》。其余还有什么，我不清楚，须问王浩。

我对金先生所知甚少。希望熟知金先生的人把金先生好好写一写。

联大的许多教授都应该有人好好地写一写。

注释

1. 选自《汪曾祺全集》（第四卷）（北京师范大学出版社1998年版）。金岳霖（1895—1984），字龙荪，哲学家、逻辑学家，湖南长沙人，1907年进入明德高中第三班学习。汪曾祺（1920—1997），江苏高邮人，小说家、散文家、戏剧家。

阅读指津

本文集中笔墨写了金先生的几个独特之处：独特的外貌特征、独特的教学风格、独特的专业理解、独特的情感世界、独特的生活情趣。在介绍金先生的同时，还记叙了闻一多、朱自清、林国达、陈蕴珍、王浩等朋友和学生，给我们描绘了一个立体的金岳霖先生。在学术上金先生聪敏过人，严谨犀利；在现实生活中，金先生却不谙世故，真诚坦荡，特立独行。

本文语言平实而有韵味，笔法轻松活泼、幽默诙谐。作者对金先生的崇敬之情，溢于言表。如文章结尾"谁也不会知道这位东张西望的老人是一位一肚子学问、为人天真、热爱生活的大哲学家"，平平淡淡的一句话，却是对金先生一生的高度评价。

深切怀念华罗庚先生[1]

⊙ 丁夏畦

还是在解放前,华罗庚就是中国最著名的数学家。大江南北,长城内外,谁都知道中国有个华罗庚。新中国成立后,正因为有了华罗庚,才有了新中国数学的蓬勃发展,才有了中国数学研究的广阔领域,才有了一代代茁壮成长的以陈景润为杰出代表的新中国的数学家。华罗庚是公认的中国数学发展的奠基者和领导人。

上世纪50年代,华罗庚教授刚从国外回来筹建中国科学院数学研究所。他从全国各地物色优秀的青年到数学研究所工作。我当时正在武汉大学数学系学习,即将毕业。由孙本旺教授(武汉大学教授,曾是华罗庚的助手)推荐,毕业后即来数学研究所工作。刚来时,一方面听华老师讲解他的典型群理论,另一方面华老还让我读数论的文章,考虑群论和体论的问题。有一次,我在华老的书架上看到了许多蒂奇马什(E.C.Titchmarsh)关于Riemann zeta-函数的论文单行本。华老看见我翻阅那些文章就说,你将来研究Riemann zeta-函数也很好,但当时我到底做什么方向和问题还没有定。后来,全国很快就开展"三反"运动,我们都全身心投入到运动中去,讲课也因此终止。不久,我又被发现患了肺结核,卧病在清华园数学所的小楼上,当时心情很不好。每晚七八点钟的时候,我就听到自远而近的华老的手杖着地声,直到我住的房间——华老来看望我,安慰我,要我不要着急,养好病后再工作,一定会有成就的。一天,他很高兴地跟我说,他做出了典型域的解析函数的完整正交系。他绘声绘色地跟我讲述,但我当时什么也听不懂。到1953年,所内正式恢复科研工作,全所青年面临选择方向的问题。我考虑再三,觉得还是选择与国家建设、与实际应用联系更密切的偏微分方程为好。我征得华老的同意,从此就跟随吴新谋先生从事偏微分方程的学习与研究工作,一直延续了几十年。这段时间与华老在业务上直接联系较少,但华老还是不断地关心我们的工作。例如,华老对我们从事的混合型方程和椭圆组的工作很感兴趣。在混合型方程方面,他提出了一个新型的极为有趣的混合型方程(我们其实应该叫它华罗庚方程)。该方程在单位圆内为椭圆型方程,单位圆外为双曲型方程。他运用他独有的单位圆技巧作出了精巧的解式，这总结在他的名著《从单位圆谈起》中。在椭圆组方面，华老在广州讲学时要王康廷、马汝念报告了他们和我、张同合作的有关实系数椭圆组的狄氏问题唯一性的工作，华老很感兴趣。后来，他指导林伟和吴滋泉用他纯熟的矩阵技巧，大大简化了我们的证明，并顺带解决了苏联数学家 Vishik 提出的一个猜想。

多年来，我体会到华老的一个与众不同之处，就是他往往有着化腐朽为神奇的能力。在前人已经手足无措的地方，华老往往能推陈出新，绽放出绚丽的花朵。再举个例子，就是华老关于广义函数论的工作，他在这里能发前人之未发，还是从单位圆出发，演化出许多新奇思想。他把形式的 Fourier 级数看作是一个单位圆周上的广义函数，这是一类很广的广义函数，进而深刻研究了许多子类。特别是一种重要的 H 类（我们称之为华类），这是单位圆内调和函数的边值（广义），因此和偏微分方程的研究密切相关。我学习了其中一小部分，结合弱收敛级数进行了一些工作，在守恒律的 delta 波研究中获得了应用。但我觉得华老关于广义函数论的工作中还有许多丰富的内容可以作为进一步研究的起点，其思想远未穷尽。

华罗庚是一个名副其实的数学大师，我只是接触到他工作的一部分，而且不是他工作的主要部分，就已经获益匪浅。华老真是有如孔子所曰"郁郁乎文哉"！

1980 年，我参加了以华罗庚为团长的中国数学家访美代表团，与华老朝夕相处了一个月之久。我们谈了许多，有学术方面的，也有其他方面的。我们也谈到了刚建数学所时的情况，真是感慨良多。我深切体会到过去孙本旺先生对我说的话，华先生对年轻人的成长是很热心的、很愿意帮助的。我回忆在我的成长过程中，在某些时候，华先生的帮助和影响是很关键的。但我感到很惭愧，因为我未对华老有过任何的回报与感谢，我只有在心中永远地、深深地怀念他。

注释

1. 选自《科学时报》（2010 年 10 月 18 日）。丁夏畦（1928—2015），湖南省益阳县（今桃江县）人，1944 年明德中学高 29 班学生，中国科学院院士，数学家，长期以来从事偏微分方程和函数空间等方面的研究。华罗庚（1910—1985），数学家。

阅读指津

1. 作者说："因为有了华罗庚，才有了新中国数学的蓬勃发展，才有了中国数学研究的广阔领域，才有了一代代苗壮成长的以陈景润为杰出代表的新中国的数学家。"请查阅资料，进一步了解华罗庚在数学方面"化腐朽为神奇"的伟大贡献。

2. 本文主要从"华先生对年轻人的成长是很热心的、很愿意帮助的"的角度来写华老对自己的关心和爱护，培养和提携，请认真阅读全文，看看作者记叙了哪些典型事例来说明华老对自己的影响和帮助。

3. 华罗庚先生曾说："如果说，科学上的发现有什么偶然的机遇的话，那么这种'偶然的机遇'只能给那些学有素养的人，给那些善于独立思考的人，给那些具有锲而不舍的精神的人，而不会给懒汉。"试谈谈我们怎样才能抓住那"偶然的机遇"。

评诗论文 卓然不群

文学批评，是以文学鉴赏为基础，以文学理论为指导，对作家作品（包括文学创作、文学接受等）和文学现象（包括文学运动、文学思潮和文学流派等）进行分析、研究、认识和评价的科学阐释活动，是文学鉴赏的深化和提高。通过对文学作品进行分析和评论，既能影响作家对文学的理解以及文学作品创作的发展，又能影响读者对文学作品的鉴赏以及文学社会功能的发挥。优秀的文学批评不仅会对同时代个别作家作品起到支持、鼓励和指导作用，还会对同时代作家群体的创作思想和艺术倾向产生很大影响，甚至能改变一代文学风尚。它不仅能提高读者的接受能力和艺术趣味，还能促进社会和时代的审美理想的形成。

本单元所选的文章，为我们了解历史，了解文学，提高审美鉴赏水平，提供了全新的视角。刘永济、胡小石，为明德早期校友，国文教师。刘永济有"词学泰斗"之称；胡小石系当时著名学者；陶敏教授1955年毕业于明德中学，在古典文学方面造诣颇深，是当代古文献研究专家。

以史料为证，以文本为据，比较分析，旁征博引，高屋建瓴，见识卓然超群，是本单元评论的共同特点。大师们学养丰赡，胸襟开阔，是我们治学的楷模。

文学与艺术（节选）[1]

⊙ 刘永济

1. 艺术之根本何在

文学为艺术之一，此中西学者所同认。本论第一章谓其同出一源，尚不足以明此义。欲明此义，必先知艺术之根本何在。

艺术者，应人类精神上一种要求而成立者也。人类有求真之要求，于是有哲学；有求善之要求，于是有伦理；有求美之要求，于是有艺术。故哲学以求智为根本，伦理以合理为根本，艺术以善感为根本。哲学属于智识，伦理属于行为，艺术属于情感。智识、行为、情感，为人类精神上之作用。其施于思考方面，则名智识；施于动作方面，则名行为；施于感应方面，则名情感。智识正确则真，行为适当则善，情感高尚则美。三者实异用而同体，故未可强为区别。

是故真善美之于人类也，实同圆而异其中心。人类之精神如一圆球，哲学家则执真为其中心，而不可废善与美；伦理学家则执善为其中心，而不可废真与美；艺术家则执美为其中心，而不可废真与善。特因其所执有异，遂觉伦理、哲学、艺术，于此三者各有轻重。且当其用功独至之时，反似三者各不相谋，于是有艺术独立论与艺术人生论之争。不知执一为中心者，注目之方向有专在，所以便于研究耳。倘真有轻重，或真不相谋，则不啻于人类精神上显然分出三个各异之物矣。如果各个离异，则哲学、伦理、艺术，皆不应成。故安诺德曰："Beauty is truth seen from another side."

再就他方面言之，善既属之行为。而行为之中即有智识与情感共同之作用存。此不啻谓善即真与美之共同作用也。而真与美又即理与情二者之别名。而至理至情，岂复有异？至理必不违至情，至情岂复背至理？故艺术之高者，情深者于其中见至情焉，理邃者于其中见至理焉。是又不啻谓真即美美即真矣。故真善美三者本不可分，而分之者，注目之点不同，以便于研究耳。知同不可分，则不至党同伐异，入主出奴。

知执可一，则用志不分，精神不乱。此又同圆而异其中心之一说也。

2. 文学之美

文学既为艺术，当然执美为其中心。文学必如何始美，即为今所当论。文学之美，初在能自感，继在能感人。能自感未必专属于文学家，能感人则文学家之专责。自感者，观察之功也。感人者，表现之事也。所谓观察者，即对于人情物态能了悟其因缘结果，判断其是非、善恶。蕴蓄于心，郁郁勃勃，既久且多，而后发泄之。所谓表现者，即将心中所蕴蓄而欲发泄者，综合而表曝之。前者属于内，故或称内美（Internal beauty）；后者属于外，故或称外美（External beauty）。然内美必借外美而彰，外美必资内美而成。两者不容偏废，亦不能偏废。譬如一纸之二面，不可缺一，亦不能缺一。是故徒工炼字铸句，不足谓文；徒有思想情感，亦不足谓文。所谓文者，内外同符，表里相发者也。刘彦和《文心雕龙·情采篇》，论此理最佳。彼所谓情，即属于内者；彼所谓采，即属于外者。今录二节如下：

> 夫铅黛所以饰容，而盼倩生于淑姿；文采所以饰言，而辩丽本于情性。故情者文之经，辞者理之纬。经正而后纬成，理定而后辞畅。此立文之本源也。
>
> 昔诗人什篇，为情而造文；辞人赋颂，为文而造情。何以明其然？盖风雅之兴，志思蓄愤，而吟咏情性，以讽其上，此为情造文也；诸子之徒，心非郁陶，苟驰夸饰，鬻声钓世，此为文而造情也。故为情者，要约而写真；为文者，淫丽而烦滥。而后之作者，采滥忽真，远弃风雅，近师辞赋。故体情之制日疏，逐文之篇愈盛。故有志深轩冕，而泛咏皋壤，心缠几务，而虚述人外。真宰弗存，翩其反矣。

盖自感愈深，则感人愈强；观察愈密，则表现愈难。以妙心运其密，以巧技御其难，自能成天下至美之文，亦即彦和所称为情而造之文也。其所造出于真宰，自非泛咏虚述之烦滥矣。

究之内美外美之说，亦强立之名。仅只有其一，已不足称美。今细加观察，凡最美而可贵之文学，必具下列之四种工夫：

（1）道德与智慧　常隐而不显，常先而不后，即文学家平日用以了悟与判断者。（道德即善，智慧即真，真善与文学之关系如此。知此则前论更明。）

（2）情感　自感与感人。先由作者之情，造文中之情；再以文中之情，感人之情。

（3）表现之法　先选材料，次择体制，再次工修辞。

（4）精神　此即上列三事之结合。昔人论文所谓气象、神味、态度，皆是。

以上四种，似有先后之层次。然而缺一，则其美不全。第一层当于下章专论之，今姑举二三四说明之于后。

3. 文学与情感

情感之于人，至难捉摸，而具无限之力，常可以致生死定安危，故至为重要。盖喜怒哀乐，乃有生所同具，特因有过与不及之分，遂不得不有调济之具，使之归于和平中正。艺术之功，即在调济人之情感。故奏破阵之乐，则可以作军士克敌之气。观普法战图，则可以振国民复耻之心。此调济不及者之明证也。其调济太过之情者，观《说苑》所载魏文侯之事，与尸子论瑟之语可知。

《说苑·奉使篇》曰："魏文侯封太子击于中山，三年，舍人赵仓唐继北犬奉晨凫献于文侯。文侯召仓唐而见之，曰：'子之君何业？'曰：'业《诗》。'文侯曰：'于《诗》何好？'曰：'好《晨风》《黍离》。'文侯自读《晨风》，曰：'鴥彼晨风，郁彼北林。未见君子，忧心钦钦。如何如何，忘我实多。''子之君以我忘之乎？'仓唐曰：'不敢。时思耳。'文侯复读《黍离》，曰：'彼黍离离，彼稷之苗。行迈靡靡，中心摇摇。知我者，谓我心忧；不知我者，谓我何求。悠悠苍天，此何人哉？'曰：'子之君怨乎？'仓唐曰：'不敢，时思耳。'文侯乃出少子挚封中山，而复太子击。

"尸子曰：'夫瑟二十五弦，其仆人鼓之则为笑。贤者鼓之，欲乐则乐，欲悲则悲，虽有暴君，立为之变。'"

故情感以道德智慧为根基，则得其正。所谓"喜怒哀乐发而皆中节谓之和也"。
《诗》序谓《变风》"发乎情，止乎礼义"；孔子称《关雎》"乐而不淫，哀而不伤"；又曰："诗三百，一言以蔽之，曰：'思无邪'。"皆言情感之得其正者。

文学之作，在能感化人。然必作者为用情极真挚之人，其所作之文，始有至情流露而使人读之生感。英国十九世纪小说名家沙克雷（Thackeray），自言其叙钮康太尉（Colonel Newcomes）之死，曾痛哭数日，此其自感深也。

其感人甚深者，如小说家狄更司（Dickens）著《孝女耐儿传》（*Old Curiosity Shop*）一书，叙耐儿（Little Nell）之事，颇感动读书者。当其著后卷时，读者恐耐儿之结果必至于死，争投书与狄更司求其勿令耐儿得死之结果者，达数百人。可见其感人之深矣。

又如晋王裒读《诗》，至"哀哀父母，生我劬劳"，必三复流涕。门人受业者，至为之废《蓼莪》之诗。又东坡谪惠州时，作《蝶恋花》词曰：

花褪残红青杏小，燕子飞时，绿水人家绕。枝上柳绵吹又少，天涯何处无芳草。
墙里秋千墙外道，墙外行人，墙里佳人笑。笑渐不闻声渐悄，多情却被无情恼。

侍儿朝云唱至第三句，泪满衣襟。东坡诘其故。答曰："我所不能歌者，'枝上柳绵吹又少，天涯何处无芳草'也。"东坡曰："我正悲秋，汝又伤春矣。"又《儒林琐记》载："王士正七岁时，读《诗》'燕燕于飞',凄感不已。"凡此皆感人极深者。

由以上数事观之,文学之美者,虽侍儿小童,皆能生感。虽其所感之事,未必定与作者相同。然作者之情悲,而感者之情亦悲,是文之佳者。能引人之同情,美之至矣。

4. 表现之法

表现之事,乃心理之自然。盖人心有所感,自以抒而出之为快。至于抑郁之情,尤必有所告诉,如得人之同情,亦可以自慰而减其愁苦。但表现于文字必有方法,亦不可率然而成。因真挚之情、冥渺之意,欲以能力有限之工具而传达之,其事者亦非甚易。故表现约有三事,皆不可少者。

(1) 选材料

选材料者,作者之情必附丽于事物以现。此附丽之事物,即文中之材料。作者当未作之先,于其材料必加选择之功。如雍门周欲以琴讽孟尝君,必历叙劳人思妇孤臣孽子之事,必历数贵贱生死变幻无常之理,而后能使孟尝君一闻琴声,即凄然泣下,如亡国破家之人也。既作之时,又必须于错综交互之中,有一贯之条理,轻重多少之间,有均称之铢两,使人一览而知其用意所在。此陆士衡《文赋》所谓一篇之警策也。

(2) 择体制

择体制者,材料既选得,求所以位置之具也。材料如水,体制如器。器方则水方,器圆则水圆。各适其宜,则水与器无伤,倘平常契约之事,而写以比兴之诗体,则契约必生纠纷。市井买卖之券,而书以典丽之赋体,则买卖必费解释。《颜之推家训》,讥当时文人作文,不知体制。喜用典故,谓博士买驴,书卷三纸,未有"驴"字,以为可笑。故材料安置不得适当之体,亦足使文章减色。昔人讥苏子瞻词如诗,秦少游诗如词。诗词之体微不同,尚不可随意,足见辨体乃表现极要之事矣。

(3) 工修词

工修辞者,材料已得,体制已定,而能力有限之文字,往往使人有不足应用之苦,必至表现者与所表现者,不能锱铢相等,纤毫不遗。于是表现之事乃生困难。文学家感此困难,于是有修辞之法。修辞之法乃就文字之短处而利用之,即以有限能力之文字,用成无限。故用字之功,为文学家不可少之事。能讲修辞之功,则少字可以表多意,常字可以言深情,一切可喜可愕之景、可歌可泣之事,皆可毕现,而幽深之情,亦跃跃纸上。故沈约称司马相如工为形似之言,即修辞家所谓"比方"(simile),"类状"(metaphor)也;刘彦和所谓"夸饰";胡仔所谓"激昂之言",即 hyperbole 也;俞曲园所谓"大名代小名,小名代人名",即 synecdoche 也。详细条目,见拙编《修辞浅说》。兹略举古人所论数条于后。

> 胡仔《苕溪渔隐丛话》曰:"激昂之语,盖出于诗人之兴。'周余黎民,靡有孑遗'是也……激昂之言,孟子所谓'不以文害辞,不以辞害志'。初不可形迹考,然如

此乃见一时之意。余游武侯庙,然后知《古柏诗》所谓'柯如青铜根如石'信然,决不可改,此乃形似之语。'霜皮溜雨四十围[2],黛色参天二千尺。云来气接巫峡长,日出寒通雪山白。'此激昂之语,不如此则不见柏之大也。文章固多端,警策往往在此两体耳。"

王充《论衡》曰:"夫为言不溢,则美不足称;为文不渥,则事不足褒。"(此所谓"益"与"渥",即夸饰之辞也。)

《文心雕龙·夸饰篇》曰:"神道难摹,精言不能追其极;形器易写,壮辞可得喻其真。才非短长,理自难易耳。故自天地以降,豫入声貌,文辞所被,夸饰恒存……至如气貌山海,体势宫殿,嵯峨揭业,熠耀焜煌之状,光采炜炜而欲燃,声貌岌岌其将动矣。莫不因夸以成状,沿饰而得奇也。"

至于情感之表现,尤贵能出之以含蓄。含蓄者,抑制吾之哀乐,使之郁郁勃勃而出,不欲径情直行,以合于诗人温柔敦厚之旨。且自然力量雄厚,趣味深永。此西人所以谓一切艺术,皆抑制一己情感(self-restraint in sentiment)之事也。昔人有以"将军欲以巧服人,盘马弯弓惜不发"二语,借为形容文学家行文蓄势之状者,可谓至妙。如以之喻文学家情感抑制之状,似更真切。盖哀乐之情,必尽量宣泄,则失温柔敦厚之意。但所谓温柔敦厚者,必至情至性之人,自能抑制,不使其过度,绝非矫揉造作之事。浅人不知,则不免装模作样,纡徐摇曳矣。此东施之效颦,邯郸之学步,不但失真,且反增丑也。山谷云:"诗者,人之性情也,非强谏于庭,怨詈于道,怒邻骂坐之所为也。"此言深得风人之旨矣。

大抵文学的表现,必趣味深厚。而深厚之趣味,必使人于其所表现者之中,自能领略,故表现之法,有适当之限度。不及则人不能领略,即为晦昧或不完全之表现;太过则更无领略之余地,即为浅露或单简之表现。二者皆足使文学之美因之减色。文学家于此,殊费经营,而文学作品之优劣,即于此分界。略如工为谐语者,必于趣味最深处截然而止,否则人之听者,必疑其为述一寻常故事,而不觉其可笑也。然使所说之事,无层次、无主要点,则亦足使趣味减少。我国评论文学者论及此点,颇有精粹之语,今录数条于后,以见一斑。

《文心雕龙·隐秀篇》曰:"情在词外曰'隐',状溢目前曰'秀'。"

梅圣俞曰:"含不尽之意见于言外,状难写之景如在目前。"

张戒《岁寒堂诗话》曰:"《国风》云:'爱而不见,搔首踟蹰。瞻望弗及,伫立以泣。'其词婉,其意微,不迫不露,此其所以可贵也。《古诗》云:'馨香盈怀袖,路远莫致之。'李太白云:'皓齿终不发,芳心空自持。'皆无愧于《国风》矣。杜牧之云:'多情却似总无情,唯觉尊[3]前笑不成。'意非不佳,然而词意浅露,略无余蕴。元白张籍,其病正在此。只知道得人心中事,而不知道尽则又浅露也。后来诗人,能道人心中事者少尔,尚何无余蕴之责哉?"

以上三家之论，皆于表现之法，得其要领，发其精义矣。持此义以评论文学之工拙，无遁形矣。至于学识之文，则不厌详尽，未可以含蕴为工也。故文学之事，各有所宜，稍失其宜，皆足损其价值而失其功用。亦如夏宜葛而冬宜裘，未可变易，亦可未相非也。

注释

1. 选自《文学论》（商务印书馆 1926 年版）。选文为第四章的前四部分。
2. 团：今本作"围"。
3. 尊：通"樽"，酒杯。

阅读指津

"人类有求真之要求，于是有哲学；有求善之要求，于是有伦理；有求美之要求，于是有艺术。""三者实异用而同体，故未可强为区别。""故艺术之高者，情深者于其中见至情焉，理邃者于其中见至理焉。是又不啻谓真即美美即真矣。故真善美三者本不可分，而分之者，注目之点不同，以便于研究耳。"先生之论切中肯綮，入木三分。哲学、伦理、文学，它们各有特点又相互联系。这一节内容简明扼要地阐述了艺术之根本。

文学之美，美在哪里？美在感人。而如何感人呢？光有"炼字铸句"的外在美，不行；只有"思想感情"内在情感，也不行。文学之美，应该是"内外同符，表里相发"。这对于我们鉴赏作品和写作，应该有所启迪。

"选材料""择体制""工修辞"是文学之美的表现方法。与王国维《人间词话》中论词境的写法及观点，可谓是伯仲之间也。

词家用字法举例[1]

⊙ 刘永济

词家除用典来表达情感及增加语词色泽外，用字的关系还是很重要的一环。扬雄《法言》有"言，心声也；书，心画也"之文。他所谓"言"，即指文字。刘勰在《文心雕龙》中特著《练字》篇，讨论此事。他说："心既托声于言，言亦寄形于字。讽诵则绩在宫商，临文则能归字形矣。"这是说文字乃言语之所寄以成形者，言语则情思之所托以为声者，由情思而言语、而文字，系由隐以至显，因外以符内的一项过程。诗词家为了使其所言恰如其所欲言者，往往再三斟酌，方能如意。惟大匠不示人以朴，作者的草稿，今人不得见，因而他经营的苦心，无从得知。但诗家修改字句的故事，间或流传于宋人笔记中。例如杜甫《曲江对酒》诗"桃花细逐杨花落"句，后有见其初稿作"桃花欲共杨花语"。又如王介甫诗"春风又绿江南岸"句，初作"又到"，圈去，注曰"不好"，改为"过"，又圈去，改为"入"，旋又改为"满"，如是改至十许字，始定为"绿"。又黄鲁直诗"高蝉正用一枝鸣"句，"用"字初作"抱"，又改曰"占"、曰"在"、曰"带"、曰"要"，至"用"字始定。（《杜诗详注》于"桃花"句下注曰："蔡云：'老杜墨迹初作"欲共杨花语"，自以淡笔改三字'。"按仇兆鳌所谓"蔡云"，乃蔡梦弼的《杜诗会笺》。介甫及鲁直诗改稿见洪迈《容斋随笔》中。）从上三例看来，诗人求其所言恰如其所欲言者，其难如此，故刘勰有"富于万篇，贫于一字"之说。因由无形的情思至形成有声的文字，本非易事。杜、王、黄三君皆唐、宋大诗家，皆对于其诗一字不苟如此，岂故为此琐屑，斤斤求形式之美邪？

词家婉约一派最讲修辞，他们对于表达情思的字句，所费的工夫必然很大，自不待言。除此以外，他们为了增加语词的色泽，还运用两种方法：换字法与代字法。

换字法本骈文家常用的，主要是避免重复或因声律有碍，不得不换用同义异音的字。惟词家更有增加色泽的意思。因此之故，换字是以新鲜之字换去陈旧的字，以美丽之字换去平常的字。例如：

> 以霜丝换白发
> 以秋镜换秋水
> 以商素换秋天
> 以金缕换柳丝
> 以银浦换天河

这种换用的字最多，随处可见。但换字亦有限度，过限度反而损美。所谓限度者，不可太生僻，不可转折太多。例如秋风太平常，因"秋风为商"（见《文选·悼亡诗》"清商应秋至"注），飙者，疾风也，乃换成"商飙"可也，因"商，金音，属秋"（见《列子·汤问》篇"当春而叩商弦"注），乃换成"金飙"，亦可也。如因秋属商，商为金音，乃换成"金商"，则生僻了。又如古称月中有蟾，因以"小蟾"作新月用可也，钩本形容新月如钩，以"玉钩""银钩"作新月用可也，但如刘方权《贺新凉》词用"蟾钩"，则转折多了。姚范《援鹑堂笔记》卷五十论王安石《和文淑溢浦见寄》诗"发为感伤无翠葆"句，用"翠葆"二字曰："因'头如蓬葆'（四字见《汉书·燕刺王旦传》注曰："草丛生曰葆。"）遂以'翠葆'代绿发，不可也。"此亦太多转折了。

代字亦词家习用法，其与换字不同者，代字不但将本色字加以修饰，而且将加工设色的字代替本色字用，或是形容本色字，或是取其标志作代（标志是取某物整体中最突出的部分代整体。旧注家遇此等字，则曰此指某某）。其类别甚多，分述如下：

（一）以形容词代名词用者，例如以"檀栾"代修竹，本出枚乘《菟园赋》"修竹檀栾"。吴梦窗《声声慢》"檀栾金碧"句即用此。此词"金碧"二字又系楼台的形容词，即以代楼台用。聂冠卿《多丽》词有"况东城凤台沙苑，泛清波浅照金碧"句可证。吴词又有"婀娜蓬莱"句，"婀娜"本柳的形容词。李商隐《赠柳》诗有"见说风流极，来当婀娜时"之句，是也。他如以"绵蛮"代莺声，以"暗碧"代密叶，以"红香"代花朵，皆此类也。

（二）以美丽名词代普通名词者。例如以"珠斗"代北斗，因北斗七星如联珠也；以"翠幄"代密叶，因陆机有"密叶成翠幄"之句也；以"翠葆""青玉旆"代新竹，葆本古时车上所张的羽盖，新竹似之，故周美成《隔浦莲近拍》词有"新篁摇动翠葆"之句，又《浣溪沙》词有"翠葆参差竹径成"句皆是。因葆又联想到旆，故周词又有"墙头青玉旆"句以代新竹。以"绣幄"代繁盛花树，则又因"翠幄"联想花多如绣。吴梦窗《宴清都》咏"连理海棠"词故有"绣幄鸳鸯柱"句，此以"绣幄"代海棠，以"鸳鸯柱"代连理树，使语词更加鲜丽。此类如以"双鸾""双鸳"代绣鞋，以"丁香结"代愁结，以"秋水"代秋波，以"水佩风裳"代荷花、荷叶，以"玉龙"代玉笛皆是。

（三）以名词代形容词者。例如"鞠尘"代柳色或水色，字本出《礼记》"鞠衣"注："如鞠尘色。""鞠"与"麹"二字通用。"麹尘"，乃浅绿带黄的颜色，新柳与春水色正相似，故诗词家用以代新柳色或春水色。刘禹锡诗有"龙墀遥望麹尘丝"句,即柳色,吴梦窗《过秦楼》词有"藻国凄迷,麹尘澄映"句,则水色也。又春水色亦有用"蒲桃"或"葡萄"或"蒲陶"代之者。"蒲陶"本酒名,其色正如春水,故李白《襄阳歌》有"遥看汉水鸭头绿,恰似蒲陶初酦醅"句,王沂孙《南浦》咏"春水"词有"葡萄过雨新痕"句皆是。又以"桂华"代月色,因古传月中有桂,故周美成《解语花》咏"上元"词有"桂华流瓦"句。

(四)以整体中突出部分代整体者。例如以"金钗"代美人,京仲远《汉宫春·元宵十四夜作,是日立春》词有"年年烂醉金钗"句是也。以"红裙"代美人,韩愈诗有"不解文字饮,惟能醉红裙"句,与京词同。此类皆取整体中的一部分可为整体之标志者,用以代表整体。如古称月中有蟾蜍,诗词家遂取来为月之标志。其例甚多,如以"小蟾"代新月,以"鳌蟾"代孤月,以"素蟾"代白月,以"寒蟾"代凉月,以"银蟾"代明月,以"冰蟾"代冬月,其用皆同,其他标志字,可准此类推。

(五)以古代今者。此有二类:一以古人代今人;二以古地代今地。以古人代今人者,例如以"蛮素"代侍妾,因小蛮、樊素二人乃白居易之侍妾,故吴梦窗《霜叶飞》词有"倦梦不知蛮素"之句。以"谢娘""秋娘"代姬妾或妓女,因李德裕姬人姓谢,德裕为作《江南曲》者也。秋娘本妓女,杜牧有《杜秋娘诗》,记其生平。以"桃叶""桃根"代爱妾,因王献之有迎爱妾《桃叶歌》,故李商隐诗有"桃叶桃根双姊妹"之句。吴梦窗《风流子》词有"轻桡移花市,秋娘渡、飞浪湿溅行裙"句,又《桃源忆故人》词有"桃根桃叶当时渡"句,即用以指其去妾。以"潘郎""檀郎"代美少年,因潘岳美风姿,檀郎乃岳之小名曰檀奴也。以"沈郎"代清瘦之人,因沈约《与徐勉书》自叙有"百日数旬,革带常应移孔"之文,言腰围瘦减也。以"兰成""庾郎"代羁旅的人,因庾信使北周被羁留也。以"杜郎"代风流才人,因杜牧喜冶游,有"十年一觉扬州梦,赢得青楼薄幸名"之句也。以"玉箫"代情人,因韦皋与玉箫女约七年来娶,后八年始至,玉箫已死,故史达祖悼亡词有"算玉箫犹逢韦郎"之句。此类已不便直言今人,故以古人代之。以古地代今地者,例如"西陵"原本《苏小小歌》"何处结同心,西陵松柏下",故以代妓女游乐之地。吴梦窗《齐天乐》词有"烟波桃叶西陵路",即纪念旧日游冶之地而作。如"桃根渡"本王献之《桃叶歌》"桃叶复桃叶,渡江不用楫",又"桃叶复桃叶,桃树连桃根",皆言迎娶桃叶、桃根之事。吴梦窗《莺啼序》词有"记当时短楫桃根渡",即以指旧妾所在地。如"桃溪"本刘晨、阮肇二人上天台采药,山上有桃树,山下有溪水,二人遇二仙女于此,不久思归的故事。周美成《玉楼春》词有"桃溪不作从容住",即以指别旧欢。如"西州"本羊昙追谢安,不忍过西州城门,一日,羊被酒不觉至西州门,乃痛哭而去的故事。张炎《甘州词》"短梦依然江表,老泪洒西州",即用此。吴文英《西平乐慢·过西湖先贤堂》词有"细雨西城,羊昙醉后花飞"之句,则用西城。

代字虽是以另一加工的语词代一普通语词,但亦不可与本色语词相去太远,或两者缺乏联系。相去太远,则使人不易知其所代者为何。颜之推《颜氏家训·劝学篇》有记用词错误一条曰:"《罗浮山记》云'望平地树如荠',故戴暠诗云'长安树如荠'。又邺下有一人咏树诗云'遥望长安荠'……皆耳学之过也。"按戴诗用《罗浮山记》言长安树远望之，其小如荠。而邺下这人径用荠代树，则荠与远树之间缺乏联系，故颜氏讥为耳学。

  换字与代字两种方法，虽然是诗词家常用以增加词语的色泽的，但不是没有毛病，必须既能增加色泽，又能使人不难理解，否则不免流为晦涩。晦涩则其思想感情必致为词藻所蒙蔽，反而不如用本色字的好。这其间非无适当的限度，但表达情思是否合于限度，要看作者的艺术修养而定。如作者已能合度，则读者的知识是否能够领略，便成了问题。刘勰《知音》篇有曰："夫缀文者情动而辞发，观文者披文以入情，沿波讨源，虽幽必显。世远莫见其面，觇文辄见其心。岂成篇之足深，患识照之自浅耳。"彦和这番话对于欣赏古典文学的人，大有益处。我们不能专责备作者太艰深，必须增强自己识照的能力。昔时有人问王安石，老杜的诗颇难懂，怎么读？王答曰："先读懂的。"王氏这话，却是最妙的办法，这正是刘氏"沿波讨源"四字的浅明解释。盖沿波而求，必有达到深源的一日，懂的读得熟，不懂的也就不难读了。所以说王氏的话是"沿波讨源"的浅明解释。

注释

1. 选自《微睇室说词》（凤凰出版社 2012 年版）。本文是《微睇室说词》"小引"中的第三部分。

阅读指津

  王国维《人间词话》有这样一段文字："'红杏枝头春意闹'，著一'闹'字，而境界全出。'云破月来花弄影'，著一'弄'字，而境界全出矣。"可见，炼字对于诗歌创作的重要。

  作诗，要"炼字"；欣赏诗歌，同样要体会诗人所"炼"字的妙处：这样，才能有所收益。《词家用字法举例》对于我们欣赏和学习古典诗词，无疑起到了一个引路津桥的作用。整体把握文意和结构，了解用字的方法，了解一些名称和常识，你会意兴盎然且收益多多。

唐五代两宋词简析[1]（节选）

⊙ 刘永济

苏轼

轼字子瞻，号东坡，眉山人。仁宗嘉祐二年进士，累官至翰林学士，礼部尚书。哲宗赵煦绍圣初，因坐讪谤贬惠州，徙昌化，徽宗赵佶即位，赦还。卒于常州，谥文忠。词集有《东坡乐府》传世。东坡之词，昔人称其"一洗绮罗香泽之态"，又谓其"无意不可入，无事不可言"。词至东坡，内容大加扩充，因之形式得以解放，使词体与诗同等，为北宋词一大转变。后世学人之词，以豪放为主者，皆其流派也。

念奴娇　赤壁怀古

大江东去，浪淘尽，千古风流人物。故垒西边，人道是，三国周郎赤壁。乱石崩云，惊涛裂岸，卷起千堆雪。江山如画，一时多少豪杰。

遥想公瑾当年，小乔初嫁了，雄姿英发。羽扇纶巾，谈笑间，强虏灰飞烟灭。故国神游，多情应笑我，早生华发。人间如梦，一尊还酹江月。

苏轼在神宗朝以作诗讥讽新法，贬黄州团练副使本州安置。此词即在黄州所作。词中主题虽系怀古，而于怀念古代英豪之中，写感叹自身失意之情。但东坡胸怀豁达，故才一涉己身，便以"人间如梦"推开，不欲发泄胸中牢骚，亦有鉴于前此因诗得罪也。此词首韵二句，笼罩全首，而"浪淘尽"句，将南朝人物一齐包括其中，以便下文独提出赤壁战中之豪杰，使主题更为分明。盖黄州有赤鼻矶，世人讹传为破曹军之赤壁山，东坡亦即以赤壁当之，故曰"人道是，三国周郎赤壁"。赤壁一战，三国英豪皆在，故曰"一时多少豪杰"。后半阕更从"多少豪杰"中独提出最典型之周瑜及诸葛亮二人，而以"强虏"包括曹操。写周瑜则以"小乔初嫁"衬托周之少年"英发"。写诸葛亮则以"羽扇纶巾"显示其气象雍容，而以"谈笑间"三字结合周瑜,言二人共谋御敌时有如此闲暇之情状。凡此皆以细节表示全体之写法也。而"强虏"句,却将曹操之败写得十分狼狈,更以见周瑜、诸葛亮之军事才能为不可及,使二人之典型性特别突出。下文落到己身,又设想周瑜、诸葛亮之英灵如于此时来游故国,必笑我头白无成。文情至此已带感慨,便以"人间如梦"四字推开,而以"酹江月"作结,盖此游至月上时也。

柳永

永字耆卿,初名三变,崇安人。仁宗景祐年间举进士,官屯田员外郎。有《乐章集》。永为人放荡不羁。仁宗方提倡理道,不喜浮艳之文。柳为艳词传播四方,有"忍把浮名,换了浅斟低唱"之句。及举进士,仁宗特落之,曰:"此人风前月下好去'浅斟低唱',何要'名'?且填词去!"永因此自称"奉旨填词"。观此事,一面知统治阶级以科举笼络人才,见有不爱"浮名"者,则不喜之;一面知永之性格,与统治阶级不相容,故宁愿向"烟花巷陌"寻访"意中人",不要"浮名"。其词长于铺叙,因之所作长调特多,词体发展更大。后来论者多不满其浮艳,然东坡当日评其《八声甘州》曰:"世言柳耆卿曲俗,非也。如《八声甘州》云'霜风凄紧,关河冷落,残照当楼',此句于诗句不减唐人高处。"可见耆卿非不能作文雅之词。其通俗之作,本代歌妓抒情,自必为此辈所喜闻乐道者,故其所作,传布极为广泛。世人所谓"凡有井水饮处,即能歌柳词",非虚美也。又相传柳卒后,家无余财,群妓合金葬之,每年清明上冢,谓之吊柳会。可见其为此辈喜爱之深。柳词除此类外,又多写羁旅离别之苦及节序风物之丽,后世惟周美成可以并美,故有周、柳之目。

雨霖铃

寒蝉凄切,对长亭晚,骤雨初歇。都门帐饮无绪,留恋处,兰舟催发。执手相看泪眼,竟无语凝噎。念去去,千里烟波。暮霭沉沉楚天阔。

多情自古伤离别,更那堪,冷落清秋节!今宵酒醒何处?杨柳岸,晓风残月。此去经年,应是良辰好景虚设。便纵有千种风情,更与何人说?

此乃别京都恋人之词,当是出为屯田员外郎时所作。上半阕叙临别时之情景;下半阕乃设想别后相思之苦。从今宵以至经年均一时想到。"今宵"二句,传诵一时,盖所写之景与别情相切合。今宵别酒醒时恰是明早舟行已远之处,而"杨柳岸,晓风残月"又恰是最凄凉之景,读之自然使人感到一种难堪之情,故一时传诵以为名句。

注释

1. 节选自《唐五代两宋词简析　微睇室说词》(中华书局 2007 年版)。

阅读指津

  如何欣赏古代诗词，可谓仁者见仁，智者见智。而对于苏轼和柳永的评价也不尽相同。现行古代文学史，通常把苏轼归于豪放派，苏轼、辛弃疾、陆游等是也；把柳永归于婉约派，柳永、李清照、姜夔等是也。编者以为，从流派应有文学主张和风格来看，"豪放派"和"婉约派"之说实在牵强。而刘永济先生在《唐五代两宋词简析》中，则把苏轼和柳永单列出来，标题为"发展词体作家苏轼和柳永"，实在是大师见地。而在作家作品介绍中，不但有时代背景、思想主张、文学风格的介绍，以便从整体上把握诗歌内容；也有细微之处的评价，如"写诸葛亮则以'羽扇纶巾'显示其气象雍容，而以'谈笑间'三字结合周瑜，言二人共谋御敌时有如此闲暇之情状"等，以便读者体味其独到之处。像这样的细微之处是很多的，我们不妨细细地体味。

周代南派文学之代表作品——《楚辞》[1]

⊙ 胡小石

论中国古代学术，多分为南北两派。刘勰在《文心雕龙·时序篇》曾说："春秋以后，角战英雄，六经泥蟠，百家飙骇。方是时也，韩魏力政，燕赵任权。《五蠹》《六虱》，严于秦令。唯齐楚两国，颇有文学。"战国时学术人才，多分处齐楚二国。齐之稷下为一般哲人所聚会，如荀卿、邹衍、淳于髡之流。而楚国则为词人之渊薮。他们的领袖，就是屈原和宋玉等。这个时候的文人，都集于南方，与春秋时代文人之出于北方正相同。这里面转变的痕迹是可以追寻的。

《左传》《国语》中行人出使别国，动辄引诗以为赠答之词。但是若向《战国策》中去寻找，全书中引诗的，不过一二条而已，这正是"诗亡"的征兆。从政治一方面讲，以孟轲所说之"《诗》亡然后《春秋》作"为有见地；若从文学一方面讲，则有李纲所说的"《诗》亡然后《离骚》作"的话更为中肯。

由《诗》变为《离骚》其间最显著的差别，就是由民族的作品而转变为个人的作品——专家的作品。自《隋书·经籍志》以后诸史的集部均以《楚辞》为首，因他们都见到这一层。

怀王客死于秦，在周赧王十九年（前296），而《诗经》最后时期，为周定王八年（前599），从"《诗》亡"一直到"《离骚》作"，约略凡三百年。这里所说的"《诗》亡"含有两种意义：一是采诗官的制度不行。二是没有作诗的人。当然以前说的理由较为充足。那时北方的诗，或者衰落时期，直到南方屈平出来，完全脱离《三百篇》的方向，而开始创造一种新体。然后由《诗》之转到《离骚》又绝不是"突变"，此中自然有迹象可寻。在《诗》之后，《楚辞》之前，南方已有如此之作品：

（一）《楚狂接舆之歌》："凤兮凤兮，何德之衰？往者不可谏，来者犹可追。已而已而，今之从政者殆而！"

（二）《沧浪孺子之歌》："沧浪之水清兮，可以濯我缨。沧浪之水浊兮，可以濯我足。"

以上两歌与《诗经》比较，显然有两种差别：（一）字数参差，不若《诗》之多为四字句；（二）用兮字作语助，《诗》中虽间有用兮字处，但不普遍。

我们若将《诗》与《骚》作一种比较的研究，则得以下诸点：

（一）字　《诗》中形容词多用叠字，而《楚辞》则多用骈字。

（二）句　《诗》以四字句为正格，而《楚辞》句子多参差。

（三）章　《诗》多重调，而《楚辞》无有。

（四）篇　《诗》之篇短，而《楚辞》之篇长。（长篇作品始于楚人）

（五）思想　《诗》所写比较切于人事，而《楚辞》中所表现的，多超于人世。前者较为写实，后者近于浪漫。

（六）神与神话　《诗经》写神，尽属抽象，《楚辞》写神，却是具体。《诗》中神话最少，如《生民》之诗，不易多有。至《楚辞·天问》则为中国神话的渊薮。

（七）人世　北人虽日日讲求人事，而厌世之风特甚。故出语愤激，如《苕之华》有"知我如此，不如无生"之语。屈原思想有时冲突，但归结仍脱不了人世，"《离骚》睨旧乡，《招魂》入修门（楚之城门）"，可见屈平发牢骚，是嫉世而不是厌世。

（八）怀疑之精神　《诗》中不多见，《楚辞》中充分表现此种精神。如《天问》便是实例。以上都是《诗》《骚》不同的比较之大概。

造成《楚辞》之原因

（一）文学之演化　由《三百篇》到《楚辞》的时代中间，略莫经过三百年。文学自然的演进，由短句变为长句，由短篇变为长篇，也可说四言到了末途，《楚辞》乃代之而起。后来各代文学，都是由短篇而进到长篇，如词在唐与五代为小令，到宋时成为慢词；小说初起于唐代的均属短篇，而宋元之章回体，乃继短篇而起；曲之初起为元代之杂剧，而长的传奇，到后来才有的。（按：有史诗之外国似不如此，但中国确是如此。）而且各种艺术之演进，均由切近人事的而及于远违人世的。

（二）自然之影响　《诗》是北方的产物，《楚辞》是南方的作品。两者所受地理及环境的支配，也是显而易见的。因为南北所受自然界之待遇不同，所以北方人眼中的神，有威可畏，敬而远之。南方人眼中的神，和悦可亲，狎而玩之。北方思想，总之不脱离日常生活，最把实际看得重。南方思想，总求其能超越乎实际，所谓极浪漫之能事，举个具体的例来说吧：北方人对于春天所举行的祷雨之祭为"雩"，雩之言吁也。关于秋天所颂咏正如《七月》篇中所表现的："九月肃霜，十月涤场，朋酒斯飨，曰杀羔羊，跻彼公堂，称彼兕觥，万寿无疆。"这是因为春天播种以后，不知后来秋收之丰歉若何，所以悲叹。至于秋天逢到丰年，大家满载而归，总是应当欢天喜地的。这确是一般人的思想，尤其是注重实际生活的北方人的态度。然而神经过敏思想浪漫的楚人则并不如此。遇着秋天草木零落，霜露凄惨，不免大兴悲秋之念。这倒是南方人的特别处。(至于为南北思想之交接的人,要算庄子。庄周是宋人,他的哲学思想有一部分是北方的;但是他的文学又近乎南方。庄子书中人名不见于他书,独多与《楚辞》上所有的相同。)

(三)典籍 楚人承接殷人文化藏储书籍甚多,似乎中原所有的他们都有,他们所有的中原还未必有呢!不消说得,《楚辞》多少要受些《诗》的影响,《国语》中《楚语》引用《诗》的地方凡三处:一是伍举引《大雅·灵台》之诗,二是白公引《小雅》"弗躬弗亲,庶民弗信"之句,三是《左史》引《大雅·抑》之诗。伍、白、左三人都见过《诗经》的,以博闻强记的三闾大夫,岂有未见《诗经》之理?且屈子作品中,有"忽奔走以先后分,及先王之踵武"。奔走先后,均见于《大雅》,而且《楚辞》用韵之分合,与《诗》是无大出入的。我们现在对于《楚辞》中有许多难索解之处,尤其是《天问》中关于人事的一部分,简直无法弄个明白,实由于我们所见的书,多偏于儒家所记载的。当时孔子就很慨叹夏礼殷礼之不足征,而楚之左史倚相偏偏能读《三坟》《五典》《八索》《九丘》。至于《天问》中人名地名等不见于儒书中的,却可见之于《山海经》《吕氏春秋》《淮南子》等杂家书内。且中国古籍中叙吾国人种西来说的事实绝无,惟《楚辞》中尚可见这类痕迹。至晋代《汲冢》书中发现《穆天子传》所说的每与《楚辞》暗合,此由于殷人尚保存有民族西来之说,后乃传之楚人,所以能够叫《楚辞》中表现一种离奇异乎中原文学之大观。

(四)音乐之影响 音乐南北异趣,故《诗》有"以雅以南"之言。雅为北音,南即是南音。当时南音到底如何,如今不得真传,大抵是婉转流丽,较之慷慨悲歌之北音不同,此种音很令汉人赏识。项羽、刘邦均能歌南音。还有汉武帝好听楚声而不喜河间献王所献之雅乐。可见中原之音,远不及南音之悦耳。郑地僻近南方,故郑声便优美可听,故孔子说:"郑声淫。"这个淫字等于衍字,即是缠绵靡曼的意思。诗歌与音乐几有不可离之关系,《史记》尚说"诗三百篇,孔子皆弦歌之"。南音一道,不惟汉之帝王公卿能唱,直到隋朝有个和尚名道骞也能楚声,可惜以后便不得真传了,以致我们不能赏识这种"扬枹兮拊鼓,疏缓节兮安歌"的意味。

(五)屈原个人之遭遇 这一层更加不成问题。《史记·屈原列传》较长,此处不及征引。且略举班固《离骚赞》的话:"屈原初事怀王甚见信任,同列上官大夫妒害其能,谗之王,王怒而疏屈原,原以忠信见疑,忧愁幽思,而作《离骚》。离,犹遭也,骚,忧也,明己遭忧作辞也。"关于屈子个人的身世,《史记·屈贾列传》前半也说得极明白。总之他是一个极富有民族思想的楚之贵族,他是一个失败的政治家,同时他又是一个成功的文学家。我们很可以说屈原文学之成功,却是由于他政治上之失败。但若不是遇着屈子这样的天才,我们也无福欣赏这种伟大的作品。所以刘彦和说:"不有屈原,岂见《离骚》?"然而虽有屈平,假使他一帆风顺,不遇坎坷,我看他也未必就能作出《离骚》这等作品呵!

注释

1. 选自《中国文学史》影印本（人文社股份有限公司 1930 年版）。胡小石（1888—1962），文字学家、文学家、史学家、书法家，1913—1914 年在长沙明德中学任教。

阅读指津

  钱锺书先生曾在《谈中国诗》中提及："据有几个文学史家的意见，诗的发展是先有史诗，次有戏剧诗，最后有抒情诗。中国诗可不然。中国没有史诗，中国人缺乏伏尔所谓'史诗头脑'，中国最好的戏剧诗，产生远在最完美的抒情诗以后。纯粹的抒情诗的精髓和峰极，在中国诗里出现得异常之早。"

  中国诗中抒情诗歌出现之"早"，在《诗经》中便体现出来。对于现实主义诗歌的发轫之作《诗经》而言，屈子的《楚辞》更是抒情诗歌的集中体现。《楚辞》不但打破了《诗经》集体创作的形式，以个人独创方式出现；而且在创作原则上也发生了改变，成为中国浪漫主义诗歌之滥觞，在内容上意象得以丰富，情感抒发更加强烈；这一系列改变在中国文学的诗歌发展史上均为重大突破。在本文中，胡小石先生从多个方面解读了《楚辞》的自然发生与发展。作者的博闻强识与严谨态度可见一斑，作者的研究方法和行文思路也无疑为我们提供了一种极其受用的文学思考方法。

读刘禹锡诗杂记（节选）[1]

⊙ 陶敏

刘禹锡素有"诗豪""之称，但《刘宾客文集》历来无注。解放后，刘禹锡的作品受到研究者的重视，一些专著、论文和诗文选本相继出现，有些唐诗选本也选了较多的刘诗，筚路蓝缕之功，固不可没，但其中系年、注释不无可商榷之处。近来读刘集，作了一些笔记，今抄撮成篇。内容驳杂，条目零乱，文辞芜累，只能叫它"杂记"。

一、《石头城》

山围故国周遭在，潮打空城寂寞回。
淮水东边旧时月，夜深还过女墙来。

这是刘禹锡《金陵五题》中的第一首，一般唐诗选本都要收录的。《新选唐诗三百首》该诗题解云：唐敬宗宝历二年（826），刘禹锡由和州刺史罢归洛阳，路过金陵，漫游这六朝旧都，目睹金陵残破……于是吊古伤今，写了《金陵五题》《金陵怀古》等作品。

《唐诗选注》和《刘禹锡诗文选注》几个选本中该诗题解，亦主此说。众口一词，似乎《金陵五题》乃刘于宝历二年亲自到金陵"凭吊名胜古迹"后所作无疑。其实并非如此。翻开《刘宾客文集》卷二四，在《金陵五题》诗前赫然有一篇小序——"引"：

> 余少为江南客，而未游秣陵，尝有遗恨。后为历阳守，跂而望之。适有客以"金陵五题"相示，迫尔生思，欻然有得。他日友人白乐天掉头苦吟，叹赏良久，且曰："石头题诗云'潮打空城寂寞回'，吾知后之诗人不复措词矣！"余四咏虽不及此，亦不孤乐天之言尔。

据"他日友人白乐天……"诸语，知序乃作者后来所追加，但其中所记写作《金陵五题》的情况，应当属实，是考定诗的年代的最可靠的材料。它说明刘禹锡写作此诗时，人在历阳（即和州，今安徽和县），而且在此以前，他从未到过秣陵（即金陵，今江苏南京市）。就像孙绰作《游天台山赋》、李白作《梦游天姥吟留别》一样，诗乃刘任和州刺史期间（长庆四年十月到宝历二年秋）"驰神运思，昼咏宵兴"（《游天台山赋》语）的产物，即想象的产物。

这几首诗寄寓了深沉的感慨，但却有一个很大的弱点，即对所咏对象并无生动具体的细致描写，原因就是作者从未亲临其境。其三《台城》云："台城六代竞豪华，结绮临春事最奢。万户千门成野草，只缘一曲后庭花。"内容全采自《陈书》江总、张贵妃诸传，写台城本身仅"万户千门成野草"一句，但也不过取"作建章宫，度为千门万户"（《史记·封禅书》语）的现成字面，再加上一点想象而已。

《金陵五题》中，《石头城》尤为脍炙人口，但也并非全是人所未经道者。三、四句"淮水东边旧时月，夜深还过女墙来"，实在是古诗中常见的意境。相传王青的诗句"庭草无人随意绿"（见《隋唐嘉话》），李白的"亡国生春草，离宫没古丘。空余后湖月，波上对瀛洲"（《金陵三首》），又"只今唯有西江月，曾照吴王宫里人"（《苏台览古》），岑参的"庭树不知人去尽，春来还发旧时花"（《山房即事》），刘长卿的"官舍已空秋草没，女墙犹在夜乌啼……飞鸟不知陵谷变，朝来暮去弋阳溪"（《登余干古县城》）等，就都是以自然景色的永恒反衬人世盛衰的无常，以物的无情反衬人的有情，与刘诗同一机杼。这类诗句太多了，以致胡震亨叹息说："非不脍炙人口，奈词意易为仿效，竟成悲吊海语，不足贵矣！"（《唐音癸签》卷二五）

但应该承认，诗的前两句是最精彩的：一写山，一写水，抓住了金陵的特征，气象开阔，寄兴深远。"山围故国"句，各种选本都仅从字面上解释，其实刘禹锡是暗用《世说·言语》中周顗因东晋偏安江左，因而在建康新亭聚会时叹息"风景不殊，正自有山河之异"的典故。《景定建康志》云："洛阳山四围，伊、洛、瀍、涧在中；建康亦四山围，秦淮、直渎在中，故云'风景不殊，举目有山河之异'。"李白《金陵三首》云，"苑方秦地少，山似洛阳多"，许浑《金陵怀古》云，"英雄一去豪华尽，惟有青山似洛中"，均用这一典故，而且抓住了金陵地貌的最大特点。刘诗亦然。

金陵地理位置的特点是滨江，所以刘诗写到"潮"。西汉枚乘《七发》是以写潮著名的，但他所写乃来潮的壮观，即潮来时的气势和声音，唐诗名句如王维的"潮来天地青"（《送邢桂州》），祖咏的"江声夜听潮"（《江南旅情》）也是分别写势和声的。但刘禹锡摆脱窠臼，自铸伟词，他不写来潮的气势，而写退潮的颓势，"寂寞"二字曲尽"潮回"的情状，写出"空城"的冷落和诗人内心的感喟，实在是独具匠心。刘禹锡写诗前虽未到过金陵，但"少为江南客"，后又佐扬州杜佑淮南幕，曾经看到过江潮；不然，单凭想象是写不出这样的诗句的。白居易曾被人讥为善作诗而不善于评诗（见《苕溪渔隐丛话》卷二〇引《隐居诗话》），但他在《金陵五题》中特别拈取"潮打空城"一句而击节叹赏，却很有见地，不愧为刘禹锡的知己。

二、《金陵怀古》

潮满冶城渚，日斜征虏亭。蔡洲新草绿，幕府旧烟青。
兴废由人事，山川空地形。后庭花一曲，幽怨不堪听。

这首诗，前引《新选唐诗三百首》《石头城》诗说明中亦认为作于宝历二年游金陵时，陕西、湖南《刘禹锡诗文选注》均主此说，误。

宝历二年秋刘禹锡和州刺史任满，无新命，北返洛阳的途中，他特意游览了向往已久的金陵。刘集中有《罢和州游建康》诗云："秋水清无力，寒山远多思。官闲不计程，遍上南朝寺。"清楚地说明他到金陵时已是晚秋。又有《台城怀古》云："清江悠悠王气沉，六朝遗事何处寻？宫墙隐嶙围野泽，鹳鹆夜鸣秋色深。"也是写的秋色。而且，诗中所写已不是想象中"万户千门成野草"的景象，而是亲眼看到宫墙内竟成水鸟栖息之沼泽的实际情况了。《金陵怀古》却和上述两诗不同，写了"蔡洲新草绿"的春天景色，可见并非作于此次游金陵时。

但是，刘禹锡宝历二年秋游金陵，是他一生中的第一次，也是最后一次，所以这首诗和《金陵五题》一样是想象的产物。后四句发议论，前四句写景用了四个因系军事要地而著名的地名，但四地道里悬隔。冶城在今南京市内，征虏亭在今南京市南，幕府山在南京北，蔡洲更远在今江苏江宁县西南江中。可见作者不过要用它们说明"兴废由人事，山川空地形"的道理，而并非写一时所见的景物。诗的年代无从确定，我们不妨把它看成和州时期与《金陵五题》同时的作品。

征虏亭，各本注作"东晋征虏将军谢安所建"，湖南《刘禹锡诗文选注》注作"东晋时征虏将军谢石建立"（按：谢安建亭之说本于《世说·雅量》，刘孝标注引《丹阳记》："太安中，征虏将军谢石立此亭，因以为名。"），但王琦注李白《闻李太尉大举秦兵百万出征东南……》诗所引此段文字中谢安作谢石，可能因为谢安未做过征虏将军，也可能王琦另有所本。不过亭也不一定是谢安或其弟石所建。《晋书·谢万传》云："（万）尝与蔡系送客于征虏亭。"谢万虽是谢安之弟，但知名较早，他出仕时，谢安仍高卧东山。只是在谢万黜废后，安才"始有仕进意，时已四十余矣。"（《晋书·谢安传》）可见很可能在谢安出仕之前，已有此亭。

三、《望洞庭》

湖光秋月两相和，潭面无风镜未磨。
遥望洞庭山水翠，白银盘里一青螺。

《唐诗选注》录此诗，并说明如下：

唐永贞元年（805）九月，刘禹锡贬官连州刺史，十月再贬朗州司马。《望洞庭》写于去朗州赴任途中。

《新选唐诗三百首》中该诗题解略同,《武陵樵客》亦主此说。但实际上这首诗并非永贞元年的作品。

孙光宪《北梦琐言》卷七云:"湘江北流至岳阳,达蜀江。夏潦后,蜀涨势高,遏住湘波,让而退溢为洞庭湖,凡阔数百里,而君山宛在水中。秋水归壑,此山复居于陆。"孙光宪五代时人,去刘不远,又曾佐高季兴于荆州(今湖北江陵),所载当非耳食之言。故刘诗所云"遥望洞庭山水翠,白银盘里一青螺",完全是"八月湖水平,涵虚混太清"(孟浩然《望洞庭湖赠张丞相》)时的秋景。

刘禹锡永贞元年贬朗州途经洞庭湖的时间并非秋天,而是十一月末或十二月初,是冬天。据《旧唐书·宪宗纪》,刘禹锡初贬连州刺史在永贞元年九月己卯(十三日),再贬朗州司马在十月己卯。但十月丙申朔,没有己卯,故当从《资治通鉴·宪宗纪》定为十一月己卯,即十一月十四日。刘禹锡是在荆州接到这道命令的,他在《韩十八侍御(愈)见示〈岳阳楼别窦司直(庠)〉诗,因令属和,重以自述,故足成六十二韵》诗中自注:"时禹锡出为连州,途至荆南,改武陵司马,和韵于荆。"荆州,当时是荆南节度使驻地。那么,刘禹锡为什么在路上延搁了这样久呢?原来,因为他老母在洛阳,他九月被贬后并未直接南下,而是先去了洛阳。刘集中有《赴连州途经洛阳,诸公置酒相送,张员外贾以诗见赠,率尔酬之》。刘自京赴连虽有两次,但此诗却可断定为永贞元年所作。张贾虽是刘禹锡青年时代的好友,但自从这次刘禹锡被贬后,由于云泥异路,他的名字即不再见于刘的诗文。元和元年,张贾还不过是一个礼部员外郎(见《吕衡州集》卷六《故太子少保赠尚书左仆射京兆韦府军神道碑铭》),与诗中"张员外贾"的称谓合,而元和十年,张贾已历吏部郎中高升为兵部侍郎了。(参见《郎官石柱题名》、韩愈《送张侍郎》《次潼关先寄张十二阁老使君》诸诗及注)观刘集中与柳宗元衡阳分路赠别的赠答诗,可知元和十年三月刘、柳二人结伴同行,而永贞元年九月,刘却是只身赴洛,再辗转南下,途中耽搁,所以到江陵后才接到再贬的命令。命令十一月十三日由长安发出,到达江陵时当在十一月下旬。唐代驿传虽快,但长安至江陵最少需十来天。如元稹于大和五年七月二十三日卒于武昌(据白居易《元稹墓志》),讣告八月初五才到长安(据《旧唐书·文宗纪》),用了十三天时间,长安到江陵,虽顺汉水而下,也不会少于十天。即使他在江陵接命令后马上动身,途经洞庭湖时也不可能见到"秋夜的湖光山色"了。

其次,诗中流露的情绪与诗人当时的心境不合。刘禹锡"少年负志气,信道不从时"(《学阮公体三首》),招来横祸,"始以飞谤生衅,终成公议抵刑,旬朔之间,再投裔土"(《上杜司徒书》),内心痛苦可想而知。他到朗州后不久写的《武陵书怀五十韵》是这样描述他被贬后的心情的:

> ……失责人意,徒闻太学论。直庐辞锦帐,远守愧未幡。巢幕方犹燕,抢榆尚笑鲲。遭回过荆楚,流落感凉温。旅望花无色,愁心醉不惛……

花,提不起兴致;酒,驱不散忧愁。湖光山色再好,他又哪有闲情逸致去赏玩呢?

再次,由江陵赴朗州,必须横渡洞庭湖,而诗题作《望洞庭》,"遥望洞庭山水翠,白银盘里一青螺"的诗句,写的远眺的景象,可见诗人并未泛舟洞庭。

《望洞庭》一诗当是长庆四年秋作。是时,刘禹锡自夔州(今四川奉节县)刺史调任和州(今安徽和县)刺史,沿长江东下,路过洞庭湖。他到和州后作《历阳书事七十韵》的诗序中说:

长庆四年八月,予自夔州转历阳。浮岷江,观洞庭,历夏口,涉浔阳而东……

与诗的题目、内容完全符合。这次旅行,诗人的心情要好得多。"山村好处多逢寺,枫叶红时觉胜春"(《自江陵沿流道中》),江山风物触发了他的诗兴,走到哪儿就在哪儿吟诗,一路上留下了《自江陵沿流道中》《武昌老人说笛歌》《西塞山怀古》《登清晖楼》《九华山歌》等作品。《望洞庭》一诗以清丽的词句、形象贴切的比喻描绘了洞庭秋月的湖光山色,是组诗中一颗璀璨夺目的明珠。残膏剩馥,沾丐后人,黄庭坚《雨中登岳阳楼望君山二首》中"可惜不当湖水面,银山堆里看青山"的诗句就是从刘诗"点化"而来的(见《韵语阳秋》卷二)。不过,黄是在崇宁元年二月"行二十里螺蚌"中登君山,见不到"白银盘里一青螺"的秋景,他揣想,秋天风涛大作,一定会有白波如山的奇观,只好叹息,"可惜不当湖水面,银山堆里看青山"了。

注释

1. 选自《唐代文学与文献论集》(中华书局2010年版)。陶敏(1938—2013),湖南省长沙县人;1955年,明德中学高中毕业,同年考入武汉大学;湖南科技大学教授,古典文献研究专家。

阅读指津

"诗豪"刘禹锡佳作传世,为后人吟咏传诵,学者对其作品的评论与研究更是层出不穷。当众多学者的思想成为文字跃然纸上之时,作为受众的读者时常会选择顺其自然地接受。然而,"尽信书不如无书",本文作者陶敏先生对于已然成书的文字却敢于质疑,对于各类书籍评论中有待商榷之处进行考证,考据翔实,佐证有力,从而得出更为合理、更为接近真实的结论。作者有着丰厚的文化底蕴、求真的探索精神、谨严的治学态度,难道不是当代青年学子的楷模吗?

鸿雁飞渡 尺素心声

书信,是通讯技术不发达时代,人们交流事情传达感情的重要载体。在中国古代,书信有别,书指函札,信指使人。泛称书札为书信是后来的事。换句话说,现代所说的书信古代通称为"书"。现代汉语中"书"仍保留了"书信"的意思,如"家书"。本单元所选的书信都是与明德学校或明德教师有关的,管中窥豹,我们能了解他们的人生点滴。选胡元倓老校长致赵凤昌书信一封,从中我们可以看到胡老校长在明德创建初期,描绘明德学校蓝图之宏伟,"二年之后,当有清华气象"。选吴芳吉先生家书三封。吴先生是明德教师,在明德任教5年,在此期间写的信函很多。第一封是先生刚到时的明德之景;第二封是先生在明德时,看到环境对人的影响产生之感慨;第三封是先生离开时对胡老校长的感恩之情。选吴宓致吴芳吉书信一封。吴宓未尝任教于明德,但是他与吴芳吉是清华同学、挚友,对吴芳吉的生活、工作和创作都有极大的资助和扶持,实是友情之至。第四封是伟大领袖毛泽东写给周世钊释诗的信函。周世钊是毛泽东湖南第一师范的同学,在明德任过教,后来走上领导岗位,是著名的民主人士。两人有63年的交往,始终真诚相待,坦诚交往,情义深厚。

这些书信,叙述清晰,语言朴实,情感真挚,一段书信,一段人生。

与赵凤昌书[1]

⊙ 胡元倓

竹君先生执事：

前月十六，曾肃一缄，言拟回湘一行，谅早尘鉴。倓阴历八月十二抵长沙，离开已两年零四月，风景依然。校中与家中诸物均无损坏，诚大幸事。长沙明德专办中学[2]任事者振作精神，注重卫生，如经济稍安，二年之后，当有清华气象，因此校地共有四千余方，大好布置也。

组安晤谈一次，共历四时之久。深感我公去岁为汉口明德大学遇事维持云，终日忙迫，未常作书奉候起居。湘省枯竭，对于汉口明德，一刻尚不能设法补助，尚望我公，随时照拂。组安对于大局，持论甚正。深恶局部及个人与北方接洽，东海自称总统以来，无一字往还[3]，可谓有人格矣。

中秋后一日往汉，特访鸿沧，谢其五百金之捐助。汉校亦早开课，教员只索伙食，薪水暂寄账。此行入京，拟住一月，专为汉校筹画。自尽心力，不敢计成败。在汉晤湘省国会议员李锜[4]回沪[5]，因将倓在沪频行[6]时访伍梯荣及少川先生，请其重提明德大学某某余五万，公呈通过定案事告之，请其晤梯荣一查。如通过请李君钞案寄京。尚未，促其即日提议[7]。秩老处前，曾恳长者力言，不知办到何种程度。李君人有血气，肯负责任之人，如来专访，尚乞特别接洽为领，行筹款事亦非公不济，下次再缕陈也。

敬请道安。

元倓手启
十月三日

注释

1. 选自《胡元倓集》（湖南师范大学出版社 2013 年版）。赵凤昌（1856—1938），字竹君，晚号惜阴老人，常州武进人，清末民初立宪派代表人物。
2. 先生自注："历年办有小学，此次停办，以便中学改革。"
3. 先生自注："吴子玉因此极佩组安。"
4. 先生自注："字纯生，与周震鳞、陈嘉会同臭味。"
5. 先生自注："家住哈同路民厚南里一六九号。"
6. 频行：临行。
7. 先生自注："李君于中山、少川均常接洽。"

阅读指津

　　胡元倓先生不仅是明德学堂的创办人，更是湖南新兴教育事业的开拓者。明德学堂创办于 1903 年，是湖南最早的新式私立中学，比天津南开大学还早一年。

　　自从创办了湖南明德学堂，胡先生自任监督（即校长），从此把教育事业作为"磨血事业"，而自己就是"磨血之人"，为发展中国教育事业特别是办好明德学校，付出了毕生的精力。赵凤昌在清末民初政坛上十分活跃，是一位很有影响的立宪派代表人物。早年以佐幕湖广总督张之洞而名，在戊戌变法、东南互保、《苏报》案中，皆扮演重要角色。他们都是通过自己的方式，寻求救国救民道路的代表。在这封信里，我们可以粗略地了解到胡老先生为明德学堂描绘蓝图之宏伟，"二年之后，当有清华气象"。也让我们看到明德学堂创办发展之艰辛，"教员只索伙食，薪水暂寄账"，是胡老先生四处筹集资金，是有识之士慷慨解囊，赞助支持明德的发展，才有了今日明德的壮大与辉煌。

家书三封[1]

⊙ 吴芳吉

禀父母

父母亲膝下并树坤[2]同看：

我们于六月二十六日自上海起身，昨日（七月初二）安抵长沙。同行的人共三位：1. 为本校主任谢振明君；2. 为雨僧之弟祥曼；3. 为永宁学生姚骁，都来此肄业的。

此校在长沙城内的北门，校地极宏大，有池塘两块，周围都是杨柳。房屋虽旧，但到处都有花园、草场，能住宿学生六七百人云。

我住在一洋楼上，亦有电灯，有花木，虽在城内，却与深山一样。

校外就是湘江。湘江中有一长岛，名"水陆洲"，有田土人家甚多。隔江有高山名"岳麓山"，为黄兴、蔡锷埋葬之地。长沙城内亦甚闹热，生意不小，地方也平静。

此校要到阳历九月十号开学，现在只有住校职员三五人。初到甚忙，明后日再报。

在汉口会见吕骨凡[3]兄，他赠树成[4]的路费两百元，又树成的还要差银两百元，我打算从长沙与于树成，可即告岳父急筹三百六十元还在家中（中有一百六十元系我为树成借的，已为树成收下了），就将此三百多元，作为八九月间移家至湘的路费。

民国九年阴历七月初三由长沙明德学校寄

至树坤

树坤吾妹：

自得新年[5]初四手书后，未再接到妹书。不知此刻在白沙[6]，抑在德市[7]？两儿既在德市读书，妹若尚在白沙，则宜早归统率。吾前函已言之，兹再嘱勿忽。

李淑仪女士现自沪归，在稻田[8]教课。彼云：其所入学校，风气极坏。男女三四百人，多数皆有秽行。竟有下江女生二人，其人本貌美而聪明，但事事谨严，一丝不苟。在校数年，无一人敢侵犯之者。不但不敢侵犯，且皆畏之。可见环境虽不好，只要人有气节，有把握，虽处恶人之中，仍得高尚其身为君子也。人之所以被人带坏，首由自己愿坏。假如自己不坏，虽有坏人，其奈我何！吾在外阅历多人，观此益信也。

　　两儿在校，不许与年纪大的朋友相处。因人小不知利害是非，易为年纪大的带坏。务请注意。

　　吾觉交友之道，首在无求。俗语云：人不求人一般大。此言极是。吾妹教子，须常以此二字告之。如儿童见人有吃，则便要吃；见人有物，则便要玩；见人有钱，则便要借。此种举动，便是有求。常常求人，便无廉耻。此种小处，最要开导监督。古人家中皆有家训。吾家为泰伯之后，孔子曾谓泰伯为天下最高尚之人。泰伯之所以高尚，就是能够矫然独立，不求于人。所以我想拟就"独立无求"四字，以为吾家家训。使儿女皆有此精神以为人也。

　　此间还在下雪，今日虽晴，只有四十七度[9]。前后下大雪七回矣。吾健好，惟太忙。每夜须十时始睡。必至暑假，方能少息矣。

敬训
　　起居。

芳吉
乙丑正月二十四日长沙附三十八号

禀父母

父母亲大人膝下并给树坤存览：

　　前日胡公来信，言之可悯。男以不忍之心，允留明德。而昨日奉天东北大学之聘已至，专教诗歌，每周十一小时，月薪国币二百一十圆。男既先允胡公，义无反覆，惟却之也。连年因明德强留，牺牲甚大，然为情谊报答胡公知遇之恩，诸友皆知吾亲为义人，而男为义子。扪心自问，亦足乐也。今将雨僧寄来快信呈上阅之。

　　男课事已毕，定下周五月初三起身，仍与蒲南谷诸君同行，因行李甚少，不必留汉口矣。

　　树坤好自珍爱。吾生日必可抵家，可在家住两月也，在岳母家可游玩二十日。

　　汉口又有英人枪杀华工之事，英、日轮船皆已停止。余后禀。

敬请
　　福安。

男芳吉禀
乙丑闰四月廿五日长沙

注释

1. 选自《吴芳吉集》（巴蜀书社 1994 年版）。
2. 何树坤（1895—1960）：重庆江津人。1914 年 5 月与吴芳吉结婚。
3. 吕骨凡：即吕国暮，后改名昌，字谷凡，又字骨凡，上海人。
4. 树成：即何树成，重庆江津人，吴芳吉之内弟，1917 年由家中出钱，友人资助，随清华学生一同赴美留学。终不回国。
5. 新年：指 1925 年。
6. 白沙：地名，在重庆江津。
7. 德市：地名，在重庆江津。
8. 稻田：长沙稻田中学。
9. 四十七度：为华氏度，换算为摄氏度约为 8.3℃。

阅读指津

　　吴芳吉先生家书三封，都是吴先生在明德学校教书期间给在四川父母妻子写的信函。从时间上看，选取了先生刚来明德、在明德工作、即将离开明德三个时期各一封。从内容上看，有谈初到明德之印象的，有谈教子育儿做人交友的，有谈留明德教书之缘由报答知遇之恩的。我们可以看到，这些信函，涉及当时的生活、工作、社会等各方面的情况，情真语挚，都满含着对家人的思念与牵挂之情。

致吴芳吉一封[1]

⊙ 吴宓

碧柳弟鉴：

屡奉手书，至为欣慰。事忙意恶，逐未即复。顷复得来示，询假款与《湘君》[2]事，宓以为前次复函，曾已提及，想系记忆之误。宓固爱《湘君》，然假宽百元，则非力所能到。缘宓每月薪资，奉汇沪寓约五十元，兰寓约五十元[3]。阳历过年后，每处已各汇去百元。加以舍妹在此学膳衣各费，本学期仅一月，已去五十元，则宓之家用，亦已有限，房租为一大项，此外零用，甚事节俭。宓回国以后，未添补一袭之衣，小衣均捉襟见肘，他可类推。夫宓岂敢比弟艰苦卓绝，然在留学生中，则独一无二之寒士，自奉之薄，莫得其比也。此乃实情，固其不能以百元贷《湘君》也，非虑其不能偿还也，实目前无力举出此数也。尚其谅恕，且有狂愚之言，幸毋疑而怒斥之。即宓意我辈志业高远，而大病在不能结团体，夫《学衡》[4]既有中华书局之印售，又有宓之经营琐务，专待同志之作文寄稿而已。虽其初发起之时，由于此间诸人，然其后诸人不尽力作文，大权尽在宓手，故《学衡》者，亦即弟与宏度兄、柏荣兄之《学衡》也。苟弟及二兄能以文稿诗篇等多多寄示，或自撰或代收。则《学衡》亦即《湘君》，固二而一者也。今乃另起炉灶，别树一帜，徒费双方之心血时力，于筹划款项、办理琐务之中，此不经济之甚者也。于是《湘君》则缺印费，《学衡》则乏稿件，力分而势孤，势薄而名不著，谓不为国人所知。果何谓哉？苟能就此间已成之局，以《湘君》并入《学衡》，同心戮力，结为一体，凡《学衡》有须改良之处，弟及二刘兄，尽可详明揭示，宓当竭力推行，而《湘君》之白话歌谣等，不甚合《学衡》旧例者，固新派诸报所欢迎，岂患无发表之地哉！故以《湘君》合于《学衡》一层，实宓所认为最善之办法、最大之计划，而敢斗胆请于弟及二刘兄者也。然无力借款，则与此意无关。即黄叔巍、汤锡予[5]兄，均谓早该如此。所渴望弟及二刘兄离湘外出者，即望合为一团体，而不独树《湘君》之一帜也。宓荐二刘兄于奉天，已得复，并无成望，原系热心之杨成能君，从旁汲引，并非当局向宓征求人才也。而不幸以为谢祖尧兄所闻。日前祖尧兄来函责宓破坏明德之现局，并述胡公[6]之生平，词严义正，情深语急，宓读之感愧无地，已复祖尧兄，谓此后誓不设法汲引弟三人外出，即有良机，亦必先商之祖尧兄云云。已允诺祖尧兄，誓当如此办理，谨闻。弟及二刘兄，对宓此函所言以《湘君》合于《学衡》一层，望即妥商详复，为盼。如是，则宓在此虽不得意，亦决久留，以维持《学衡》于不坠。清华虽以厚薪聘请，不愿往也。让使人才星散，胡先骕君今秋游美，柳君亦有辞去东南教席之意，缪[7]、景[8]毕业他去。独立难支，腹心兄弟，皆另有所经营，则宓亦不得不废然矣。惟弟与二刘兄实图利之。

梁、谢[9]二君到此后，谅有函直接报告见宓及在此旁听情形。据云，见汪剑休所登广告，谓汪之诗集中之《桃花源》剧，已为宣统师傅英人庄士敦译成英文送往欧洲宣扬，云云。庄原函仅云，接到《湘君》，未及尽读，已读《桃花源》一剧，颇为有趣，以吾平日甚喜陶潜之诗与其为人也。如此而已。其好名谬妄如此，固属可恶可耻，而吾人由此更当慎重，免为所累，而授人以口实矣。

柏荣兄代征重伯先生之诗，宏度兄函陈友古君，结果如何，乞速进行。宏度兄之词，已尽登，乞速续寄。不尽一一。

即请

　　近安

宓上

四月六日

注释

1. 选自《吴宓书信集》(生活·读书·新知三联书店 2011 年版)。吴宓(1894—1978),字雨僧、玉衡,笔名余生,陕西泾阳人。文学评论家、诗人。
2. 吴芳吉在长沙明德中学任教期间,与挚友成立红叶会、湘君社,创办《湘君》文学季刊。
3. 时作者生父芷敬公寓居上海、嗣父仲旗公寓居甘肃兰州,作者每月须分别汇款两处赡养。
4. 1922 年 1 月,《学衡》杂志在上海中华书局出版。这是南京东南大学一些教授办的刊物。主编是英语系教授吴宓,"学衡杂志社"那块白底黑字的招牌,就挂在他寓所的门前。重要同人有英文系主任梅光迪和生物系主任胡先骕等人。刊物的宗旨,据《学衡杂志简章》称,是"论究学术,阐求真理,昌明国粹,融化新知。以中正之眼光,行批评之职事"。《简章》还声称:"本杂志于国学则立以切实之工夫,为精确之研究,然后整理而条析之,明其源流,着其旨要,以见吾国文化,有可与日月争光之价值。"可见这是一本以极鲜明的态度反对新文化运动的刊物。
5. 汤锡予(1893—1964),名用彤,字锡予,湖北黄梅人。哲学家、教育家、佛教史专家。
6. 胡公即胡元倓。
7. 缪:即缪凤林(1898—1959),字赞虞,浙江富阳人。
8. 景:即景昌极(1903—1982),字幼男,江苏泰州人。
9. 梁、谢:即梁镇、谢羡安,湖南人,时甫自明德中学毕业,碧柳荐至南京东南大学旁听。

阅读指津

  这封信写于 1923 年 4 月 6 日。而吴宓与吴芳吉 1911 年就相识,当时二人均考入清华留美预备学校,是校友,更是挚友。吴芳吉在长沙明德中学任教期间,与挚友成立红叶会、湘君社,创办《湘君》文学季刊。1922 年 1 月,作为南京东南大学英语系教授的吴宓在上海主编《学衡》杂志。好友两人都办刊物,但处境极不相同,吴芳吉的《湘君》常常缺少资金,"缺印费"。吴芳吉于是向吴宓求助,希望能借钱办刊物。而吴宓虽然能在生活上给予吴芳吉很多的照顾,但自己生活上并不宽裕,资金有限。于是就劝吴芳吉,希望合办刊物,"则《学衡》亦即《湘君》,固二而一者也"。这封信主要就是讲这件事情。

致函周世钊释诗[1]

⊙ 毛泽东

惇元兄：

赐书收到，10月17日，读了高兴。受任新职，不要拈轻怕重，而要拈重鄙轻。古人有云：贤者在位，能者在职，二者不可得而兼。我看你这个人是可兼的。年年月月日日时时感觉自己能力不行，实则是因为一不甚认识自己；二不甚理解客观事物——那些留学生们，大教授们，人事纠纷，复杂心理，看不起你，口中不说，目笑存之，如此等类。这些社会常态，几乎人人要经历的。此外，自己缺乏从政经验。临事而惧，陈力而后就列，这是好的。这些都是事实，可以理解的。我认为聪明、老实二义，足以解决一切困难问题。这点似乎同你谈过。聪明多问多思，实谓实事求是。持之以恒，行之有素，总是比较能够做好事情的。你的勇气，看来比过去大有增加。士别三日，应当刮目相看了。我又讲了这一大篇，无非加一点油，添一点醋而已。坐地日行八万里，蒋竹如讲得不对，是有数据的。地球直径一万二千五百公里，以圆周率 3.1416 乘之，得约四万公里，即八万华里。这是地球的自转（即一天时间）里程。坐火车、轮船、汽车，要付代价，叫作旅行。坐地球，不付代价（即不买车票），日行八万华里，问人这是旅行么，答曰不是，我一动也没有动。真是岂有此理！囿于习俗，迷信未除。完全的日常生活，许多人却以为怪。巡天，即谓我们这个太阳系（地球在内）每日每时都在银河系里穿来穿去。银河一河也，河则无限，"一千"言其多而已。我们人类只是"巡"在一条河中，"看"则可以无数。牛郎晋人，血吸虫病，蛊病，俗称鼓胀病，周秦汉累见书传，牛郎自然关心他的乡人，要问瘟神情况如何了。大熊星座，俗名牛郎星，（是否记错了？）属银河系。这些解释，请向竹如道之。有不同意见，可以辩论。十一月我不一定在京，不见也可吧！

毛泽东
1958 年 10 月 25 日

注释

1. 选自《毛泽东与周世钊》(吉林人民出版社1993年版)。周世钊(1897—1976),字惇元,又名敦元,别号东园,湖南宁乡人,教育家、爱国民主人士。

阅读指津

  1913年至1918年,毛泽东和周世钊同班就读于湖南第一师范。后来,毛泽东成了中国共产党的创始人之一和领袖,周世钊是普通的非党人士和教育工作者。但是,毛泽东和周世钊却有着63年的友谊交往,肝胆相照,情谊拳拳,过从甚密,书信不断,诗词频频。1958年7月,周世钊被选为湖南省副省长。受任新职,思绪万千,致函毛泽东,陈述复杂思想。周信是10月17日发出的,只隔一周,毛泽东于10月25日就复函周世钊。信中,毛泽东称周世钊为"贤者在位与能者在职"可以兼的人;又把周世钊10月17日的信叫作"赐书",这在1983年出版的《毛泽东书信选集》的372封信中也是极少见的。足以说明,这两位友人之间的关系非同一般,了解透彻,互相尊敬。

  毛泽东的《七律·送瘟神》写于1958年7月1日,最早发表在1958年10月1日的《人民日报》上。诗发表后的第22天,即1958年10月25日,毛泽东写下了自己的注释,达400字。这恐怕是公开发表中最长的一篇毛泽东自注文字了。

  信末讲的牛郎星不属于大熊星座,它是天鹰星座中的 a 星。大熊星座中的星和牛郎星都属于银河系。

明德树人 铿锵有声

演讲稿也叫演讲词，它是在较为隆重的仪式上和某些公众场所发表的讲话文稿。演讲稿可以把演讲者的观点、主张与思想感情传达给听众以及读者，使他们信服，并具有宣传、鼓动、教育和欣赏等作用，它可以把演讲者的观点、主张与思想感情传达给听众以及读者，使他们信服，并在思想感情上产生共鸣。

百年明德，已经经历了120年的岁月沧桑，我们的前辈用辛勤的汗水和奋斗编织着明德的未来，谱写了多少不朽的诗篇！本单元选取了与明德有关的一些演讲稿，想借此让大家体会到文章中那炙热深沉的教育情怀：胡老校长的磨血育人，黄兴先生的流血救国，谢祖尧校长的殷殷期待，余秋雨先生的文化有声……读着这些慷慨之声，犹如和那些长者进行心灵的对话，文章中闪烁的人性光辉，犹如一盏盏航标灯，指引着我们乘风破浪，扬帆远航。

长风破浪会有时，直挂云帆济沧海。承载着百年名校的殷切希望和深情嘱托，明德学子定能做拥有智慧并富有激情的人，做德才兼备并勇于创新的人，做富有责任心并敢挑重担的人！

检阅义勇军训辞[1]

⊙ 胡元倓

十三周星期三下午三时，学校当局举行高中部义勇军第一次检阅。军容严肃，步伐整齐。深得校长嘉许，并扶病训辞云：

这几天身体不大舒服，今日特别扶病来和你们说几句话。

首先，你们要明白，你们所处的地位。你们上有高五、高六两班，下有初中全部，你们所处的地位是居中，是继往开来的地位。过去的学生都很好，现在惟看你们后继者怎样。

三十年前我和龙、张诸先生[2]商办明德学校，当时决定采用日本士官学校的章程，做本校的规则，所以我办学校是严厉的，是不随便的。从前我训诫学生，常说"临之以庄，一毫不苟"，而过去的学生，很有能守我这教训做事的，今天我也就把这八个字告诉你们，希望你们无论在校出校，都要遵守这八个字。

现在，我本来可以随便到什么地方去休息，学校的事我管不管没有关系的。近来这两三年，我把学校交给一班老学生办，结果居然成绩也很好。今年我从南京回的意思，是目击亡国灭种的祸就在眼前，我要学校内出几个特殊人才来救国，所以才不辞劳苦，躬亲招呼你们，希望你们个个能奋发图强。

你们到本校来的时候，你们的父兄，对这学校加过一番考虑，你们自己也是切实认清来的。现在我要说的就是，既到明德来，就要遵守明德教训。明德学生，只能好不能坏，你们要特别留心，不可稍微随便一点。

我办事只知有公，不知有私的，三十周年纪念的时候，何主席[3]送我八千块钱。后来我对何主席说，你送我的钱我并不感谢你，因为我的学校办得好，教育厅提出奖励，这是应得之款，不用感谢，我所要感谢的，就是你派了几位学识充足、经验宏富的军事教官，训练我们的学生，因为我素志是要以军律办学校，只以经费困难，请不着好教官。今日何主席派来的教官已在训练你们,当这国难临头的时候,又有好教官,你们还不应该努力图强吗?

有一次我因为筹款的事,会见汪院长[4]的时候,我带了一张前次学生检阅所照的相片,同乐诚堂的照片给汪院长看,我说我同张溥泉先生、谭组安先生都是好朋友,我们也是好朋友。我办学校的成绩,就是取了第一。从前蒋主席在任批准的款,就造了这栋房子,所以我的精神与物质都寄托在这里。汪院长回答,谓如明德这样好的学校,还要你老亲自奔走筹款吗?一切我愿帮忙。当时我还对汪院长很沉痛地这样说,中国如果要收复失地,我的一些学生,都可以随院长去死,那时汪院长也为我的言语而感动。

你们平常一切习惯我都明白,希望以后更努力向善,处处养成一种良好习惯,我也不多说了,最后希望你们谨记"临之以庄,一毫不苟"这八个字。

注释

1. 选自《百年明德 磨血育人》(明德中学 2003 年编印)。
2. 龙、张诸先生:指龙璋、张继等人。
3. 何主席:指何键,字芸樵,湖南醴陵人。1929 年,南京国民政府任命何键为湖南省代理省主席,1937 年离湘任内政部长。
4. 汪院长:指汪精卫,时任国民党中央行政院院长。

阅读指津

这是明德中学的创始人胡子靖先生在检阅义勇军时的一篇演讲,既传达了胡老校长对明德学子"临之以庄,一毫不苟"的殷切期待,同时也凸显了他"磨血育人"的教育情怀。本文一扫一般演讲公式化的套路,语言朴实,情感真挚。

在明德学校欢迎会上的演说[1]

⊙ 黄兴

兄弟八年前担任明德学校教员。当时胡子靖先生、谭组安先生等主校。开办之始，规模狭小，风潮甚恶，以今日之情形较之，相隔不啻天壤！今日承同事诸君暨全体学生雅意，开会欢迎，不胜感激之至。

溯明德之历史言之，自创办以至今日，其间辛苦艰难之状，与革命风潮正复相同。兄弟离校以后，校中经济困难，教师难得，以及一切交涉之棘手，时有所闻。现在明德已完全成立，以兄弟观之，不独在湖南占优胜，南方一带亦不多见，盖此校与民国成立极有关系。如从前毕业生及诸讲师担当重任、奔走同事者，实繁有徒。兄弟在校时所抱宗旨，实未敢明白宣示。现在得有良好结果，固由学生程度之高，而亦诸讲师教育感化之力也。将来建设事业甚多，非有学问不可。在座诸君对于学堂，当与对于民国同一观念。有现在之规模，当谋以后之发达，将来大学之建设，即基于此。大凡一校之成立，非一人之力所能支持，有胡先生在外奔走经营，尤赖各教师及全体学生共担责任。现今民国为民立，此校亦系民立。一国学校之发达，当视民立学校之多少为转移。当胡先生创办此校，其志愿恒欲与日本早稻田学校同一规模。但早稻田虽甚完善，然处于日本帝制之下，尚未能十分发展，而此校在民国年有自由活泼之精神，又得诸讲师之教育及谭都督之辅助，将来之发达，当较早稻田而过之。今日得与诸君聚晤一堂，异常荣幸，兄弟无以为祝，但愿明德与民国一同发达。

注释

1. 选自《黄兴传》（人民出版社2004年版）。此文曾发表于1912年11月16日的《长沙日报》。

阅读指津

演讲一看场合，二看对象，如此才能打动人心。当时中华民国成立不久，还不够稳固强盛，外有列强，内多军阀，隐患重重，仍需志士摇旗呐喊。为勉励明德学子积极投身革命，乃重申明德办学之光荣传统，"如从前毕业生及诸讲师担当重任、奔走同事者，实繁有徒"，切合实际，深入人心，听者无不为之动容。

在校 30 周年纪念讲演词[1]

⊙ 谢祖尧

今天是本校 30 周年纪念日。本来明德成立，是在前清光绪二十九年三月二十九日，因为与七十二烈士殉难纪念同时，所以改至 4 月 1 日，今年 30 周年了，却比 20 周年纪念的仪式要简单些。因为国难当前，不宜铺张；第二，因为表面上的铺张，倒不如党政学各界领袖予以实际的批评和指导，较为有益。

本校过去 30 年中，经过了不少的困难和危险。现在我们要考察一番，到底有什么值得纪念，值得保存；有什么应该反省，应该补救。有人说，本校历史悠久，为湖南私校的先驱，所以值得纪念，但是，在中国有这样悠久历史的也不少。在欧洲更有数百年乃至 1000 年的学校。古人说，"三十而立"。本校仅"而立"之年，怎可自豪？有人说，本校成绩优良，两次会考，名列第一，一次学生军检阅，取得冠军。七次全省运动会，五次优胜，所以值得纪念。但是这些许成绩，实在离我们的理想太远，我们只有愧悚，只有惕厉。那么，本校值得纪念的，究竟是什么？

第一是校长胡公的人格教育。他的人格教育，在我们校训"坚苦真诚"上完全表现出来。这个校训不是悬挂礼堂，装点门面的，乃是校长 30 年来身体力行的成果。他自日本归来，即抱定"教育救国"四字。作为终身事业的指南针。把流血之事，让给黄克强先生去做，自己去实行磨血。本校开办之初，革命先进黄克强、张溥泉、周震鳞诸先生，担任教师，一时革命空气紧张，校长从中掩护，不遗余力，以至官厅疑惧，学校几乎倾倒，磨血几成流血，然而校长决不灰心，依然继续他的磨血主义。30 年来，他把学校当作自己的生命，奔走四方，呼援求助，昼则徒步，夜则失眠，每当经费困窘之际，奔走更苦。我们几番劝他稍事休息，他说："与其坐亡，不如跑死。"的确的，他除着卧病，没有一天休闲过呀！他自俸之薄，迥异寻常。胡夫人身体素弱，然而躬亲操作，不雇女工。乃至三年前，也因磨血已尽，抛弃人间了。而这位白发苍苍的老校长，还是继续不断地跑，继续不断地磨血，论坚苦是坚苦极了，论真诚是真诚极了。因为如此，所以全校的教职员和学生，都受了深刻的影响，兢兢业业，不敢稍懈。虽然校长常常数年不在学校，但是师生间融融关系，通力合作。任何环境困难，乃是努力向前，未曾一日停止。我在本校服务已满14年，什么学潮，我却没有见过。这并没有什么稀奇，就是不忍欺骗这终年在外"磨血""跑死"的老校长！英国大教育家爱纳德先生（Armold），是以人格教育著名世界的。他做事坚苦，待人诚实，学生常常说："我们不要欺爱纳德先生，因为你欺他，他更相信你。"教育要能做到学生不忍相欺，才算是真正的人格教育。古人曾经说过："以身教人者从，以言教人者讼。"校长的"坚苦真诚"，确也做到人不忍欺的地步。世人都颂扬爱纳德先生人格教育的成功，难道校长的人格教育，不值得我们纪念么？

第二是科学教育，教育是不能离开现代文化的，离开了现代文化，便成为时代的落伍者。那么现代文化的根本特征是什么？一言以蔽之，就是实验思考（Tested thought）的发展。1590年左右，伽利略从比萨斜塔上落下两个轻重不等的球，同时到地。这个小小的实验，把2000年来亚里士多德的权威，根本推翻，从此科学发达，一日千里。尤其是自然科学，几乎造极登峰蔚成近代光辉灿烂的文明。可怜中国办学数十年，办来办去，总在故纸堆里翻筋斗，绝不向自然和人生谋出路。古灵禅师骂窗纸上的蜂子说："世界如许广阔，不出寻路，只钻这故纸。"我说，中国的教育，也只钻这故纸。中国唯一的教育方法，只是读书，国文史地要读，博物理化也要读，无论什么科学，一到中国人手上，只有一读了事。对于近代科学的两件法宝——观察和实验，少有人注意到的。直到此次对日作战，才感觉自己物质准备不行，非请赛因士先生出山不可，然而迟了！本校早见及此。数年前，便注重学生的观察和实验，所有生物理化的实验室，及其需用的设备，大概可以够用，学生的头脑也渐渐地走入科学之路，这也是值得我们纪念的。不过本校的科学教育才萌芽，决不能认为满意。若望"绿叶成荫子满枝"，全靠今后的灌溉和培养，以上是本校值得纪念的所在。至于本校的缺陷，我认为也在两点：

第一是学生没有劳动化。有人说："人是制造工具使用工具的动物。"他能够克服万物，就在这制造工具使用工具上头，而制造工具使用工具，两只手是必要的。所以我们的两只手，是自然给我们劳动的，可是这两只手一生在中国人身上，便要大倒其霉，一辈子找不出正当的用途。勤快的，闭户挑灯搓麻将，清闲了，后园叉手看梅花。这和"朝鲜人每日起来，个个托着一把茶壶，衔着一根长烟袋，坐在树下歇凉"，有何区别！所以有人说："中国人是第一等懒怠的国民"，尤其是知识分子，特别懒散。试看中国的教师学生，有几个愿意劳力几个从事生产的，多少有用的农工子弟，一入学校便变成"四体不勤，五谷不分"的书呆子，这是全国教育的通病。本校何能独免。我们应该猛醒！应该补救！

第二，学校没有社会化。教育说来说去，总不外教养个人，经营有效的社会生活，教育若从社会游离，不与实际生活接触，便会变成僵尸，失去生命。所谓学校社会化，无非要把学校的社会机能扩大起来。一方面把学校的一切学程和设备，适合社会实际的需要，一方面把学校向民众开放，使学校成为社会的中心。可是中国的学校，头门太关紧了。显著的表示，就是"学校重地，闲人免入"。这样何能使学校和社会沟通，何能使学校成为改造社会的中心？本校同学，对于社会服务，尚称热心，如开办民众学校之类，尽了相当的努力。然而本校已否成为社会的中心？我们觉得惭愧，只得答一个"否"字，这也是我们应该猛醒，应该补救的。

总而言之，中国数十年来的教育，确没有收到良好的效果。值此国难当头，应该幡然醒悟，大加改造，朝向生活的、社会的、科学的、劳动的方面走，使它转入正当的途径。本校有了 30 周年的历史，健全巩固的基础，正好乘机奋发，站在改造的最前线，替中国教育开一新纪元，这是我对于 30 周年纪念一个诚恳的希望。

注释

1. 选自《百年明德 磨血育人》（明德中学 2003 年编印）。谢祖尧（1889—1946），即谢真，字祖尧，湖南新化人，明德旧制第四班学生，北京师范大学及日本东京高校毕业，1918 年回明德任中学部主任，1919 年赴日本考察教育，次年回校，推行教育改革，后任明德中学代校长、第一师范学校校长。

阅读指津

  本文视界甚高，条理清晰，用语犀利形象，多有可观之处。

  谢老不愧是教育名家，教育之重任，教育之旨要，概括鲜明，由他一说，听者豁然。分析胡老校长的办学精神以及本校教育的缺陷，且和国事相联系，特别是提出现代文化的根本特征是实验、思考，可谓高屋建瓴，观点独到深刻，视界颇高，令人称奇。此外，本文用语也颇具特色，口语化而极具表现力。"勤快的，闭户挑灯搓麻将，清闲了，后园叉手看梅花。这和'朝鲜人每日起来，个个托着一把茶壶，衔着一根长烟袋，坐在树下歇凉'，有何区别！所以有人说：'中国人是第一等懒怠的国民'。""教育若从社会游离，不与实际生活接触，便会变成僵尸，失去生命。"用语尖刻犀利，形象生动，令人回味，催人猛醒。

秋雨润心，文化有声（节选）[1]

⊙ 余秋雨

今天对我来说非常特殊，大家都知道我好像几乎没有到哪一所中学里面去演讲过，但是不久前，我收到了我们范校长的一封信，就是这封信把我感动了。校长的思路、文笔把我感动。今天呢，我又过来，从机场直接到了我们的明德中学，一路上心情非常好，因为校长在跟我讲，你们学校的各种各样的现状，进来以后，校舍的漂亮，文化气氛的浓郁，和我们这个会场里面大家的整齐、大家的热情则又一次把我感动了。所以，刚才有好几位老师说我的来到对这学校很重要，我说应该反过来讲，我能够到这个学校里来对我很重要。

大家知道不知道，你们在座的长辈，不管到世界任何地方，突然吃到家乡的口味的时候都会非常地激动，不管他多老，70岁，80岁，甚至于90岁，吃到了一点我们湖南的口味的时候他会非常激动，在很远的地方。好多人写文章以为这只是妈妈的记忆，对祖母的记忆，其实不是完全如此，这是经过世界的科学家的研究，人类对味觉的记忆，对于吃菜、吃饭的这种记忆在7岁的时候就形成了，在7岁就大体形成了他的饮食结构的记忆，在7岁的时候。后面会变化，后面会有很多的变化。但是即使你到外面去吃西餐了，而且吃的是法国西餐，这不要紧，多少年以后，突然又吃到7岁以前吃的东西，你的感觉是惊心动魄，声泪俱下。有这种感觉。味觉记忆是在7岁的时候基本建立，一个人的人格结构是在什么时候建立的？在中学的时候，一个人的人格结构基本建立。好多人不知道这一点，其实是中学里边决定了你人生的模式。这一点就非常重要了——人格结构。

我对大家讲人格结构，大家听起来可能会比较抽象。瑞士有一位重要的学者，他的名字用中文翻译叫荣格。他说，一切文化最后都沉淀为人格。所以我说人格结构建立真的很重要。我们文化立校，文化，文化，到最后都变成人格。那么，什么是中国文化呢？就是中国人的集体人格。什么是湖湘文化呢？就是以湖南人为主的这一代人的人格。人格是什么呢？是固锁终身，固锁一辈子的那种精神价值和特殊魅力，是你一辈子要固锁。所以我在这个问题上要给今天明德中学的同学们赠送几句话，这叫老人直言，要赠送后面的几句话都和这个有关。

我讲的第一句话叫作关注人格。希望我们重视文化的人都关注人格，你将成为什么样的人，都是由你们现在这个时候决定的。我们学校的名字"明德"其实就要求大家共同来关注人格，关注一种高贵的，关注一种人人相通的，关注一种能够带领整个土地上其他民族的一种人格——明德。如刚才看校史馆的时候，你们学校里边有好多了不起的人，我特别佩服的有像黄兴这样的人物。他真的以他的人格改变了历史。这一点，我希望你们开始关注起来，想想看，我要建立一个什么样的人格。

第二句话叫看破诱惑。我们眼前诱惑实在太多了，当然主要是功利的诱惑。刚才校长跟我讲，现在我们办学的教育家都在研究如何能够让一个学校不要过于功利。校长已经看清楚了，我们的人生当中有很多功利，什么功利呢？我们的一生告诉我们，人生当中没有成功这一说，不存在。什么叫成功？你成功了，但上面还有更多所谓了不起的人，你还是失败者。你这个坐标是要命的坐标，而且我以这个坐标去竞争，那非常可笑，按照我所讲伪坐标，大家知道什么叫伪坐标吧！我们现在年纪不大，但你想在托儿所、在幼儿园的时候，曾经为了一个小的事情和隔壁同学打架，而且还生气好几天，几天不理他，现在我们都知道这叫伪坐标。几天不理他就是伪坐标。以后到大学里面，我们回过头来看我们中学里边的好多坚持是伪坐标，这是第一个诱惑。第二个诱惑就是追随他人。别人有了什么，我就一定要有什么。别人达到了这一点，我也一定要达到。虚荣——深深地贯穿了我们的身心。这是第二种诱惑，这也是我们的大文化所不允许的。你们看到一个拉开奔驰车门坐上去的人会崇拜吗？不会。所以这个价值啊，他人的坐标成了你人生的目标，这是人生最大的悲剧。第三个诱惑就是网络诱惑，我一定要劝大家，你们在这个上面，年轻人，耗费的时间太多了。我注意到好多国外的人，国外的学者、国外的学生看的量，关注的度，远远少于我们中国的年轻人对网络的关注。我们的关注是最多的。大家可能听说过，我是完全不上网的人，那么还有一个人也完全不上网的，他是台湾的余光中先生，我们两个都姓余，所以他笑眯眯地说有两条漏网之鱼。网是网络的网，从网上漏出来的。但是我们两个在一起很高兴啊，我们在那儿演讲，听的人很多啊，我们所知道的国际形势、大势，一点也不比听的人少啊！我们看下电视的新闻节目，短短的时间我们都掌握了，而且都是很重要的东西。希望你们认真地从事人格构建，认真地从事知识构建，认真地从事文化构建。

第三句话是亲近经典。我们总有一个东西不能看破，总有一些东西不能看破。为什么要看破它？因为我们掌握了一些重要的东西，这个重要的东西就是经典，就是人类历史上，我们活了那么多年，留下的最重要的精神财富。这个财富是我们要亲近的。"明德"的意思也是这样，我们要了解人类历史上最好的精神的精华。当你面对经典的时候，你要有一种非常虔诚的心灵才能面对，你如果曾亲近过经典，你这个人就和一般的人不一样，因为你的身上沉淀着你出生以前这个世界上优秀人物的思维，能做到吧？能做到。如果没有的话，我们这个人和其他人完全一样，我们实际上没有太大价值。但是如果等有一些人类的精华灌注到我们的心灵当中去，你这个人就不一样，它分量不一样，你就走向了高贵。所以，你一定要亲近"不多"的几部经典。这里我为什么强调"不多"呢？经典如果很滥的话，其实你根本进入不了。经典指的是不多的经典，你应该进入。学生选择能力有限，我们要代学生做事先的选择，这一点任何学者都不能放弃这个使命。看一些必读的书目，尤其现在方便了，印成一些语录、摘录的东西，有些讲座，不多的，但是大家都能够深入地阅读，应该做这件事。这我讲的是老师的责任，那学生的责任是在哪儿呢？学生的责任是这样的，经典那么多，你要凭自己的兴趣选择它，不是每一个经典都适合你，都是很好很好的书，但这本很好的书第一类的书适合他，适合我隔壁的同学，不适合我。那么我适合什么呢？我就看老师给我推荐经典，这个特别听得进去，特别听得进去表示这个经典和你的生命有缘，有缘是我们中国的习惯说法，如果用西方的逻辑来讲呢，说这个经典和你的生命有一种同构关系。什么叫同构关系呢？就是相同结构的关系。有的经典和你们的生命有同构关系，经典构成一种生命结构的诱惑，所以为什么有一些了不起的作品一看就非常对路，有的作品再好你也看不下去。看不下去的没有同构关系，看得下去的是有同构关系，你对于有同构关系、看得下去的书（我讲的是第一类的好书啊）千万不要放弃，反复地读。因为这是伟大的生命，你是普通的长沙的中学生，但是既然你喜欢它，你有同构关系，你的生命和这个伟大的生命当中其实出现了一根缆绳，就是像一根过山的索道一样，有这根缆绳了，你顺着这根缆绳你也可以逐步地靠近伟大，你不要放弃。你自己也要对自己有所了解，然后，你去寻找吧。大家请记住我这句话，你在寻找书的时候，其实也在寻找自己。因为你不知道，在文化当中的你是什么样子，其实每个人都不知道。你在找书就等于找自己。我为什么会对这个作家感兴趣？这是个谜，你可能到老都搞不清的。但是这个你找到了，就找到了你自己。有的人没有在书海里寻找过，一辈子也没找到文化中的自己，这是很遗憾的。你是一个高贵的生命，但是由于你没寻找，失去了高贵。在这个意义上，我只是想告诉大家，寻找的范围不要太大。读第一流的书，它可以提升你的生命。读第二、第三流的书，它的水平和你一样，你多读干什么呢？

最后一句话也是四个字，叫坚持大爱。善良是我们人格建设当中的核心。我们说一千道一万，最终是要让我们成为善良的人。我前面所说的，要看破诱惑，严格讲起来遮住我们善良的东西就是这个诱惑，我们要成功，我们要竞争，我们要逃脱。实际上我们每个人的心底都有善良的火苗。我印象很深的就是汶川大地震刚发生的时候，都江堰是重灾区，成都离都江堰很近，都江堰就属成都的一个区了。刚刚发生的时候，成都一千多名出租汽车司机都开到了灾区，都去载伤员去医院，完全免费的，当时没有任何命令，没有任何号召，因为地震刚刚发生。这些成都市的出租车司机，包括男的女的，过去叫的哥、的姐，平常都被大家骂得不得了，说他们宰客，说他们绕远路。但是在那一天晚上，每个人都在救伤病员，出租汽车里边大量的鲜血，要搀扶他们就座。只有一个人，只有一个司机由于口袋里边被伤员的家属塞了二十块钱，还被其他的出租车司机打了一顿，说你怎么乘人之危，还拿人家钱。大家都不要钱。这是那天真的发生的事情。上海算得了是比较斤斤计较的城市吧，但是，就那一天，免费捐血的队伍需要排队，都排着队呢。这了不起。所以那几天，两个美国人访问我，美国人说，余先生，你们这个"512"大地震是不是就像我们那个"911"恐怖袭击所遭受的一样，灾难让全民团结了。我说，不，你们的灾难有敌人，所以你们发动了两次战争。中国的灾难没有敌人，我们全靠"爱"解决了一切。他们很感动。我们就是这样过来的。所以我要告诉大家的一点是，文化的至高标准——自爱，文化的最高的追求是善良。有了这一点，全盘皆破，没有这一点，全盘皆破。我们要抵拒我们的诱惑，我们要亲近天上了不起的星座，而最后能够永远地把握住善良。那么，即使你们老了，明德中学的毕业生也不辜负"明德"这两个字。

谢谢大家！

注释

1. 余秋雨（1946—），浙江余姚人，文化学者、作家、评论家。（此文节选自余秋雨于2012年4月22日在明德中学体育馆发表的演讲，全文近两万字。）

阅读指津

这是一篇颇有谈话风格的演讲词，余秋雨先生如同一位慈祥而睿智的长者，给予了我们一场盛大的文化洗礼。全文紧扣四句话，第一句话是关注人格，第二句话是看破诱惑，第三句话是亲近经典，最后一句是坚持大爱。全文事例生动，感悟深刻，让听众在故事中慢慢体会到人生的真谛，真可谓"随风潜入夜，润物细无声"。

精穷术业 缔造传奇

百年明德，不仅走出了一大批政治、经济、文化巨匠，更涌现出了许多投身自然科学研究的杰出校友。院士墙上的张孝骞、肖纪美、艾国祥就是其中的代表。这些校友们走出明德之后，仍然秉承"坚苦真诚"的校训，在探索与发现的道路上上下求索，用自己的智慧与努力创造了一个个自然与社会科学的传奇，他们的研究成果不仅领先全国，甚至走在了世界的最前端。

科学是推动人类社会不断发展的重要力量，但对我们而言，或许有太多的奥秘难以理解洞察。本单元选取的三篇小论文，都选自校友们的专业论著，论述的都是不同领域的专业问题，但我们会发现，校友们把高深枯燥的科学话题叙述得如此生动有趣，为我们打开了一扇通往科学的奇妙之门。马寅初先生的《我国人口问题与发展生产力的关系》深入浅出地阐述了国家人口控制的原因和方法；唐稚松院士等的《软件开发中的传统哲学》讲述了传统哲学对科学工作的重要意义；刘经南院士的《谈谈增强现实技术》为我们展望了新技术的美妙前景。

回顾明德百年历史，"明德树人"、"关注人的终身发展"的人本教育思想贯穿始终。得益于此，从明德走出的科学家们不仅有着高超的科学洞见，同时也具有良好的人文素养，这让我们明德人在探究术业的征途上能够高瞻远瞩，有大情怀，得大发展。百年明德灿烂辉煌的院士群落无疑是基础教育的不朽传奇。在他们的引领下，在崭新明德之梦的引领下，越来越多的新明德人无疑将追步前贤，大步跨越，缔造属于自己的科学传奇！

我国人口问题与发展生产力的关系（节选）[1]

⊙ 马寅初

我们只要研究一下中国人口的增长情况就会感到人口问题十分严重。1953年全国人口普查，才知道我国人口已超过6亿，4年来又至少增加了5000万。我大概算了一下，如以净增加率2%计算，15年后将达8亿，50年后将达16亿；如以3%计算，15年后将达9.3亿，50年后将达26亿。到那时候，超过今日世界的人口。我说的3%的净增加率，估计并不算高，可能还保守一点。我的理由是：第一，几年来一般职业稳定了，年轻人一有职业就考虑结婚；第二，孕妇、产妇、儿童有许多优待，乡村都有新法接生，小孩死的少了；第三，生活逐步提高，医疗卫生大有进步，一般死亡率降低了；第四，人的寿命不断增长，苏联人的寿命30多年来已提高一倍，平均达到六十几岁，我国有句古话："人生七十古来稀。"今后恐怕是"人生七十多来兮"了；第五，全国解放后，和平统一了，不打仗，要少死许多人；第六，社会根本变了，尼姑、和尚也结婚了，妓女也没有了，多了许多生孩子的人。农村合作化后，生活好转，父母要为儿女成亲。因此，我敢说，我估计3%的净增加率还是保守。这个数字，说明我国人口问题将愈来愈严重，一定要实行计划生育，非计划生育不可。我们社会主义经济就是计划经济，如果不把人口列入计划之内，不能控制人口，不能实行计划生育，那就不称其为计划经济。毛主席说得对，"一切要从六亿人口出发"。而且还要有人口动态统计，否则人口统计不正确，所定的计划一定会被打乱，结果计划一定会落空，久而久之，就会出问题。

还有，社会主义事业愈发展，机械化、自动化必然随之扩大，从前1000个人做的事，机械化自动化以后一个人就可以做了，请问其余999人怎么办？因此，我们考虑到人多，就不能很快地机械化自动化，我们现在不能多搞最大的工厂，要多搞中小型工厂，就是因为中小型工厂可以安插好多人。但是，我们搞社会主义就应当多搞大工业，列宁也说过，没有大工业就没有社会主义。然而我们过多的人口，却拖住了我们高速度工业化的后腿，使我们不能大踏步前进。有人说，机械化自动化以后，人人可以减少劳动时间，每天可以劳动4小时甚至2小时，其余的时间用来学文化，求知识。这种想法是好的，但试问几亿人学文化，纸在哪里？校舍在哪里？教师在哪里？又有人说，我们还有15亿亩荒地可以开垦。这是事实。但是好多荒地缺少水源，有何用处？而且农业部所说的荒地据北京大学生物学专家李继侗教授的意见，全是少数民族世世代代借以为生的草原地，绝大部分是不应开垦的。即能开垦，也需要拖拉机，拖拉机哪里来？有了拖拉机，汽油怎么办？就算有拖拉机和汽油，又怎样去？今日的铁路已很拥挤，如何运去？运去之后要筑公路，要有不知多少大卡车，谁去开荒？我们江浙人口稠密，可以去，但是不能一个人去，若带家眷去，开荒的地方就要先造好多房子，开商店，办学校，办医院，这些问题不解决，就不能大量开荒。要造大卡车，造房子，开商店，办学校，开医院，就需要大量钢材、木材、水泥，而这些物资，又是我国现在缺乏的东西。所以除非科学家能快快制造合成的食品，否则，我们就不能摆脱耕地的束缚。

总之，唯一的、最有效的办法就是控制人口，实行计划生育。

原载《大公报》1957年5月9日

注释

1. 选自《新人口论》（广东经济出版社1998年版）。马寅初（1882—1982），浙江绍兴人，中国当代经济学家、教育学家、人口学家。明德早期教师。

阅读指津

马寅初的《新人口论》被列为影响新中国经济建设的10本经济学著作之一，时至今日虽然有誉有毁，但无疑影响到了新中国建立之后的每一个国人。作者综合全面的事实论据，说理以翔实确凿的调查数据，读来让人不得不信。

软件开发中的传统哲学（节选）[1]

⊙ 唐稚松等

在我们探索软件发展的规律，评价各种理论与技术的得失，研究解决问题的方法与作出各种具体决定的时候，往往感觉到在软件理论与技术的发展历史背景中有一些更基本的原则与思想在起作用，这就是哲学理论与方法。我深感到只有在这方面取得某种共识，才更能对 XYZ 系统有较全面深入的理解。

在上一小节中讨论了儒家"中庸之道"作为一种方法论对于 XYZ 系统设计思想的影响。但这一哲学方法只是强调了辩证法中对立的统一性这一个方面。据我所知，在整个孔子哲学体系中并未全面地着重讨论辩证法。我国传统哲学中，不少流派都强调辩证法，而其中《易经》更是我国哲学史中最全面最深刻的一部弘扬辩证法思想的经典著作。首先它以抽象的概念"阳"与"阴"表示宇宙间一切事物的最基本的一对矛盾元素，并予以符号化（乃至数字化）的表示，即"—"与"--"[2]。实际上，这对基本元素是宇宙间"男"与"女"、"天"与"地"、"刚"与"柔"等人类或自然界各种对立元素的抽象概括，它们表示着一切矛盾的最基本的共性。以这对根本矛盾为基础，《易经》讨论了天、地、人、万事万物的发展变化过程，而这些变化规律中一个重要的方面即"动"与"静"的对立与统一。《易经》哲学所强调的是以"动"为主的"动"与"静"结合，这是它与"佛学"及魏晋"玄学"[3]最基本的差别所在。例如："生生之谓易"[4]"天行健，君子自强不息""刚柔相推而生变化""穷则变，变则通，通则久"。在系辞中明确提出："动静有常，刚柔断矣。"[5]"居则观其象而玩其辞，动则观其变而玩其占。"[6]（此处"居"即指稳定静止的状态）"夫乾，其静也专，其动也直，是以大生焉。夫坤，其静也翕，其动也辟，是以广生焉。"[7]我们恰好在计算机软件的"动态语义"与"静态语义"的对立与统一中，找到了一种解决软件发展面临的重大问题的方案。事实上，自有冯·诺依曼计算机以来，每一程序均由两部分组成，即其变量与操作（过程或进程）的定义部分（常称说明部分）与其算法过程的执行部分（常称程序体）；前者的语义是静态的，后者的语义则是动态的；前者是关于其领域情况的规定，后者是关于其计算过程的描述。这两方面是相互依存，都是不可缺少的。可是从过去 40 多年的发展史来看，国际计算机界前 20 年专注于动态语义，几乎忘记了静态语义；后 20 年专注于静态语义，又几乎忘记了动态语义。我们认为，各有其片面性。让我们回忆一下过去的情况。1950 年出版的 "*Automata Studies*"（C. Shannon 和 J. McCarthy 编写）是计算机出现初期讨论计算机模型的会议论文集。与会科学家提出两类自动机（即图灵机与有穷自动机）作为计算机的模型，它们的共同之处即为由表（略）所表示的有穷状态转换。

此处，$i=1, \cdots, m, j=1, \cdots, n$，$A_{ij}$ 表示动作，S_{ij} 表示下一状态。表中有穷状态转换即表示了自动机执行过程的动态语义，至于自动机的构造（包括带子、读头等），条件、状态、动作等的定义（即其静态语义）都包含在自动机的概念定义之中，在具体用自动机解题时，已被隐藏；作为计算机的模型完全由表所示的动态语义所代表。这一片面强调动态语义的做法一直从 20 世纪 50 年代初维持到 70 年代中叶。当程序语义形式化问题首次被提出时，J. McCarthy 所提出的方案即试图用一阶逻辑表示动态语义。这方案后来又被采纳为第一个维也纳定义语言，但终于以失败而告终。此时，正好 D. Scott 以递归函数及 λ 演算为基础提出表示程序静态语义的指称语义方案，它很快即被广泛采纳，后来又扩充了与模块程序、并发程序等方面有关的形式化方法。但从总体情况来看，从 80 年代起，动态语义方面从未引起足够的重视。

而从我们的观点来看，一些关系软件生产率的关键性问题，如可靠性、可维护性及可重用性等的解决与如何合适地将静态语义与动态语义两方面结合是紧密相关的。XYZ 系统的一个主要特征，即以中庸之道为指导，统一有关软件的理论与技术的许多方面的矛盾，而其中最基本的一种即以统一的程序框架表示动态语义（赋值）与静态语义（pre 与 post 断言）；在此基础上即可将逐步求精、程序规范、验证与速成原型表示在一平滑的过渡过程之中。这是问题的一个方面，即西欧学术界所强调的以形式语义为基础提高软件生产率的道路；与此相对，还有美国技术界所强调的以大型程序模块的可重用性为基础提高软件生产率的道路。他们所强调的面向对象程序设计的确有其重要意义，但它们主要是关于领域情况的描述，其结构主要由数据结构所决定，通信在其中只起局部的（为了实现操作调用这一种特殊情况）及附属的作用，故其语义主要是静态的。而近年来由于大型通信系统的发展，分布式与反应型程序的重要性日益明显。因此，在面向对象这种面向领域的模块之外，还需要另一类面向计算过程的大型程序模块，其语义则是动态的，其结构特征主要由动态通信所决定。但这种模块的语义只有在满足语义可组合性条件的前提之下才成立。如何保证这条件成立是长期以来并发性研究中的一个难题，有些语言（如 Chandy 与 Misra 的 UNITY）为了使这条件成立而被加以过多的限制，致使它们无法在工业中推广应用。XYZ 系统则是应用动态语义与静态语义相互有机结合的方法（即用静态语义的形式验证的方法作为手段找出防止起破坏作用的动态语义性质）解决了保证这条件成立的难题，它对语言的表示力不加任何限制，因此具有很好的实用性。到目前为止，还未见其他系统做到了这一点。

由以上情况可见，动态语义与静态语义相结合，不论是基于形式语义保证软件可靠性与可维护性方面，还是基于模块化保证软件可重用性方面，都为提高软件生产率提供了一条新的道路。这是 XYZ 系统应用我国传统哲学指导思维方法将动态语义与静态语义紧密结合起来的主要收获。

注释

1. 节选自《时序逻辑程序设计与软件工程》（上册）（科学出版社 1999 年版）。唐稚松（1925—2008），湖南长沙人，中国科学院院士，计算机科学与软件工程专家，中国科学院软件研究所研究员。1940 年进入明德中学初中部学习。
2. "—"与"--"：《周易》中的卦画，又称为"爻"，这两个符号构成了《周易》卦象的基本形态，所谓的八卦和六十四卦都是把这两种符号叠加组合而成。《易传》把"—"（一长横）叫阳爻，把"--"（两短横）叫阴爻。前者可以代表阳性（正、光明、刚健、高尚、完美、运动等）事物，后者可以代表阴性（负、黑暗、柔弱、卑下、不完美、静止等）事物。其中包含了中国古人朴素的哲学思想。
3. 魏晋玄学："玄学"即是研究幽深玄远问题的学说，魏晋玄学即中国魏晋时期出现的一种崇尚老庄的思潮。
4. 生生之谓易：不断地生长、变化就叫作"易"。本句出自《周易·系辞上》，本段引语均出自《周易》。
5. 动静有常，刚柔断矣：事物的动静运行有一定的规律，藉此可以判别分清事物的刚柔质性（古人认为动者阳性，属刚；静者阴性，属柔）。
6. 因此君子平常就观察卦象，研究爻辞；有所行动时则观察卦爻的变化，去研究筮占的结果。
7. 从卦象上看，代表阳刚的乾卦"—"在静止的时候专一无他，运动的时候就直遂无前，因此就产生了"大"；代表阴柔的坤卦"--"在静止的时候闭合收敛，运动的时候就伸展开辟，因而产生了"广"。

阅读指津

唐稚松院士是中国计算机科学和软件领域的主要学术带头人，在结构程序设计理论、程序语言、形式文法、汉字信息处理、软件工程等多个方面均有卓越建树，对中国计算机科学和软件理论的发展有着重要影响。

在《时序逻辑程序设计与软件工程》一书中，作者并没有急于介绍专业知识，而是先从指导思想的角度谈了中国传统哲学对自己软件工程研究的巨大影响。不仅让我们看到作者的科学素养，更得以体悟他对中国古代文化经典的熟悉以及古代文化经典对其研究的深远影响。

谈谈增强现实技术（节选）[1]

⊙ 刘经南

增强现实是最近几年发展得非常快的一个技术，我这张智能手机上的截图，就是一个增强现实的立体。首先这是一个全景摄影的图，一般手机、摄像机不可能有这么大的视角，它是把现实和虚拟组合在一起的：左边是现实的房子，右边棕色的房子是虚拟的，叠加到了现实的场景上。而且在这个图上还有很多标记，标出了一些肉眼暂时看不到的信息。这样一种把虚拟场景和现实场景叠加（而且是一种无缝的，坐标系上的严格拼接）在一起的技术，就叫作增强现实。我将分几个方面来给大家讲，它的概念、发展、关键技术、应用，以及带来的机遇和挑战。

增强现实有不同的定义。我们说增强现实包括三个方面，第一是虚拟和现实的结合。比如说这个书上就有一个人在打棒球，实际上是书上的内容，它通过三维投影或者全息显示可以让自己的实体看得出来。第二个是实时互动，也就是说我们人或者物与环境的互动，我们的手势互动。这个女孩在通过摄像机在远程的一个商店试衣服，这是将来电子商务非常需要的东西。第三个就是把真实和虚拟全方位、无缝地拼接起来，增强现实实际上是现实世界与虚拟世界的连续统一、无缝连接和信息深度服务。所以它是现实世界到虚拟世界的无缝连接，可以从1%到100%实现混合现实的技术。

这样一个实现虚拟场景和真实场景的叠加，就可以形成：这个人好像坐在地球旁边在玩儿地球，他的手上就有传感器，他一摸地球就会转，他只要指到那里，地球就转到那里，然后告诉他那个地方发生了什么事件。这是现在做气象预报增强现实的一种方式。

增强现实的价值在于能为我们提供现实中无法直接获取的信息，这些信息让每个人眼中的世界更加多样化，反过来又符合我们的个性化需求。目前的LBS[2]服务，已经做到街景，但是手机上的街景只是我们拍到的，它的深度内容我们并不知道，比如我们街道上还有很多传感器、摄像头、录音设备，以及现在的信息桩等，这些都没有在街景上体现出来，所以这就是增强现实要解决的问题。所以增强现实的LBS服务，可以直接利用多视角的摄像头等感知设备来做到道路、建筑与内外部辨识，我们肢体动作控制，社会信息推送，并及时叠加三维多媒体信息内容，这样的效果就更直观，内容更丰富。比如我们身上带一个增强现实的投影设备，我们看到报纸是介绍美国未来的台风情况，我们这个投影设备马上按个电钮，就可以在报纸相关内容旁边，来介绍美国未来两三天的气候以及台风的走向，非常直观，可以直接在报纸上显示，这就是增强现实的应用。

美国一个知名科技公司认为，增强现实技术，将成为人类技能增进的一部分，同三维立体显示与全息显示、自动内容识别、语言问答、语言翻译及大数据、游戏化、云计算、NFC[3]、手势控制等融合以后走进寻常百姓家。

美国一家调查公司在最新公布的报告中预计，随着具备增强现实功能的智能手机的迅速普及，到2015年，全球移动增强现实的应用程序和服务两项收入将接近15亿美元，仅次于位置搜索和游戏的市值，这就说明它发展得很快。实际上这不是遥远的东西，它已经在走进我们生活。目前微软、苹果、谷歌手机上应该出现了应用，另外在测绘的场景分析中也有多次应用。

增强现实技术的研究范围十分广泛，涉及信号处理、计算机图形和图像处理、人机界面和心理学、移动计算、计算机网、云计算等各个领域，比如这个HMD[4]，原理就是把虚拟图像和现实环境结合在一起，而且关键是它可以动态地配景。像这个头盔比较重，也比较贵，现在有一种比较方便的穿戴式光学显示器，就是谷歌开发的，它在眼睛右半部，包括麦克风、陀螺仪、GPS、Wi-Fi等来实现增强系统的应用。2013年谷歌Glass很可能还将实现类似全息图像的显示。另外，现在还有一种技术，就是裸眼3D，不戴任何眼镜、头盔等，直接用肉眼来看3D，它通过两种原理，就是光分别直射到你的两眼，形成立体，但是缺点是眼睛移动范围不能太大，所以这个东西将来使用在人体姿态移动的更大范围内，是它需要解决的技术难点。

全息摄影，就是利用光的干涉和衍射来增强三维显示。2012年北京车展，丰田车的发布，用全息投影形成一个行车助手，通过语言和驾驶者交流来提供信息，这是今年北京车展提供的一个新产品。当然还有一些空间显示技术，就是利用一个数字投影设备，把要投影的键盘就投影在手上，我的手就变成键盘了，这些都是虚拟和现实结合在一起完成的功能。这里的关键技术就是有一些图像识别技术，我们一个图像要放到一个固定位置上去，这个简单技术在某些固定位置放一些标记，对标记进行识别，标记是一个添置，我就把这个图像放上去。还有自然图像识别，通过对摄影图像进行解析，识别各种物体。还有图像特征技术，这也是摄影测量当中的技术，把一些特征点提出来，在不同影像当中进行匹配，和现实摄影的东西进行匹配，使得虚拟图像和现实图像进行组合。还有相关的一些技术，主要是GNS[5]的辅配技术，通过GNS取得高精度的坐标，通过地磁电子指南针取得方向和倾斜角度，最后根据这些位置信息获取相关的匹配信息后叠加显示。定位是绝对定位，匹配是相对定位，在计算机界叫作跟踪与注册技术，实际上和我们叫的是一个意思，就是对目标物体进行识别，计算机设备相对于位置，基于传感器等的应用。

这里面还有人机交互技术，人机交互有菜单的方式，有特殊标记方式，有体感方式（直接用人体肢体动作和手势），跟周边环境进行互动，并且进行高保真的通讯。

下面介绍一下应用领域，这是从波音飞机开始应用的，还可以应用于作战体系，对战场环境进行分析，帮助飞行员找准目标等。电影行业是源自《阿凡达》，把虚拟场景和现实场景融合在一起，实现低成本摄影和幻想的摄影。还可以在学习提高上应用，小孩看一本书，这本书是文字的，但是他带来一些设备，就可以增强一些信息到这本书上去，他就可以看到内容以及与之相关的动画场景等。在电视制作领域，这个黄色的圈就是定位场景，这个场景里面有一个体育馆，讲解员在里面进行体育馆介绍，实际上体育馆是虚拟的，人是真实的。现在大家经常看到我们奥运会的转播都有，比如选手游泳的时候，有一条突破世界纪录的黄色的线在上面，其实现场的人是看不到的，而我们电视机前是可以看到的，这都是增强现实的应用。还有配眼镜可以直接在家里，上电子商务给你配上一个眼镜，你在家里看看你戴哪个眼镜合适。包括可以提供在家的家居设计服务，医疗可以进行更加精确的手术定位，还可以把古迹增强现实，了解它的过去和未来，以及它的演变历史等，还有很多。

还有在导航位置服务中的应用，现实计算可以带来个性化的服务。现在的车载增强现实导航已经出来了，比如下面这个图，上面那个图是可以看出改观的地方、角度和距离，以及文字的增强。下面是用红外摄影在夜间拍摄的，可以看到前面有路在跑，或者有这样的标志在屏幕上显示。

在向用户传达方位时，有箭头、道路标记，现在我们电子地图已经普遍用了增强现实了。听觉识别和导航系统的结合，去年我讲了一个移动互联网、物联网的深度结合，来加强人与人之间的社交场景，这个里面有很多对话，实际上都是通过增强系统来实现场景和人的交流。在LBS位置服务当中，可以通过地图数据库、街景和全景摄影等，还有导航地图，在我们手机上显示出某个街区你所关注的物体特征和信息，你登录手机，可以看到商店内部、它的货架上物品的摆设，只要你点某个光斑，就可以进行显示。室外也可以将一个新的景点介绍给用户，你在某个街区走的时候，如果对某个建筑物感兴趣，它可以点亮这个建筑物，来吸引你对这个建筑物的兴趣。我也在跟一些全站仪[6]的厂家联系，将来也可以把增强系统应用在全站仪里面。还可以把不同人得到的不同新起点的图结合在一起，形成一个新起点非常丰富，而且具有时间标记和演化的不断更新的地图。

最后我们讲它的发展趋势，随着多媒体的增强，我们会让用户跟着感觉走。随着时空定位的增强，我们可以让用户跟着认知走，就是在一个手机上，提出了移动增强现实可以使你改变世界。还可以提供各种个性化的增值服务的增强现实。增强现实将成为智能手机的标准配置，成为公众的投资热点，成为新的经济增长点。增强现实面对政府行业、企业和公众的不同要求，进行不同场景的动态表达方式，将会形成硬件到软件等相当长的产业链，它会提供大量的创新创意的空间，增强现实的应用，将是又一个实现智能化的新机遇。所以增强现实技术将成为智能手机的标配，下一代手机必须进行升级换代，才能推动增强现实的应用普及，比如高精度图像配置，实时定位跟踪。所以位置、数据与物理实体的融合，将促进新的测绘标准和研究的诞生，越来越逼真的3D显示技术将是研究的前沿，将带动光学、信息科学和认知科学的发展。

注释

1. 刘经南（1943—），湖南长沙人，中国工程院院士，教育部科学技术委员会委员，1959—1962年就读于明德中学。本文为刘经南院士2012年在首届中国卫星导航与位置服务年会上的演讲，选入本书时有删改。标题有改动。
2. LBS：基于位置的服务（Location Based Service），它是通过电信移动运营商的无线电通讯网络（如GSM网、CDMA网）或外部定位方式（如GPS）获取移动终端用户的位置信息（地理坐标，或大地坐标），在地理信息系统平台的支持下，为用户提供相应服务的一种增值业务。
3. NFC：Near Field Communication的缩写，即近距离无线通讯技术。
4. HMD：头戴式可视设备（Head Mount Display），头戴虚拟显示器的一种，又称眼镜式显示器、随身影院。
5. GNS：全球网络服务（Global Network Service）。
6. 全站仪：即全站型电子速测仪（Electronic Total Station），是一种集光、机、电于一体的高技术测量仪器，集水平角、垂直角、距离（斜距、平距）、高差测量功能于一体。因其一次安置就可完成该测站上全部测量工作，所以称之为全站仪，广泛应用于地上大型建筑和地下隧道施工等精密工程测量或变形监测领域。

阅读指津

　　增强现实技术是一个飞速发展的复杂的系统工程，刘经南院士却能结合人们的生活实际，深入浅出地阐释了该技术的方方面面，显示出一个学人的深厚素养。

办学图存 教育兴邦

两千五百年前，中国和希腊分别诞生了两位划时代的伟人：孔子与苏格拉底。两位圣贤都是通过教育对人类历史进程产生影响。

可以说，今天中国和西方的基本价值观，就是由孔子和苏格拉底两位教育家奠定下来的。教育家对文明和历史的影响，绝不仅限于"传道授业解惑"。他们传授的知识、道理和精神，影响了他们的学生。而有可能成为"文化精英""科学俊杰""国家重臣"的学生们，会带着恩师早年在其灵魂上留下的深深烙印，影响一个国家，一个民族，甚至整个人类历史。因此，办学不只是为了教授知识，更是为了民族的生存；教育兴旺的不只有文化，还有整个国家。

明德中学对中国近现代史的影响，特别体现在"办学图存，教育兴邦"的思想。办学之初便以"兴学图存"为目标，在此影响下，明德中学涌现了开国元勋黄兴、同盟会杰出革命家陈天华、民国党魁陈果夫，以及中共元老任弼时等许多在中国近现代史上赫赫有名的重量级人物。明德的教育理念，影响了中国近代史的前进方向。难怪有史学家感叹："先有明德，后有民国！"

不仅如此，"明德中学在中国教育发展史上有着重要地位"（顾明远《明德学校史·序言》）。作为校长的胡元倓，秉持"办学图存，教育兴邦"的思想，影响的不只是一所学校，一段任职的时期。他的很多学生在长沙、湖南乃至全国创办了多所学校或成为学校校长，他们成为了近现代教育界的脊梁。《长沙人物志·教育家》所列教育家34人，明德中学就有7人之多。其中曹典球任湖南省教育厅厅长兼湖南大学校长，胡庶华任重庆大学、同济大学、湖南大学校长，江苏教育厅厅长，周世钊任湖南省第一师范校长，湖南省教育厅厅长，刘宗向创办含光女子中学，邬干于创办行素中学。还有章士钊任段政府教育总长，北京明德大学首任校长，辛树帜创办了兰州大学，刘佛年筹建了华东师范大学，傅任敢任清华大学梅贻琦校长秘书，任重庆中学、北京十一中等学校校长，曾约农创办艺芳女中，任台湾大学、东海大学校长，彭国钧创办长郡联立中学、改组修业学校，李迪光创立湘江师范、重建长沙市教师进修学院、筹备长沙基础大学，李传信任北师大副书记、清华大学党委书记，等等。

本单元选取几位著名教育家有关教育的论述。从胡元倓老校长的"经世致用、中西会通"，到教育家刘佛年的"新人的素质"，明德的教育思想历经了百又廿年，在各个不同的历史时期不断创新、发展、深化，既是一脉相承，还将薪火相传、继往开来。造的精神"，到教育家傅任敢的"教育是立国之本"，

办学呈文[1]

⊙ 胡元倓

开办理化专科呈文

窃维国民教育最忌空谈，救弱方针宜求实际，非留学无以研究实业，非专门无以预备出洋。

今明德普通知识已略具基础，然专科未设，出洋者终觉茫然无把握，不免费巨效迟之苦。是非于内地先设专科，俾得就近求师，及时陶铸纯金，然后选派资遣不可。顾苦于无款，未能及早兴办。

本年二月，承上海道同邑袁公树勋捐助万金，遂在沪聘订日本掘井觉太郎、永江正直为理化专科教习，购置仪器三千余金。又以袁款招第二次师范生五十名，于同年七月陆续开学，又承宁乡童公兆蓉捐助千金，得此两款，遽偿其初志。是时难孔极，求艾情殷，势不能不稍事变通，以求速效。因与教习商酌，倍其课程，短其学业为一年半卒业，良以民立学堂自备学费，学年太久，则筹措为难。且多从师范及中学诸生中挑选拨入，曾习普通则卒业自必较易。此职责委曲求全，短其学年，以期适应用之苦衷也。

再专科现分英文、东文两班，英文一班多系由旧班拨入，程度较高，明岁拟添英文会话，修学一年，成绩必更高，如有续派留学西洋之举，并祈遴选，以维民学。

拟办高等商科呈文

窃维西力东渐，以商业为先驱，世界竞争，以生机为归宿。欲敌外界之侵轶，宜求实力之内充，欲恃学业为折冲，宜有专门之预备。商部创设，式焕新猷，有各省商会，以通全国商政之机关。有实业学堂，以树全国学界之模范。

两年以来，事立效著，薄海以内，闻风兴起。湖南虽属偏省，士敦信义，地富五金，士利丝茶，乡多鱼稻。语其地势，实据扬子江之上流；论其交通，将握南干路之中点，古称天府，今号商场。徒以学术不昌，人无远识，商力薄弱，商情涣离，具有利能自浚。因集同人公议，就时势之所急，于明德学堂特设高等商业专科，遵照京师高等实业学堂课程，由元倓延聘专门教习，切实举办，以普通卒业之学生，而施以高等专门之教育，成才较易，收效必宏。并拟附设商业教员养成所，以储寻常商业之师资，开办商品陈列馆，以资现今商品之考察，本省官绅皆甚欣许。

特请钧部准予立案，俾得及时开办。

注释

1. 本文选自《胡元倓集》（湖南师范大学出版社 2013 年版）。胡元倓（1872—1940），近代著名教育家、新制教育的奠基者和开拓者。他先后参与创办了明德学堂、经正学堂、明德学堂师范部、明德附小、北京明德大学、汉口明德大学、汉口明德商科、南京明德商科，以及湖南大学，曾担任明德中学校长 38 年。

阅读指津

《胡元倓集》共收录了先生 4 篇呈文，另外两篇为《明德学堂开办呈文》《开办速成师范附设高小学堂呈文》。4 篇呈文无不体现了明德经世致用的办学思路，以及为"养成中等社会"培养专门人才的高瞻远瞩的办学目标。正因为早期开办了师范、商业、银行、外文、理化等科目，明德培养了一大批经世致用、中西会通之才，他们有：中国经济学之父陈翰笙，中国会计界先驱、中国会计师制度创始人谢霖，中国统计学创始人李蕃，中国外交史学奠基人、中国第一任常驻联合国代表蒋廷黻，民国第一任外交部长胡瑛，中国计算机科学和软件工程先驱和开拓者之一唐稚松，中国航空发动机事业奠基人张世英，中国第一架军用飞机设计师程不时，中国核武器引爆控制系统和遥测系统的开拓者之一俞大光，中国基础流体力学及交叉学科研究开创者吴耀祖，中国 GPS 之父刘经南，等等。而以胡元倓为楷模，磨血办学的教育家，如傅任敢、刘佛年、曾约农、刘宗向、彭国钧等更是不计其数。试分析这其中的必然关系。

在明德中学的讲演词(节选)[1]

⊙ 张伯苓

各位先生!各位同学!兄弟虽然南北各处都游历过,但到湖南长沙来还是第一次,这次因为筹备清华、北大和南开合办临时大学的事情,得到和诸位相见讲话的机会,本人觉得非常高兴。

我有很多湖南朋友,湖南人在我的脑子里早就留下了很好的印象,贵校校长胡元倓先生因为常到北方去,我们认识得很早,差不多是三十多年的老朋友了。明德开办了三十六年,南开开办了三十三年,明德比南开长三岁,应该是南开的哥哥,我虽然以前没有到过明德,但我对于明德的印象一向就很好,因为明德的学生毕业之后,有投考南开大学的,也有在外国留学归国,在南开做事的,无论是读书或是做事,都有很好的成绩表现出来。

……

明德中学,是私立学校中最好的学校,你们既做了最好的私立学校的学生,当然要用心读书,努力求学,以备考入较好的大学,但我认为除了求达到这个目的之外,还有一桩最重要的事,就是要学得"创造的精神"。中国人向来缺乏这种精神,所以中国会贫穷至此,会被人欺侮至此,我们因为看清了,唯有教育才可以治这个民族的大病,才是改造国民复兴中国唯一有效的药,所以我们才努力来从事教育事业。我敢说办私立学校的人,没有一个是很有钱的,都是从艰苦的环境里奋斗出来的,物质方面,虽然比不上公立学校,但教育不是物质的,教育是精神的,因为人不是物质的,人是精神的,所以学校之简陋与否,与我们读书毫无关系。中国非地不大,物不博,所以贫弱者,完全是因为国民缺乏精神,缺乏创造的精神,所谓"创造"者,就是不用现成的意思,现成的事做起来没有劲,现成的事情做起来觉得太老实了。你们试翻翻明德的历史,经过多少困难,多少挫折,但终没有放过去,随便怎样都不放手,这便是创造的精神。你们现在在最好的私立学校读书，就应该学这种创造的精神，倘若单单读些死书去了，那你们的学费可以退十分之八，就是说，你们所学到的太微末了，所以兄弟认为惟有好的私立学校，才能造就好的人才出来，才能造就有创造精神的国民出来。

　　凡人有了志气，还要有热心，有了热心，还要有办法，志气要坚定如山，而办法要活泼如水。古人说，"仁者乐山，智者乐水"，我们现在要求仁智兼全的人才，就是要造成许多有志气有办法的人，决不敷衍，决不贪玩，决不因循苟且，件件事站在公的立场去做。一个人有了坚定的志向，有了活泼的办法，是无往而不利的，随便做什么事，都可以成功。我从前到欧西到日本的时候，看了人家的实业，确实比我国振兴，交通确实比我们便利，政治确实比我们昌明，就很觉得稀奇：为什么人家这样好，而我们这样坏？想到这些，就时时刻刻踮起脚，挺起头，想往上爬。为什么人家比我们强？因为人家有创造的精神，有冒险的精神，有百折不回的精神，一般的国民都有志气有办法。现在我们中国的国民，也有些改变了：从前一班军人，多半是怕死，因循敷衍，保存实力，完全站在自私的立场上做事，稍微困难的事，就不愿干了，你们看这次前线抗战的战士，多么英勇，多么壮烈，虽然牺牲很大，而毫不顾恤，只知道有民族，只知道有国家，不知道有个人，可见中国的民族性，已经趋于好转，国是有办法的了。今日之中国，已不是那个老中国了，我们不但不会亡国，而且一定会转弱为强！从种种方面观察，中国确是有了惊人的进步！不但是中国人自己这样觉得，外国人对我们也是刮目相看，非常佩服的了。我们今日之所以力量仍不十分充足的原因，是因为以前所种的劣因太深，一时改革不及所收的劣果，其错误并不在现在，我对于今日的中国很抱乐观，这样的国家亡了我不信。

　　胡校长今年六十六岁了，比我大四岁，我们这班人都老了，没有用了，中国强盛的时候，我们恐怕都看不到了，但我们只要看见她有点转机，就是教育的改造，国民有了效果，不必看见成功，便非常高兴，便是我们的努力有了成绩，我们的牺牲有了代价，以后我们更应当尽我们的能力，忠心报国，负起打倒敌人，改造中国之重任！

注释

1. 张伯苓（1876—1951），生于天津，教育家，中国奥运先驱。他一生致力于教育救国，创立天津南开大学。此文为1937年张伯苓在明德的演讲词。

阅读指津

  本文观点鲜明，说理透彻，表现了一个教育家的博大情怀和真知灼见，特别是在当时就提出"创造能力"对教育乃至国家的重要性，这在今天看来还是有着深远的意义。

  演讲开始，张伯苓老校长便盛赞明德，并勉励明德学子，不仅要考入一所好的大学，而且要有创造的精神，要有志气，有热情，有办法，然后再联系时事国运，高瞻远瞩，论述精辟，令人叫绝，且鼓舞人心，听后如醍醐灌顶。

傅任敢教育言论选[1]

⊙ 傅渝生 等

一、教育理想与使命

教育之目的,以造就完人为宗旨……唯身体康健,学识丰富,德行无疵者,方足以当完人而无愧。

——《人格教育与国民道德》(《清华周刊》1925 年 10 月 23 日第 24 卷第 7 号)

国家的将来属于现在的青年,而国家的繁荣又靠一国的文化程度。

——《革命青年的失学问题》(《认识周刊》1929 年 1 月 5 日第 1 卷第 1 期)

人类自身真正努力的方法只有两条大道:一是优生,以根本改变遗传的材料;一是教育,以实现我们时刻改变的理想。

——《优生与教育》(《民铎》1929 年第 10 卷第 2 号)

本校为造就贫寒优秀子弟起见,有贫寒子弟免费办法,投考诸君只须学有把握,家境艰窘,不足为入校之障碍也。

——《明德中学教务概要》(《明德旬刊》1933 年第 6 卷第 10 期)

舍了教育不谈,未免忘本;何况教育还是"立国之本"呢!

——《湖南教育一瞥》(《独立评论》1933 年 11 月 26 日第 78 号)

教育是立国的大事,是实现国家政策,凝固民族精神的主要工具,施教的人必须有"国家至上""民族至上"的眼光和襟怀。

——《师范学院的中学关联》(《教育通讯》1940 年 6 月第 3 卷第 26 期)

教育是立国之本,办学是一种最好的社会服务。

——《渝长絮语》(《长沙清华》1946 年第 1 期)

教育工作都应当使人悦服,而不在乎使人慑服。因为教育的出发点是爱……我们要有根基深厚的爱,教育才有着落。

——《值得我们学习——为梅校长六十寿辰而作》(《重庆清华》1949 年 1 月 1 日第 22 期)

人有发展的极大可能性，但是这种可能要靠教育才能变成现实。

——《夸美纽斯对几个重要教育问题的主张》（《人民教育》1957年第5期）

相信教育才能办好教育。

——《夸美纽斯对几个重要教育问题的主张》（《人民教育》1957年第5期）

二、培养目标

本校施教之目标，一言以蔽之曰：注重人才教育。具体而言之曰：注重升学准备，以为整个学校之政策、曾经慎重考虑而决定者。

——《明德中学教务概要》（《明德旬刊》1933年第6卷第10期）

注重个性：学生个性之宜注重，无待论已……至于课外研究，尤为个性活动之最佳场合……

——《明德中学教务概要》（《明德旬刊》1933年第6卷第10期）

孔子的通才教育思想还是值得我们适当考虑的，因为知识既是分门别类的，又是互相联系互相渗透的。

——《〈论语〉教育章句析解——孔子教育思想初探》（《教育研究》1981年第3期）

青少年时期是长知识的时候，也是长身体的时候，千万不能在重视智力的同时丝毫损害青少年的身体健康！

——《试论"智力第一"》（《傅任敢教育译著选集》湖南教育出版社1983年版）

（基础教育应）以德育为前提，以体育为基础，以智力为主体，以综合技术教育为补充。

——《试论"智力第一"》（《傅任敢教育译著选集》湖南教育出版社1983年版）

三、培养与管理模式

我们深信教与育是一件东西，不能分工的。所以我们学校里的教员，一方面是知识的灌输者，同时就是一个人格的陶冶者。

——《明德中学教务概要》（《明德旬刊》1933年第6卷第10期）

最有锻炼价值的是课外运动。较之正课，它有"有恒"的长处；较之早操，它有"时间较多"的优点。

——《八个月来校务概况》（《重庆清华中学校刊》1939年11月1日第2期）

课外运动是与吃饭和呼吸新鲜空气一样重要，应当使它变得"有恒"。

——《八个月来校务概况》（《重庆清华中学校刊》1939年11月1日第2期）

尊师更应爱生。

——《尊师更应爱生》(《北京师院》1981年)

我们的教育除了把知识传授给学生以外，更重要的是发展学生的智力，使他们善于思考问题，以适应时代进步的需要。

——《〈论语〉教育章句析解——孔子教育思想初探》(《教育研究》1981年第3期)

四、教育教学的原则方法

本部各科教授均采自学辅导法。外国语纯用直接教法。理科注重实验。

——《明德中学高中部教学规程》(《明德旬刊》1933年第6卷第10期)

学生必须有恒地养成看报的习惯，真个关心国事。学生还应具有良好的演说和表达能力。

——《看报和演说——清华中学设计待验之一》(《教育通讯》1939年第2卷第6期)

行为良否，系一习惯问题：习惯者，非"知"与否之问题，乃"养成"与否之问题也。

——《八个月来校务概况》(《重庆清华中学校刊》1939年11月1日第2期)

(《学记》中的教学法)总的精神是诱导、启发、潜移默化，反对外烁、注入、急于求成。

——《〈学记〉译述·述义》(上海教育出版社1957年版)

教师教学，必须善于培养学生的自觉性和积极性，把学生当作容器去注入是错误的。

——《〈学记〉译述·述义》(上海教育出版社1957年版)

只有有目的的学习才是有效的学习，只有理解了的知识才是有用的知识。

——《〈学记〉译述·述义》(上海教育出版社1957年版)

《学记》肯定地告诉我们："教也者，长善而救其失者也。"教育的作用本来就在于培养积极因素，克服消极因素。

——《〈学记〉译述·述义》(上海教育出版社1957年版)

教学是最渊博最复杂的艺术。

——《教学是最渊博最复杂的艺术——谈谈教学有方》(《北京师院学报》1981年1月)

在教学过程中，应该强调全体教师的示范性。如果每一位教师的每堂课都做到科学性、思想性和艺术性的统一，那么，学生经过几年的耳濡目染，他们也就能做到这一点了。

——《谈谈高师教育》(《傅任敢教育译著选集》湖南教育出版社1983年版)

五、教育工作者、师范教育

明德的胡子靖先生，三十岁办学，到现在三十多年了。他如果弃了明德他有无数次做大官发大财的机会；他因为要办明德，好几次几乎"以身殉学"。可是他宁做"以身殉学"的"磨血功夫"，不去求升官发财的个人快乐。

——《湖南教育一瞥》(《独立评论》1933年11月26日第78号)

尊师就是尊重教育，就是尊重学问。

——《〈学记〉译述·述义》(上海教育出版社1957年版)

教师的学识是第一位的，方法是第二位的，因为课堂主要是传道、授业、解惑。教师必须自己有见解有道可传，有专业知识才有业可授，知识既深且广才有可能解学生之惑。但教学又是一种艺术。优秀教师的教学，使人如欣赏名画、名曲一样，乐而忘倦，并能做到潜移默化。

——《教学是最渊博最复杂的艺术——谈谈教学有方》(《北京师院学报》1981年1月)

教师的工作是把人类全部遗产教给整个一代人的创造性工作。

——《教学是最渊博最复杂的艺术——谈谈教学有方》(《北京师院学报》1981年1月)

注释

1. 本文选自《真诚的教育家傅任敢纪念文集》(首都师范大学出版社2013年版)。傅任敢(1905—1982)，湖南湘乡人；1923年毕业于明德中学旧制17班，1929年夏毕业于清华大学心理系，担任清华大学校长梅贻琦的秘书；1930—1933年，应胡元倓之邀，回母校任教务主任，兼英文、国文教员。

阅读建议

  本选辑所录傅任敢先生的教育言论，是其近半个世纪的教育生涯的思想结晶。"教育是立国之本"，是将教育作为社会、民族复兴的重要手段，赋予了教育以深远的社会价值。而教育的目的是"以造就完人为宗旨"，完人的内涵为"身体康健，学识丰富，德行无疵者"，即德智体全面发展的人。即使是具体的教学方法，傅任敢先生也将其提升到"最渊博最复杂的艺术"的高度来探讨。在这些闪烁着思想光芒的言论中，我们得到了什么样的启迪？

论新人的素质[1]

⊙ 刘佛年

社会主义现代化建设所需要的人才的素质，也就是我们教育工作者培养的人的形象。我认为人的素质可以分为三个方面：一是知识，一是能力，一是态度。关于知识，我认为现代化建设者的知识要有三个特点：首先要有扎实的基础知识，不管现代的科学技术发展如何迅速，只要你的基础知识雄厚，就能顺利掌握迅速发展的新成就。其次是要有较广博的知识，这种需要是由于现代社会中知识综合化，以及解决问题时要综合运用知识的趋势。此外，还要不断吸收新的知识，使自己的知识不断更新。

关于能力，也可以提几个方面。一是自学的能力。在现代化的社会中一个人所用到的知识，从学校学的只是一小部分知识，大部分是离开学校以后自己学的。二是独立工作、独立思考的能力。在不断革新的社会中，除自学能力外，人们还应该有独立设计、调查、实验、操作、组织、管理、检查等能力。也要有独立判断、推理、评价、决策的能力。当然，独立工作能力是和协作的能力结合的。三是革新创造的能力。未来社会所重视的是灵活地、综合运用知识来解决问题的能力，如果因此而能提出新的见解、方案、途径，也就是革新创造的能力。

我认为知识固然重要，但获得知识是为了运用它解决问题，运用知识的能力也许可以说更为重要。所以现在很多人都重视能力的培养，这是正确的。但是我认为态度在这三者当中也许是更核心的东西，而它却往往被人忽视。所谓态度，也可以叫作精神。在心理学上，这是指兴趣、毅力等品质，属于情感、意志、性格的范围。我们常看到某些人有知识、有能力，但就是做不成事业。除了客观原因外，主观上可能就是缺乏某种态度或精神。

我认为现代社会中人们有三种态度或精神。一是革新创造的精神。有些人不满足于墨守成规、固步自封，而是对解决新的问题，革新旧的技术，创造新的局面有一种爱好、迷恋、执着，一头钻下去，不管有多大的困难，多少曲折，就是不回头，坚决干到底。这种兴趣和毅力就是我说的态度或精神。我认为，无论在什么场合，搞革新创造，都会遇到各种阻碍，如传统的思想，习惯的势力，某些人的既得利益，条件的缺乏，官僚主义，等等。没有一种坚韧的精神，是不可能有任何成就的。二是开放的态度或精神。我们的祖宗长期生活在封建社会中，闭关自守，对外来的东西总是看不起，看不惯。到社会主义阶段，这种影响和"左"的思想结合起来，把外国的一切东西不是说成"资产阶级"的，就是说成"修正主义"的。因此都不能学习、借鉴。我们现在搞现代化建设，要采取对外开放政策，要面向世界。因此要有一种"拿来主义"的精神，只要是好的，对我们有用的，就把它拿过来。当然，对外国任何东西的学习都要结合我们的实际，要有批判有分析地学习。三是重未来的态度。外国有人说，农业社会的人重过去，所以进步慢；工业社会前期的人重现在，遇到当前的问题只会进行改良；今后的信息社会的人却应该注重未来，因为现代社会变化实在太快了，如果不能对未来进行预测，而且采取措施，未雨绸缪，社会就将遭受非常严重的后果。我并不完全赞同这种简单化的分类法，因为人们是保守，还是革命，与社会制度和阶级的进步落后大有关系。但人们在对待过去、现在、未来上确有三种不同的态度。言必称尧舜的人必然是保守的，只搞点点滴滴改良的人是想基本上维持现状的。我看过去在半封建半殖民地社会的中国搞社会主义革命的先驱者都是面向未来的。现在我们搞社会主义现代化也同样需要一大批面向未来的建设者。他们也研究过去，是为了取得经验教训，也研究现在，是为从现在的实际出发进行改革，但他们是面向未来的，总是考虑国家20年、30年、50年以后的情况，是有建设美好未来的远大理想的。我们的教育工作要注重培养这三种态度和精神。教育工作的重要任务是加强思想政治教育，激发学生对革新、开放、预测的兴趣，鼓励他们在这些方面采取某些行动，经过努力，克服困难，达到成功。这样来培养学生的兴趣和毅力。

注释

1. 选自《刘佛年教育文集》（江苏教育出版社 2010 年版）。刘佛年（1914—2001），湖南醴陵人，明德中学旧制 27 班学生；中国教育学会副会长，国务院学位委员会教育学学科评议组负责人，全国教育科学规划领导小组成员。

阅读指津

  教育家刘佛年从知识、能力、态度三个方面，讲述了社会主义现代化进程中的"新人"所必须的素养，不难发现：知识与能力的运用、态度的养成，同胡元倓老校长的"经世致用、中西会通"的教育思想是一脉相承的，而在新的时代背景下，又有了创新、发展、深化。

附录　湖南私立明德中学国文课程纲要

高中国文必修科课程纲要

一、目标

（一）继续初中训练学生阅读古籍之能力（国一至国六）；

（二）继续初中训练学生之发表能力（国一至国六）；

（三）使学生对于历代名家之代表作品得一较有系统之观察，求出各人对于作品作家兴趣之所在，以便自行浏览或继续研究（国一）；

（四）使学生对于中国重要诸子之学说文体及其思想方法得一概括的认识（国二）；

（五）使学生对于中国重要史籍史论得一概括的认识（国三）；

（六）使学生对于中国重要经书得一概括的认识（国四）；

（七）使学生对于中国文学之演变及现状得一概括的了解（国五）；

（八）使学生对于文学之一般性质得一概括的了解（国六）。

二、学分及时间支配

（一）国一、二，各五学分，每周上课四小时，作文一小时，以每周一次为原则。

（二）国三、四，各四学分，每周上课四小时。课外作文以每周一次为原则。

（三）国五、六，各三学分，每周上课三小时，课外作文以每周一次为原则。

三、教材及其内容

（一）国一　历代文选

1. 课本

由本校国文教学改良研究会选定之，自现代追溯至上古历代名学代表作品均宜包括在内，成一系统。

2. 参考

每生须自备专集一部，由教员指导阅读，并须受教员之考查。

每生须就下列书籍或与其程度相当之书籍浏览一百万字以上，并须受教员之考查。

《当今文范》《青年修养录》《白话文学史》《欧洲文艺复兴史》《新文学概论》《文学评论之原理》《欧洲文学史》《西洋小说发达史》《文艺史概要》《近代文学十讲》《文艺论集》《新文艺评论》《戏剧短论》《宋春舫论剧》《诗之研究》《中国小说史纲》《中国小说史略》。

（二）国二　诸子选读

1. 课本

由本校国文教学改良研究会就儒、道、墨、法诸家重要篇章中选定之。

2. 参考

每生须自备子书一种，由教员指导阅读，并须受教员之考查。

每生须就国一所列参考书籍之未曾阅过者，或与其程度相当之书籍，浏览一百五十万字以上，并须受教员之考查。

（三）国三　经史选读（史）

1. 课本

由本校国文教学改良研究会就《廿四史》《文史通义》《史通》等书中选定之。

2. 参考

每生须认定史书一部，由教员指导阅读，并须受教员之考查。

每生须就下列书籍或与其程度相当之书籍，浏览二百万字以上，并须受教员之考查。

《中国诗选》《词选》《中国文学源流》《姚氏古文辞类纂》《古诗源》《历代诗评注读本》《词选》《白香词谱笺》《十八家诗钞》。

（四）国四　经史选读（经）

1. 课本

由本校国文教学改良研究会就十三经等书中，择其程度相当之著名篇章选定之。

2. 参考

每生须自备经书一部，由教员指导阅读，并须受教员之考查。

每生须就国三所列参考书籍之未曾阅过者，或与其程度相当之书籍，浏览二百五十万字以上，并须受教员之考查。

（五）国五　国学概论（文学史）

1. 课本

选用文学史教本，或由本校国文教学改良研究会编定之。

2. 参考

每生须就谢无量《中国大文学史》中所引历代名文之原文，依文学史讲授之次第，由教员逐一指导阅读，并须受教员之考查。

每生须就下列书籍或与其程度相当之书籍，浏览三百万字以上，并须受教员之考查。

《楚辞》《中国文学史大纲》《昭明文选》《经史百家杂钞》《文史通义》《文心雕龙》《中国文学批评史》《中国韵文通论》《中国六大文豪》《中国妇女文学史》。

（六）国六　国学概论（文学概论）

1. 课本

选用文学概论教本，或由本校国文教学改良研究会编定之。

2. 参考

每生须就教员指定之参考书，随时参考，并须受教员之考查。

每生须就国五所列参考书籍之未曾阅过者，或与其程度相当之书籍，浏览四百万字以上，并须受教员之考查。

初中国文课程纲要

一、目标

（一）养成了解语体文及运用语体文之充分能力。

（二）养成了解浅近文言文之充分能力，以为阅读古籍之初步训练。

（三）养成阅读书报之习惯及欣赏文艺之兴趣。

二、学分及时间支配

（一）第一学年十四学分。

每周精读指导四小时，略读指导一小时，作文二小时，每周一次。

（二）第二学年十二学分。

每周精读指导四小时，略读指导一小时，作文一小时，每周一次。

（三）第三学年十二学分。

每周精读指导三小时，略读指导二小时，作文一小时，以每周一次为原则。

三、教材及其内容

（一）第一学年

1. 精读

选读名文约五十篇。暂以中华书局新中华教科书初中《国语与国文》第一册为教本。不足之数，得由本校国文教学改良会选定补充之。

指导注音字母读法，笔法报告作法及各种工具书（如字典、《辞源》、百科全书等）之使用方法。

2. 略读

每生须由教员指导，选定名著二部，由教员指导阅读，并须受教员之考查。每生须就下列书籍或与其程度相当之书籍于课外选读一百四十万字以上，并须受教员之考查。

《孙文学说》《孙中山遗教》《蔡子民先生言行录》《上下古今谈》《欧游心影录》《水浒传》《西游记》《三国志演义》《镜花录》《红楼梦》《少年丛书》。

（二）第二学年

1. 精读

选读名文约五十篇。暂以中华书局新中华教科书初中《国语与国文》第二册为教本。

不足之数，得由本校国文教学改良会选定补充之。

指导简单标点符号之使用法。

2. 略读

每生须由教员指导，选定名著二部，由教员指导阅读，并须受教员之考查。

每生须就下列书籍或与其程度相当之书籍于课外选读一百六十万字以上，并须受教员之考查。

《孙中山演说集》《青年之路》《曾文正家书》《短篇小说》《正续侠隐记》《点滴》《中国创作小说选》《徐霞客游记》《东方创作集》《小说汇刊》《尝试集》《新诗年选》《剧本汇刊第一集》《新俄国游记》《短篇游记》。

（三）第三学年

1. 精读

选读名文约五十篇。暂以中华书局新中华教科书初中《国语与国文》第三册为教本。不足之数，得由本校国文教学改良会选定补充之。

指导简单文法及修辞规则，并授以普通应用文作法。

2. 略读

每生须由教员指导，选定名著二部，由教员指导阅读，并须受教员之考查。

每生须就下列书籍或与其程度相当之书籍于课外选读一百八十万字以上，并须受教员之考查。

《三民主义》《建国方略》《梁任公讲演集》《胡适文存》《饮冰室自由书》《老残游记》《儒林外史》《中国文艺丛选》《撒克逊劫后英雄略》《托尔斯泰短篇小说集》《近代俄国小说集》

跋

语文教研组组长蒋雁鸣老师和我提及，她感叹于明德历史文化的博大精深，特别是曾有一大批国文大师在明德执教，创作了许许多多经典的篇章。这些文化资源、语文资源理应得到进一步的开掘，她想以此为基础，编写一本明德的语文读本。我当即深表赞同。

学校校友会老会长潘基礩先生，是20世纪30年代明德毕业的学生，后从事工科，但工于诗词书法，在省会颇有名气。一次潘老和我谈到，他的国文功底、文化功底都是在明德打下的。其实，这种文理兼长、全面发展的例子，在明德历史上比比皆是。如我校校友唐稚松、肖纪美两位中国科学院院士，都是著名科学家，又都长于诗词，下笔成篇。又如我校校友、著名党史专家龚育之先生，他本来的专业是化学研究，但凭借深厚的文史功底，竟顺利地转化成一位文史大家。

对此现象我曾思考良久，感慨于当年明德教育的全面与精深。这与学校的课程教学安排密不可分。在一份20世纪30年代的明德课程计划表中，我发现，学校不管学生选择理科或者文科，都要求他们熟读《论语》《孟子》《大学》《庄子》《史记》等古代文化典籍，并有专门的课程序列，按年级逐渐递进与提升，循序渐进，深入传统经典文化的堂奥。比如国一（即高一上学期）要求阅读"历代文选"，选读历代经典典籍学习，对课外阅读也有规定，内容涵盖"白话文学史、欧洲文艺复兴史、新闻学概论、文学评论之原理、欧洲文学史、文艺史概要、中国小说史略"等数十门学问，要求阅读量至少在一百万字以上。国二（即高一下学期）则直接进行"诸子选读"的教学，内容涵盖儒、道、墨、法等诸子百家的经典篇章，课外则要求阅读一百五十万字以上的诸子典籍。国三（高二上学期）则侧重"经史选读"，学习《廿四史》《文史通义》《史通》等史书的经典篇目，课后要求学生"认定史书一部，由教员指导阅读"，以上种种，都可以看出当时国文教育的巨大容量和勃勃雄心。

除了上述课程安排的精密与深入，另一个铸造高品质人才的原因，就是国文大师云集。民国著名诗人吴芳吉、词学大师刘永济、国文教育家及诗人周世钊等名家，都曾在我校执教，他们视界高远、功力深厚、成就卓著，为学生开启了一座语文的巍峨殿堂、文化的浩瀚金矿。这种开阔的教育视野和深厚的文化熏陶，无疑为学生奠定了终生受用的文化功底，使他们能够出入经史，往来文理，融会贯通，卓然而成大家。

其实何止语文，明德历史上各学科的课程教学，都详细而精深，蔚然可观。各学科无论文理，都编有学校课程纲要，课内与课外、理论与实验、必修与选修，都有科学的、详细的规定。比如生物教学，就极为注重学生的实验和野外考察，特别是20世纪20年代初生物学大师辛树帜先生执教时，常带学生远足，近则登临岳麓，远则前往广西大瑶山，进行了大量的野外考察。2008年我校新校区建成，我即和生物组组长刘新华老师说，希望生物组组织学生对新校区的植物进行一次普查，编写一本《明德中学校园植物志》。后来《植物志》编写成功，印刷也很精美。这既是学生们一次生动有益的课外探索，又是一个极好的科研成果。此书既成，反响颇佳：学生们很自豪，家长很认同，学校很高兴，上级教育行政部门和兄弟学校十分赞赏……

当蒋老师等语文同仁编写《明德文脉》完成之际，我对他们的辛苦劳动表示感谢。并希望各学科组以明德先贤为榜样，在学校课程开发、课本编写、学生活动的开展等各个方面，像语文组、生物组一样，多做些开发性、实践性的工作。

是为跋。

陶旅枫
2023年10月10日

图书在版编目数据

明德文脉:百廿载明德人作品选粹:1903—2023/蒋雁鸣主编;马臻副主编.
——长沙:湖南师范大学出版社,2023.10
ISBN 978-7-5648-5072-2

Ⅰ.①明… Ⅱ.①蒋… ②马… Ⅲ.①中国文学－现代文学－作品综合集
②中国文学－当代文学－作品综合集 Ⅳ.①I216.1

国家版本图书馆CIP数据核字(2023)第181301号

MINGDE WENMAI

明德文脉
——百廿载明德人作品选粹（1903—2023）

蒋雁鸣　主编
马　臻　副主编

出　版　人｜吴真文
责任编辑｜周基东　吕超颖
责任校对｜谢兰梅

出版发行｜湖南师范大学出版社
　　　　　地址：长沙市岳麓区麓山路36号　邮编：410081
　　　　　电话：0731-88853867　88872751
　　　　　传真：0731-88872636
　　　　　网址：https://press.hunnu.edu.cn/
经　　销｜湖南省新华书店
印　　刷｜长沙雅佳印刷有限公司

开　　本｜710 mm×1000 mm　1/16
印　　张｜16
字　　数｜370千字
版　　次｜2023年10月第1版
印　　次｜2023年10月第1次印刷
书　　号｜ISBN 978-7-5648-5072-2

定　　价｜68.00元

著作权所有，请勿擅用本书制作各类出版物，违者必究。